FLORENCE
MARVILLE

Amours sismiques

FAVRE

Éditions Favre SA
29, rue de Bourg
CH-1003 Lausanne
Tél. : (+41) 021 312 17 17
lausanne@editionsfavre.com

www.editionsfavre.com

Groupe Libella, Paris

Dépôt légal en janvier 2025.

Couverture : Steve Guenat
Mise en pages : SIR
Photo de couverture : Adobe Stock
Photo de l'autrice : Michel Duperrex

ISBN : 978-2-8289-2227-6

Les Éditions Favre bénéficient d'un soutien structurel de l'Office fédéral de la culture pour les années 2021-2025.

Un glossaire répertoriant les termes japonais, un guide de prononciation ainsi qu'une liste des personnages sont disponibles en fin d'ouvrage.

À mon mari, François, et à mes fils, Thibault, Clément et Alexis.
À ma mère et feu mon père, qui m'ont soutenue dans ma passion pour le Japon.
À Sonia, et nos interminables conversations sur le Japon.
À toutes les femmes qui ont relevé le défi d'un mariage mixte, et à celles et ceux qui ont inspiré ce roman.
Aux familles Nishino et Ito, pour leur accueil.
À Masayuki Ninomiya, mon professeur de japonais.
Et à ce pays qui continue à me fasciner...

À l'heure de la publication de ce roman, trente ans après, mes pensées vont également aux victimes du séisme de Kobe, en 1995.

Prologue

IL S'ÉTAIT approché d'elle et déchira le silence ; elle sursauta, puis l'observa. Sans préambule, il s'assit à ses côtés.

– Moi aussi, j'aime les rizières.

– Qui êtes-vous ?

L'implacable froideur le figea. Son esprit se paralysa.

La nuit allait bientôt tomber, et à quelques pas de là, les lampions embrasaient le petit temple de quartier. L'atmosphère était festive. Les femmes avaient revêtu des yukatas colorés, légers kimonos d'été ajustés de ceintures seyantes choisis avec soin. Dans leurs tenues aux motifs tantôt fleuris, tantôt géométriques, elles se suivaient avec grâce dans une même danse circulaire, au rythme d'un air qui revenait en boucle.

On était au beau milieu du mois d'août, et l'on célébrait O-bon, en l'honneur des ancêtres. C'est à cette période de l'année que les mégalopoles se désemplissaient de leurs citadins qui rentraient au pays saluer la mémoire des aïeux. Akio était de retour aux sources, comme de coutume. Il appréciait cette escapade, tant pour la joie des retrouvailles que pour la sérénité qu'elle lui offrait. L'air de son village était plus frais et plus pur qu'à la ville, les étoiles plus lumineuses. La montagne était proche et la nature y avait encore sa place. Lassé de la monotonie de la danse, il s'était mis à rêvasser, appuyé nonchalamment contre un arbre. Pourtant, une silhouette l'avait sorti de sa torpeur. Il ne sut jamais si c'était la façon dont elle se mouvait, le rouge éclatant de son yukata ou sa coiffure apprêtée. Il s'était senti défaillir.

* *
*

Cette fois, elle avait dérogé au pacte familial. Un accord tacite, rigide. Emeline le savait, on ne pouvait transgresser les codes sans représailles. Elle avait marmonné une justification qui n'avait fait que péjorer une relation déjà fragilisée. « Foutaises ! Ces étrangères sont décidément bien égoïstes », avait pesté sa belle-mère. Elle était partie. Quelques jours seulement, loin de la capitale. Emeline aimait l'ambiance bon enfant de ce festival. Elle se fondait dans la danse avec ferveur. Après avoir tournoyé, encore et encore, elle eut envie de s'éclipser. Elle avait quitté l'enceinte du temple pour aller flâner vers une rizière qui côtoyait des feuillages où venaient mourir les ultimes rayons de soleil. Rien ne lui plaisait plus en ces débuts de soirée d'été que les chœurs de cigales qui emplissaient l'espace de leurs dernières envolées stridentes avant la nuit. Mais dès que l'on s'approchait, un silence absolu s'installait ; les insectes semblaient s'être évaporés. Elle se gorgea de quiétude.

Akio, qui l'avait vue se dérober, se précipita pour lui emboîter le pas. Son épouse et sa fille, absorbées, ne remarquèrent rien. Elles continuèrent leur danse. Son absence passa naturellement inaperçue.

– Qui êtes-vous ?

La question était restée en suspens, flottante, dans la douceur de l'été. À présent, Akio cherchait à rattraper sa maladresse. Emeline le devança. La voix s'était apaisée.

– Vous n'avez pas tort, reprit-elle. J'aime les rizières, mais plus encore, c'est le chant des cigales qui me fascine. Et le calme qui s'installe lorsqu'on les trouble. Leur symphonie s'interrompt. Elles refusent d'être apprivoisées.

Akio fixait le profil dentelé de la jeune femme, ses traits si marqués, ce nez saillant. Elle était gracieuse, majestueuse, posée là comme une poupée de porcelaine. Dans les méandres de ses pensées embuées, il était déjà trop tard.

Il leva les yeux. La lune ronde enceinte de promesses allait bientôt poindre dans le ciel vespéral, lui renvoyant son paradoxe : on fêtait les morts, et il retrouvait la vie.

PREMIÈRE PARTIE

Lui

1

– EXCUSEZ-MOI, je suis désolé.

Akio Tanaka venait de bousculer involontairement la jeune femme devant lui dans la file d'attente qui se déroulait telle une fade guirlande. Cela arrivait parfois, dans cette foule débordante qui finissait par ne plus trouver d'espace alentour.

Il était exactement 7h49 et le quai était noir de monde, comme chaque matin. Akio Tanaka se tenait parmi les usagers dans son complet bleu marine au pantalon un peu trop court, qui laissait entrevoir des chaussettes blanches. De corpulence moyenne, il avait un visage plutôt quelconque : ni particulièrement beau, ni laid pourtant, il ne se démarquait que par un rictus ponctuel s'affichant sur ses lèvres charnues, qui pouvait passer pour de la moquerie ou de l'arrogance, mais n'était en réalité qu'un tic trahissant une personnalité inquiète. Il n'y avait pas encore de traces de blanc dans ses cheveux noir de jais qui tombaient raides, avec une frange effilée s'arrêtant juste au-dessus des sourcils. Il était banal, somme toute, se fondant avec aisance dans la masse. Akio le caméléon attendait son train. Avec les autres caméléons. Et tout ça était rassurant.

Il était arrivé sur le quai à 7h47. Il s'était renversé de la soupe de miso dessus au petit-déjeuner et avait dû se changer. Il avait perdu entre huit et neuf minutes, et c'est pourquoi il venait de manquer son train habituel. Il devrait composer avec l'inconnu. D'habitude, il savait exactement où se placer afin de pouvoir monter sans encombre. Akio se glissa donc dans la file d'un autre wagon. Autour de lui, des visages étrangers à profusion. Les visages familiers s'étaient volatilisés ; ceux qui ne l'avaient jamais salué filaient dans le train qui s'était enfui sans lui.

C'était un doux matin d'été, déjà noyé dans la moiteur, avec le soleil pointant dans le ciel bleu pâle de Tokyo. La journée s'annonçait chaude et humide. Akio sentait perler quelques gouttes de sueur sous sa chemise d'un blanc immaculé, recouverte d'une veste peu adaptée à la saison. À ce désagrément venaient s'ajouter les excès de la veille au soir : une sortie professionnelle bien trop arrosée qui le rendait maintenant nauséeux. Ce n'est qu'à une heure tardive qu'il avait pu se retirer, pour attraper de justesse le dernier train, et rentrer en titubant chez lui se glisser dans les draps du lit conjugal où sa femme, comme souvent, avait feint de ne pas l'entendre.

Le train de 7h51 entra en gare et la file d'attente jusque-là bien docile se mua en une cohue se bousculant pour s'engouffrer dans le wagon en quête d'un recoin minuscule pour faire le trajet sans avoir le bras coincé, ou subir les effluves de poisson ou d'haleine fétide. Il démarra et ondula à vive allure entre les maisons étriquées aux tuiles bleues où pendaient des étendoirs de linge, les immeubles uniformes où s'alignaient d'infinies rangées de portes grises, les fils électriques qui tissaient la ville de leur toile, puis il longea la rivière où quelques retraités promenaient leur chien, dépassés par des sportifs qui profitaient de courir avant l'arrivée de la chaleur accablante de la mi-journée.

Le train entra en gare de Shinagawa, et Akio se précipita sur le quai, se pressant pour attraper sa correspondance. Il avait manqué la précédente. Il se faufila péniblement parmi la multitude, et sauta de justesse dans la ligne Yamanote. S'il se hâtait, à sa descente, il avait des chances d'être à l'heure. Il se lança alors dans une course à en laisser son cœur là, sur le trottoir, comme si sa vie en dépendait. La sueur glissait maintenant le long de son dos, collant la chemise à sa peau. Tout autour de lui avait disparu ; ne restait que cette peur qui lui tordait les tripes, cette angoisse de manquer à l'appel. Haletant, il n'attendit pas l'ascenseur et gravit les marches quatre à quatre pour se précipiter à son bureau. La sonnerie de l'entreprise retentit à cet instant précis. Son chef le regarda de travers. Akio déposa promptement son porte-documents, et se campa sur ses deux pieds, raide comme un piquet. Il se joignit à la mêlée qui récitait l'ode matinale. Il répétait machinalement, promettant de bien travailler, d'être un employé modèle, retrouvant son souffle avec peine.

– Tanaka, quelque chose ne va pas ?

Il ne s'était pas rendu compte que les autres s'étaient rassis et bredouilla une piètre excuse. Il tenta de se calmer et rassembla ses papiers. Akio Tanaka était salarié d'une firme pharmaceutique qui développait des traitements liés aux pathologies psychotiques.

Il y avait été engagé une quinzaine d'années auparavant, à sa sortie de l'université, pour la logistique d'abord, puis, cinq ans plus tard, comme acheteur. Il avait aiguisé ses connaissances médicales en autodidacte, et maîtrisait désormais ses dossiers sur le bout des doigts. Il avait rendez-vous avec le vendeur d'une entreprise partenaire. Cela faisait des mois qu'il négociait ce contrat pour acquérir de la matière première entrant dans la composition d'un médicament révolutionnaire à un prix concurrentiel, qui permettrait en retour à sa compagnie de se placer stratégiquement sur le marché. Au vu des enjeux, l'échec n'allait pas être toléré. Il fit le point fébrilement, vérifia ses chiffres une dernière fois. Puis il se dirigea vers la salle de réunion d'un pas hésitant. Son anxiété le vampirisait ; ses épaules se rétractaient. Il courbait déjà l'échine, prêt à se donner en pâture. Son visiteur était arrivé et il s'inclina respectueusement pour le saluer :

– Monsieur Fujimori, bonjour. Je vous en prie, asseyez-vous.

L'endroit contrastait avec le reste. L'environnement était sobre, mais feutré. Les fauteuils étaient confortables et le mobilier de qualité. Par la fenêtre, on voyait l'autoroute qui serpentait à la hauteur du quatrième étage, où ils s'étaient installés, pour aller caresser d'autres gratte-ciel, plus loin. L'agitation extérieure s'était écrasée sur les doubles vitrages, et le silence imprégnait la pièce. Sans plus tarder, une jeune femme se glissa discrètement dans la salle. Elle portait un uniforme bleu marine, jupe et veste assorties, un chemisier blanc affublé d'un gros nœud au cou, et, malgré la chaude saison, des bas couleur chair. Son maquillage était impeccable, la peau diaphane et matte, les sourcils minutieusement dessinés, la bouche rehaussée d'un rouge à lèvres cerise. Sa démarche légère la renvoyait à une invisibilité inhérente à son statut. Elle s'approcha avec un plateau sur lequel étaient posées deux tasses de thé vert fumantes qu'elle leur servit. Après qu'elle se fut éclipsée, Akio put entamer les négociations. Il sortit nerveusement ses documents, tentant d'afficher l'assurance du *business man* rodé face à un Monsieur Fujimori venu d'une de ces entreprises broyeuses fortes de leur succès et de leur chiffre d'affaires. En dépit de sa préparation, Akio Tanaka était acculé. Il se sentait transpirer et bafouillait, tandis que Fujimori restait imperméable à ses arguments. Cette discussion s'ajoutait à de précédents échanges, car Kato, son chef, l'avait exhorté à négocier, inlassablement.

– Tanaka, vous n'allez pas me dire que vous ne pouvez pas obtenir mieux ? Vous, Tanaka ? martelait Kato.

C'était sa façon à lui de le garder sous la main. Un peu comme le tenir en laisse. Ainsi, lorsqu'il le fallait, il tirait un petit coup dessus, et tout rentrait dans l'ordre. « Si, je vais faire baisser le prix », acquiesçait Akio, même si les répliques de Kato n'attendaient pas vraiment de réponse. Approuver et s'exécuter : tout se résumait à ce subtil mélange. Mais les négociations s'embourbèrent. Fujimori resta campé sur ses positions, et Tanaka englué dans une impasse. Rendez-vous fut pris pour une énième réunion, « parce que je dois en discuter avec mon supérieur », avait argué Fujimori.

Après avoir quitté son visiteur, Akio traîna dans les couloirs, tel un chien errant. La laisse pour l'instant desserrée. La peur qui lui tordait les boyaux alourdissait son pas. Il regagna finalement sa chaise. Au bout de la rangée de tables, Kato l'observait. Sur son bureau, son chef déplaçait solennellement la paperasse d'une boîte à l'autre : après avoir tamponné les documents de la première pile pour apposer sa signature, il les classait dans la boîte jumelle. Entre deux lectures, il relevait la tête, prenait son éventail et balayait majestueusement du regard les sous-fifres à son service. Mais, cette fois, il ne resta pas assis. L'odeur d'après-rasage bon marché s'approcha ; les pantoufles brun-roux se plantèrent devant sa chaise.

– Tanaka, venez avec moi. Il faut que je vous parle.

Il aurait préféré une de ces scènes dont il était coutumier ; le chef qui hurle, les postillons rageurs, la colère bruyamment déversée, les collègues tétanisés. C'était humiliant, mais familier. Sordidement rassurant. Le calme apparent l'angoissait. Kato le précéda dans une petite salle de conférences.

– Écoutez-moi bien, Tanaka. On ne peut plus se permettre vos faiblesses. Vous voulez nous enfoncer ? Vous le faites exprès ? tonna-t-il en plantant ses yeux en flamme dans les pupilles de Tanaka.

– Je suis désolé, je suis désolé, répétait en continu Tanaka, en se courbant de plus belle.

Il n'y avait pas de justification possible. Il n'avait pas été à la hauteur. Kato avait raison. À la peur venait de succéder un sentiment de honte. Muet, emprunté, il ne pouvait répliquer. Finalement, Kato reprit son souffle et se détourna de lui. Il n'obtiendrait rien de plus de cet incapable, mais se félicitait d'avoir tiré un petit coup sur la laisse. Il se leva et regagna son bureau.

Tanaka le suivit, sacrifié sous le regard de ses collègues. Il ternissait la réputation de l'entreprise.

Ce soir-là, personne ne proposa de prendre un verre après le travail. Lorsque la sonnerie de fin de journée retentit, les pantoufles brun-roux disparurent. Kato salua et se retira. Tanaka resta là, penaud. Sur ses épaules voûtées, il portait le déshonneur. Il avait échoué au point d'enlever à Kato l'envie de sortir, un vendredi pourtant. Il était en colère. Contre lui-même.

2

IL S'ÉCLIPSA du bureau discrètement. Il ne pouvait rentrer chez lui maintenant. Sa femme le questionnerait. Il se mit alors à balader sa honte. Les rues s'emplissaient de joyeux lurons qui avaient terminé leur semaine et s'en allaient asphyxier leurs soucis dans des chopes de bière dorée à la mousse immaculée. Les échoppes renvoyaient des odeurs de brochettes de poulet, de poisson grillé à point. Sur le toit des buildings, les *salarymen* envahissaient les *beer garden* d'où l'on pouvait voir le soleil descendre lentement caresser la ville, pour aller se fondre derrière le béton. Des lampions colorés égayaient la terrasse. Tanaka s'attabla, seul. Il n'y avait que lui qui était seul, constata-t-il dans un mélange d'abattement et de perplexité. Ce soir, il était exclu du groupe. Il commanda une bière, des fèves de soja, des brochettes de poulet salées et des beignets de crevettes et de légumes. Rien n'avait de saveur. Il avalait les mets les uns après les autres, mécaniquement. Il vida une ixième bière, puis du saké chaud. Seuls quelques clients avaient déserté l'endroit, et la soirée se poursuivait dans le brouhaha de la foule alcoolisée. Mais le bruit alentour finit par s'éloigner dans la vapeur qui pénétrait lentement son esprit. Elle se distillait au compte-goutte, et Tanaka devint hermétique au tumulte. Il régla l'addition puis tenta de se lever. Il tituba et se rassit dans un fracas. Un serveur se précipita pour l'aider à se remettre sur pied. Il se concentra, et parvint péniblement à quitter les lieux. Il héla un taxi à sa sortie du restaurant. Le chauffeur, habitué aux saouleries, ne se départit pas de sa courtoisie qui lui seyait comme les gants blancs couvrant ses mains. Il lui ouvrit la porte automatique et, une fois Tanaka affalé dans son siège, il se tourna vers lui en lui demandant respectueusement : « Où faut-il que je vous conduise, monsieur ? » Tanaka lui indiqua d'une voix rauque la gare la plus proche et, tandis que le taxi s'enfilait dans les ruelles, Tanaka serra fort les poings. Il sentait les relents de son ivresse. Il avait envie de vomir. Il put se retenir. Finalement, il monta dans le bon train. Par automatisme. Il restait des places assises. Il s'avachit sur une banquette, sa serviette de cuir noire sur ses genoux, sa cravate défaite, la sueur collée à son front. Ses paupières étaient de plomb et, pantin désarticulé dont les fils se relâchent, il laissa tomber sa tête sur l'épaule de son voisin qui, incommodé par cette proximité, tenta de le repousser en lui donnant de discrets coups de coude. Tanaka se redressa alors dans un sursaut, mais, la tête s'affaissant en continu, le passager s'impatienta et changea de place. Tanaka s'effondra comme une masse sur la banquette devenue vide.

– Nous sommes au terminus. Veuillez sortir s'il vous plaît.

Le ton était poli, mais la consigne était claire. Il fallait quitter le train. Tanaka émergea brusquement de son assoupissement. Il avait manqué la gare où il devait s'arrêter et ne pourrait pas rentrer chez lui ce soir. Rassemblant ses affaires, il descendit sur le quai puis se dirigea vers un petit hôtel à proximité où il avait déjà passé la nuit auparavant, dans les mêmes circonstances. Les enseignes lumineuses aux multiples couleurs agressaient ses yeux fatigués. Il avait le teint blafard et, encore sous l'effet de l'alcool, avait des haut-le-cœur. Il se présenta à la réception, puis se traîna péniblement jusqu'à sa chambre. La porte refermée, il se précipita aux toilettes et, la tête penchée dans la cuvette, il vomit. Ses tripes, l'affront, son découragement. Épuisé, il se glissa dans les draps tandis qu'au-dehors, les rires bruyants de noctambules éméchés finirent par s'estomper alors qu'il sombrait dans son sommeil.

3

DANS cette maisonnette de la banlieue tokyoïte flottait une odeur de soupe de miso. Le riz reposait dans l'autocuiseur, à côté du micro-onde. Il était encore tôt en ce samedi matin, mais madame Tanaka s'affairait déjà. Elle avait terminé son petit-déjeuner, mais avait laissé sur la table deux bols propres : un pour la soupe, un pour le riz. Son mari avait dû manquer le dernier train la veille au soir et trouvé un hôtel où passer la nuit, conclut-elle, en continuant de mettre en ordre la petite cuisine. Après avoir vigoureusement frotté la vaisselle, elle la rinça, l'essuya minutieusement puis la rangea dans le buffet. Elle astiqua le comptoir tout aussi énergiquement, puis jeta un coup d'œil pour s'assurer du résultat. Satisfaite, elle quitta la pièce et monta à l'étage. Elle passa devant la porte de la chambre de sa fille, fermée. Elle avait l'interdiction d'y entrer. Elle s'attaqua ensuite à la chambre conjugale, plia les futons et les cala dans le placard. Le soleil caressait doucement le papier translucide des fenêtres, les enrobant d'un éclat lactescent. L'odeur de paille de riz des tatamis à présent dénudés se répandait dans la petite pièce. Elle s'arrêta un bref instant pour la respirer à pleins poumons, avant d'aérer et de pendre le linge au balcon, majoritairement les vêtements de Kaori, qui sortait souvent le soir. Chaque samedi, elle récapitulait le travail accompli. Kaori se moquait d'elle. Une famille, c'est comme une petite entreprise, lui répétait sa mère. Mais Kaori ne l'écoutait pas. Bah ! Les jeunes ont d'autres préoccupations, c'est bien normal, concédait-elle. Quant à son mari, qu'aurait-il donc bien pu faire de son nombre de lessives et de paires de chaussettes ? En jetant un coup d'œil à la maisonnette de madame Okabe, sa voisine, elle vit que cette dernière avait de l'avance. Une brochette de pyjamas bariolés, de robes d'été et de t-shirts séchaient déjà. Sa propre besogne accomplie, elle dénoua son tablier qu'elle plia méthodiquement, puis alla se préparer. Elle se souciait peu de son apparence. À l'époque où elle avait rencontré Akio, elle s'appliquait à se présenter sous son meilleur jour. Elle choisissait avec soin ses tenues, suivant la mode et s'informant des dernières tendances. Elle se maquillait minutieusement, et ne mettait jamais un pied dehors sans avoir vérifié dans le miroir qu'elle trouverait auprès de son mari de l'approbation. Mais à présent, elle avait d'autres préoccupations. Il y avait trop à faire, et elle n'avait plus besoin de séduire. Elle enfila un pantalon marron et un chemisier dépareillé dans une combinaison de couleurs hautement improbable, mais son attifement ferait l'affaire. Avant de sortir, elle aligna scrupuleusement ses pantoufles, parallèlement, et chaussa de confortables souliers, tout aussi peu élégants que le reste. Elle s'affubla d'un chapeau terne, et couvrit ses avant-bras de légers gants de coton blancs pour les protéger du soleil. Elle fit glisser la porte coulissante, et quitta la maison d'un pas décidé avec son panier.

En marchant à vive allure, il lui fallait seize minutes pour parvenir au centre-ville. Elle le savait parce qu'invariablement, elle s'en tenait à son horaire. Madame Tanaka aimait l'organisation. L'ordre, la répétition, le connu, le chronomètre. Elle n'aurait pas voulu qu'on vienne la surprendre. En chemin, elle croisait des chapelets de vélos qui zigzaguaient périlleusement entre les piétons. C'est au bout de treize minutes qu'elle traversait la voie de chemin de fer. Un peu plus loin, c'était le vendeur ambulant de boulettes de poulpes, à la chansonnette régulière. « Takoyaki... takoyaki... » résonnait dans l'air, et lui mettait l'eau à la bouche. Ah, celui-là sait comment s'y prendre pour attirer les chalands, se disait-elle, cédant quelquefois à la tentation. Lorsqu'elle s'arrêtait pour acheter quelques boulettes, elle en profitait pour faire un brin de causette. Quelle chaleur, aujourd'hui ! Étouffante, n'est-ce pas, rétorquait-il, sans attendre de retour. C'était à peu près là le contenu de leurs échanges, mais ces petits mots anodins étaient le sel de sa journée car, même si elle s'acquittait de ses devoirs de ménagère avec rigueur et constance, madame Tanaka ressentait parfois un infime pincement dans ses entrailles. Si minime que ça ne valait pas la peine de s'y attarder. Cette demi-seconde passée, elle reprenait sa routine.

Elle s'arrêtait à la halle où elle achetait les produits frais. Elle connaissait bien les étals et savait exactement où aller. Elle ne dérogeait jamais à ses habitudes, faisait ses emplettes machinalement. Ici le poisson, là, les légumes. Puis le reste au supermarché.

*   *
*

Le chemin du retour prenait un peu plus de temps, à cause des courses à porter. Une fois revenue, elle vit que les bols sur la table étaient sales. Son mari était rentré. La maison était silencieuse. Il devait probablement récupérer d'une nuit peu revigorante. Elle rangea ses achats discrètement, afin de ne pas le réveiller. Comme d'habitude, elle était à l'heure pour son feuilleton du samedi. Elle s'installa par terre, jambes repliées sous elle, sur les coussins posés à même les tatamis, et mit son casque d'écoute. Elle avait suivi tous les épisodes. L'histoire se développait sur le coup de foudre d'un homme pour l'*elevator girl* d'un grand magasin. Au fond, madame Tanaka devait bien s'avouer qu'il n'y avait pas là matière à s'extasier. Mais ses feuilletons, c'étaient ses moments à elle. Un exutoire. L'épisode du jour terminé, elle retourna vérifier le linge étendu plus tôt dans la journée. Avec la chaleur de l'été, il était maintenant sec, et elle se mit à le plier religieusement, avec une précision de géomètre. Puis elle appela son chat :

– Grisou, viens manger.

Tandis qu'elle remplissait sa gamelle, elle entendit son mari se lever. Il était finalement sorti de son sommeil, mais affichait un air groggy, ce qu'il confirma immédiatement :

– J'ai une sacrée migraine. J'ai dormi, mais ça ne va pas mieux.

– Vous êtes allés boire tous ensemble ? rétorqua-t-elle, anticipant la réponse.

Il n'y avait dans sa question aucune trace d'exaspération ni de reproche. Elle savait bien qu'il n'avait pas le choix, et qu'il aurait été exclu du groupe s'il n'avait pas suivi. Elle n'attendait pas réellement de confirmation, mais il mentit et acquiesça :

– Oui, le chef, et les autres.

Il n'aurait pas osé lui avouer qu'il était peut-être déjà hors du cercle. Qu'il se demandait si ses faux pas pouvaient sonner le glas. En silence, il but un verre d'eau puis retourna se coucher, tandis que sa femme poursuivait avec entrain ses besognes ménagères.

4

KAORI descendit du train à la station de Ginza. Elle était vêtue d'une minijupe beige qui mettait en valeur ses jambes fines, avait chaussé des ballerines assorties et portait une légère blouse crème à sequins qui flattait sa silhouette. Dès qu'elle le pouvait, Kaori dévoilait ses jambes ; comme elles étaient bien plus longues que la moyenne et qu'elles n'étaient pas arquées, elle en était fière et elle trouvait que de dos, on aurait pu la prendre pour une Occidentale. Kaori mettait un point d'honneur à être toujours impeccable. Même par cette chaleur humide, son maquillage était parfait et, comme d'habitude, ses cheveux soigneusement lissés. Elle pouvait y passer des heures pourvu que son reflet lui plaise. Elle portait à son bras son sac à main à l'équerre. Pourtant, elle en convoitait un autre. Celui qu'elle possédait était quelconque, en simili cuir. Elle en éprouvait une certaine honte, et espérait que son article bon marché ne serait pas repéré. Mais il fallait bien s'en accommoder en attendant mieux. Puisqu'elle avait de l'avance sur l'heure prévue, elle décida d'aller admirer l'objet de son désir avant de rejoindre Mariko. Elle ne se lassait pas d'y revenir et chaque fois, elle se tenait là, immobile devant la vitrine, à baver d'envie. Elle rêvait de la traverser et de s'enfuir avec cet objet de luxe. C'était une création d'un célèbre maroquinier français à la forme trapézoïdale et à la fermeture dorée. J'aurais de l'allure, imaginait-elle. Elle se disait qu'elle ressemblerait à une Parisienne chic, de celles qui fréquentent les restaurants gastronomiques ou se laissent bercer par les accordéonistes de guinguette. Un jour, elle irait en Europe en lune de miel. Il n'y avait rien de plus romantique. Elle se tira de sa rêverie à contrecœur pour son rendez-vous avec Mariko dans un petit café non loin de là. Les amies se saluèrent et une serveuse s'approcha diligemment pour prendre leur commande. Puis Mariko se mit à bavarder, tandis que Kaori savourait son *cheesecake* et trempait ses lèvres carmin dans son thé. Mais elle avait beau attendre, ce qui la titillait ne venait pas.

– Et alors ? demanda finalement Kaori.

– Et alors quoi ? lui rétorqua Mariko, étonnamment peu encline à se livrer.

– Comment s'est passée ta soirée avec lui ? insista Kaori, que le mutisme de son amie ne décourageait pas.

– Ce type... je te jure !

– Qu'est-ce qu'il y a ?

– Non, mais tu te rends compte qu'il m'a emmenée dans une espèce de boui-boui. Tu imagines ? dit-elle sur un ton strident. Il aurait au moins pu se creuser la cervelle... Un restaurant italien, français... Quelque chose de romantique, quoi ! renchérit-elle, de plus en plus agacée.

Kaori se sentait embarrassée d'avoir insisté. Manifestement, ses questions avaient exacerbé la frustration de Mariko, qui jaillissait à présent intarissable en un flot de paroles acides. Gênée, Kaori acquiesçait d'un signe de tête, et ponctuait son approbation d'un discret « mmh... mmh ». Mais surtout, elle espérait que Mariko se calme, sans quoi elles allaient attirer l'attention. Kaori essaya d'enrayer l'invective mais n'y parvint pas.

– Je pensais qu'il était un peu plus intéressé que ça. Non, mais qu'est-ce qu'il croit ? Que je n'ai pas d'autres occasions ?

– Mais si, bien sûr, tempéra Kaori maladroitement.

Puis finalement, elle réussit à faire diversion :

– Je suis allée le voir, lança-t-elle.

– Qui ? demanda curieusement Mariko, enfin distraite.

– Pas qui, mais quoi... mon sac ! Je te dis que je l'aurai.

– Oui, mais pour l'avoir, tu vas devoir encore galérer ! Ce n'est pas demain la veille.

– Mais au moins, je l'aurai mérité.

– Tu sais, moi, le mérite... C'est bien joli, mais ça prend trop de temps, ma grande.

Mariko ne s'embarrassait ni d'artifices linguistiques ni de morale affectée. Elle disait les choses crûment, sans détour. Ce qui mettait parfois Kaori mal à l'aise, qui n'avait jamais côtoyé quelqu'un de si direct. L'honnêteté brute dont elle avait fait son apanage était d'une nature peu commune. Une particularité qui lui fermait les portes en société, mais qui facilitait la confidence.

– Non, je ne pourrais pas, je crois que ça m'écœurerait, répliqua Kaori, la bouche en demi-lune.

– Bah... c'est peut-être parce que mon chef n'est pas si moche, après tout. C'est vrai qu'avec un vieux, j'aurais hésité. Mais mon sac, je l'ai, moi. C'est du *win-win*, tu vois ?

– Hum..., fit Kaori, mi-pensive, mi-dégoûtée.

– Tu finiras bien par changer d'avis, conclut-elle avec une légèreté sidérante. Tu pourrais au moins vendre tes culottes sales. Il y a des endroits discrets pour ça. Ça rapporte un peu.

Dans le train qui la ramenait chez elle, Kaori ressassait les paroles de Mariko. Celle-ci lui assurait qu'ils n'avaient pas couché. « On est allés dans un love hotel et on a... enfin pas complètement... tu vois ? » Non, elle ne voyait pas exactement, mais elle pouvait l'imaginer. À l'issue de son monologue intérieur, elle s'efforçait de se convaincre qu'elle ne transigerait jamais et qu'elle mériterait son sac. Mais à présent, étendue sur son lit, tout n'était plus aussi clair.

Combien de culottes pour un sac ? murmura-t-elle tout en regardant, songeuse, un slip de dentelles qui traînait par terre.

5

LE HAUT-PARLEUR annonça le train de 7h40 qui allait entrer en gare. Akio Tanaka se tenait sur la plateforme dans sa file habituelle. Chacun était fidèle au poste : l'étudiante aux grosses lunettes, le sexagénaire qui tirait sur sa cigarette et finissait par s'étrangler, et la pléthore d'employés en complet sombre, comme lui. Akio retrouvait son quotidien. Il s'engouffra dans le wagon avec difficulté pour terminer nez à nez avec le sexagénaire. Ne restait que son haleine de tabac froid, incommodante. Le train fila à vive allure, et malgré la promiscuité d'où se dégageaient déjà des odeurs de sueur, en dépit de l'heure matinale, Akio trouva un certain confort. Du réconfort : aujourd'hui, il n'aurait pas à courir. Il descendit à la station de Shinagawa et se mêla à la cadence de la foule. Certains le dépassaient sur l'escalier roulant. Il suivit la vague, puis se rendit sans précipitation jusqu'à son entreprise, mais, arrivé sur le pas de la porte, il eut une légère hésitation. La honte qui l'avait récemment submergé tentait de refaire surface. L'anxiété cherchait la faille pour s'infiltrer. Akio parvint à se ressaisir. Ce voyage d'affaires sera ma seconde chance, se convainquit-il. Il fit une brève apparition au bureau pour repartir avec son collègue, Yoshimoto. Tous deux avaient en effet prévu de prendre le train à grande vitesse qui leur permettrait de rejoindre Kyoto en deux heures. Une fois montés dans le Shinkansen, ils s'installèrent face à face, ce qui embarrassa Akio qui avait encore en tête l'esclandre du vendredi. Il fouilla dans sa sacoche, en sortit ses dossiers et fit mine de s'y plonger. Yoshimoto eut la décence de l'ignorer, et Akio lui en sut gré. Ni le chenapan qui, assis sur les genoux de sa mère, hurlait à la mort pour avoir des bonbons, ni la petite vieille qui marmonnait dans un murmure incessant n'eurent raison de sa feinte indifférence. Avec opiniâtreté, il garda la tête baissée. Ce n'est qu'arrivé à destination qu'il se résolut à affronter le regard de son collègue. À leur descente du train, ils furent accueillis par les représentants d'une entreprise, deux compères à la cinquantaine grisonnante qui les conduisirent dans leurs locaux. Ils se déchaussèrent pour enfiler les pantoufles qu'on leur avait désignées, et suivirent leurs hôtes pour une tournée des bureaux. Ici et là, on saluait, on se courbait, on échangeait des cartes de visite. Puis ce fut la présentation de l'usine. Mais Akio d'habitude concentré griffonnait machinalement, la tête ailleurs. En fin de journée, il se rendit compte de son absence. À la lecture de ses notes, dans le train du retour, il constata qu'il n'avait relevé que des faits, des chiffres, mais aucune trace des habituels commentaires personnels dont il ponctuait ses écrits, pour momifier ses premières impressions. Il fallait voir les choses en face : il avait manqué sa seconde chance. Il se sentit renvoyé à sa honte, une fois de plus, et afin d'esquiver la présence de son collègue, il fit mine de s'assoupir. La situation m'échappe ; je n'arrive pas à me rattraper..., s'inquiéta-t-il. Son corps avachi, enfoncé dans son siège, semblait respirer la tranquillité tandis qu'en son for intérieur, les reproches grondaient. Le fracas intérieur fit écho à la brusquerie avec laquelle le train s'arrêta soudainement. Aucune gare n'était pourtant à proximité. Akio se risqua à ouvrir les yeux, mais à travers la vitre, il n'y avait que des rizières à profusion et les montagnes ciselées au loin. Le haut-parleur annonça avec pudeur un incident. C'est ainsi qu'on les nommait. En huit lettres, le désespoir des écorchés qui finissaient sur les rails. Un voile de bienséance venait couvrir la vérité crue : les statistiques le confirmaient, le nombre de suicidés augmentait. Le train resta immobilisé un certain temps dans le silence qui régnait dans le wagon. Personne n'osait parler.

Finalement, il se remit en marche et tandis qu'il rejoignait Tokyo dans le crépuscule, Akio, bouleversé par cette tragédie en résonance avec son propre état d'esprit, ne pensait plus qu'à retrouver le réconfort de sa maison. Il se dit que le repas serait prêt, comme d'habitude ; que peut-être sa femme l'attendrait. Que le bain serait fumant, qu'il s'y prélasserait en y laissant ses préoccupations, puis qu'il terminerait par une bonne bière, avant de se glisser dans son futon.

Il rentra et le dîner était prêt, laissé là sur la table, le bain était fumant. Il était si chaud qu'il faillit s'y brûler. Il s'y relaxa, y noya ses soucis. Il essuya son corps rougi qui transpirait, et décapsula une bière fraîche qui vint lui chatouiller le gosier. Puis il se glissa dans son futon, sa femme dans celui d'à côté. Elle ne l'avait pas attendu : elle dormait.

6

KAORI était restée longtemps pensive devant le tiroir de ses sous-vêtements. Il y en avait de toutes les couleurs et de tous les styles. Des culottes pastel, avec de jolis motifs fleuris, d'autres plus neutres, noires ou blanches, un peu trop classiques, et des slips sexy : imprimés léopard ou strings minimalistes. Ceux-ci feraient certainement l'affaire. Les autres aussi, après tout. Mariko avait dit qu'il en fallait pour tous les goûts. Les adeptes de très jeunes filles, aux yeux traînant sur les cuisses dénudées de lycéennes pubères dont les jupes découvraient outrageusement la féminité naissante, et les partisans de femmes plus mûres. Ce qui compte, c'est que le slip soit usagé. C'est la condition sine qua non, tu comprends ? avait martelé Mariko, alors qu'elles déambulaient dans le parc d'Ueno, à la recherche d'un peu de fraîcheur à l'ombre des arbres. Autrement, autant que ces gars aillent s'acheter des culottes propres au rayon lingerie, avait-elle ajouté. Mi-dégoûtée, mi-intriguée, Kaori s'était enquise plus précisément de la façon de s'y prendre pour les vendre. Mariko ne s'était pas départie de sa brusque franchise, sans fioritures, lui expliquant qu'il y avait des endroits spécifiques pour ça. Et mentionna que si elle voulait vraiment son sac, elle avait tout intérêt à rencontrer des hommes. C'était bien plus lucratif. Mais tandis qu'elle lui exposait pragmatiquement les bénéfices à en retirer, Kaori n'entendait déjà plus rien. Elle se sentait seulement envieuse de la liberté de Mariko, cette absence totale de morale. Kaori baissa la tête et fixa ses souliers. Elle suait avec ses bas en plein été et à présent, elle souhaitait mettre un terme à cette conversation perturbante. Mariko continuait, intarissable, puis, à bout d'arguments, elle tira de son sac un petit miroir et du papier matifiant. Elle aussi transpirait, et se tamponna le visage pour absorber l'excès de sébum, puis sortit son rouge à lèvres pour retracer le contour de sa bouche avec précision. Prétextant une migraine, Kaori la quitta là et se hâta vers la gare toute proche. Elle attrapa le premier train pour en descendre à la station suivante. Il fallait qu'elle prenne un peu l'air. Les propos de son amie l'avaient remuée et faisaient remonter à son esprit le fil des échanges des mois passés. À travers le malaise diffus qui s'emparait d'elle, tout était devenu flou. Elle pourrait monnayer ses petites culottes ou voir des hommes, ou au contraire travailler et se marier. Elle donnerait à son époux une descendance, ils mèneraient une vie tranquille. Elle le bichonnerait lorsqu'il rentrerait le soir tandis qu'à côté, les enfants souriraient dans leurs doux rêves de princesses ou de chevaliers.

Au gré de sa promenade, Kaori échoua dans un quartier d'échoppes et de restaurants. Elle entra dans un bar à sushis tournant bon marché. Il ne restait qu'une place de libre, et elle se retrouva coincée entre un couple d'adolescents dans leur uniforme de collégiens, et une famille aux deux garçonnets turbulents. À sa gauche, les tourtereaux se faisaient discrets. Un rendez-vous galant, une histoire naissante sans doute, car ils murmuraient en échangeant des regards timides. À sa droite, les larrons avaient sauté sur l'occasion. Profitant de l'inattention de leurs parents, ils s'amusaient à attraper les assiettes qui tournaient sur le tapis roulant devant eux. Leur appétit n'égalait pas leur envie de jeu, et les sushis gisaient là, tandis qu'ils amassaient en pouffant de rire. Kaori ressentit un malaise diffus en les regardant : elle n'était pas encore prête pour ce quotidien banal.

Sur le chemin du retour, elle continuait à transpirer dans l'inconfort de ses bas et n'avait désormais plus qu'une hâte, se déshabiller et se plonger dans l'eau du bain.

Non, pas moi, se répétait-elle intérieurement, comme pour se convaincre. Mais quelque chose la perturbait. La liberté de Mariko s'insinuait malgré tout dans ses pensées.

* *
*

Kaori se répétait en boucle les propos de son amie. Ça faisait déjà longtemps qu'elle était frustrée dans son emploi, à faire des photocopies et servir le thé à des cinquantenaires machistes qui n'avaient aucun respect pour sa personne. Chaque soir, lorsqu'elle se déshabillait et mettait de côté son uniforme de travail, elle n'avait qu'une envie : pouvoir l'abandonner pour de bon et les envoyer au diable. Elle faisait le calcul de ce qu'il lui faudrait encore économiser pour s'offrir le sac dont elle rêvait ; ce seraient des mois et des mois pour le tenir enfin dans ses mains.

Il avait suffi d'une humiliation de trop pour que les paroles de Mariko résonnent.

Au beau milieu du bureau, son chef s'était mis à crier : « Mais qui est donc l'imbécile qui m'a fait ces photocopies recto verso ? »

À peine sortie du travail, Kaori avait contacté Mariko, et elles s'étaient retrouvées dans le café qu'elles fréquentaient d'habitude. Il avait un côté cosy, avec ses fauteuils au velours foncé et sa tapisserie aux teintes bleu canard et moutarde, et une douce musique de fond pour bercer les conversations. Mais surtout, le *cheesecake* était un incontournable ; une fois qu'on y avait goûté, on revenait forcément. C'est pourquoi les deux jeunes femmes avaient fait de l'endroit leur point de chute. Elles commandèrent un café viennois pour l'une, un *chai latte* pour l'autre. Sans même attendre que les boissons arrivent, encore remontée par le commentaire de son chef, Kaori se lança sans hésitation :

– J'ai pris ma décision.

– C'est-à-dire ?

– Moi aussi, je vais rencontrer des hommes.

– Ben, ma grande !

C'était son expression préférée. Sa franchise aux limites de la politesse.

– La voix du pragmatisme, poursuivit-elle ironiquement.

– Je voudrais que tu restes discrète... J'en mourrais de déshonneur si ça venait à se savoir. Dis-moi encore comment faire.

– Je te l'ai déjà expliqué, mais je vais recommencer. Écoute-moi cette fois.

Les dernières semaines, Kaori s'était sentie balancée par des sentiments contradictoires. Côtoyer des hommes dans une optique pécuniaire la plongeait dans une honte qu'elle pouvait difficilement regarder en face. Elle essayait de se donner bonne conscience en se disant qu'il s'agissait là d'une évolution de la société devenue une certaine norme, et que Mariko avait participé à l'aiguiller dans ce sens. Mariko était ce qu'on appelle de façon simpliste « une mauvaise influence », terme opportun pour se dédouaner de ce que l'on n'assume pas totalement.

Mais surtout, les vexations répétitives, la phrase de trop, avaient eu raison de ses scrupules.

Déterminée, elle enchaîna :

– Et qu'est-ce qu'ils demandent ?

– Ça dépend. Tu sais, la ville est pleine de cinglés qui sont prêts à ouvrir leur porte-monnaie. Alors, autant en profiter. Souvent, ils ont juste besoin de fantasmer un peu. Tu n'es pas forcément obligée de beaucoup t'impliquer et c'est de l'argent facilement gagné.

– Mais concrètement… il doit bien y en avoir qui demandent plus, non ?

– Oui, bien sûr, et ça paye mieux. Mais ce n'est pas systématique. Il faut juste être prête aux bizarreries.

Kaori écouta attentivement ses explications dans un mélange de crainte et de curiosité. Il s'agissait cependant de ne pas se faire prendre. Devoir se justifier aurait été la honte suprême. Jamais ses parents ne devaient se douter de quoi que ce soit.

7

IL ÉTAIT dix-neuf heures lorsqu'elle rentra, et le dîner était prêt.

Le riz attendait dans l'autocuiseur et divers mets d'accompagnement étaient répartis sur de petites assiettes. Madame Tanaka s'était affairée entre deux épisodes de ses séries télévisées. Alors qu'elle disposait les bols et les baguettes, elle entendit la porte d'entrée qui coulissait. « C'est moi ! », lança Kaori, tout en rangeant précautionneusement ses chaussures pour enfiler des pantoufles à gros poils jaunes qui lui donnaient une allure enfantine. Elle se glissa dans la cuisine pour saluer sa mère, puis grimpa à l'étage pour se changer, réapparaissant dans une tenue confortable, t-shirt Hello Kitty et bas de training fleuri. Elle s'installa à sa place attribuée à la table familiale. Elle n'osa pas avouer qu'entre le *cheesecake* et quelques biscuits salés, elle n'avait plus très faim ; elle se résigna à se forcer. Mère et fille se faisaient face, habituées à la chaise vide d'Akio en semaine mais ce soir-là, il rentra juste à temps pour se joindre à elles. C'était tellement inattendu qu'au lieu de s'en réjouir, sa femme en éprouva de l'inquiétude.

– Tout va bien ? Tu ne reviens jamais à cette heure-ci, lui lança-t-elle en guise d'accueil.

Akio répondit par un « mmh » qui ne voulait pas dire grand-chose, sinon qu'il n'avait pas envie de s'épancher. Il monta se débarrasser de ses vêtements et redescendit pour manger. Sa femme avait déjà servi la soupe de miso, dont le fumet s'échappait des bols noirs laqués. Enfermé dans son mutisme, Akio remuait distraitement son tofu, puis avala sa soupe les yeux obstinément rivés sur la table. À plusieurs reprises, sa femme était sur le point de se lancer pour l'interroger, puis elle se ravisa. Kaori, elle, ne semblait pas préoccupée par la présence de son père si tôt un soir de semaine. Elle évoqua quelques bribes de sa journée, dont sa rencontre avec Mariko après le travail, puis elle se tut. Rassasiée, elle picorait aussi négligemment que son père, à présent absorbée dans ses pensées. L'un et l'autre abrégèrent leur dîner et laissèrent madame Tanaka seule. Elle débarrassa et mit la cuisine en ordre.

Lorsqu'elle eut fini de ranger, elle se déplaça au beau milieu du salon. Il y avait encore beaucoup à faire pour boucler les bagages. La liste des choses à emporter était longue, mais on n'était jamais trop prudent.

Ne manquerait plus qu'on se retrouve avec une de ces sales averses, sans parapluie, marmonnait-elle.

La saison des pluies était terminée, mais allez savoir. La météo, quoi de plus capricieux. Concentrée et entourée de diverses piles, madame Tanaka biffait les éléments au fur et à mesure qu'elle les plaçait dans les valises. Il lui restait encore deux, trois choses à acheter le lendemain matin avant le départ. Les voyages lui plaisaient une fois qu'elle était dans le train, mais les préparatifs, elle aurait préféré y échapper. Bon gré mal gré, il fallait s'y atteler. Elle continua avec application.

8

KAORI était installée en face de son père, dans le sens de la marche. Écouteurs sur les oreilles, elle somnolait, bercée par le rythme du train. À ses côtés, sa mère avait sorti sa broderie. Les gestes étaient encore hésitants, mais il y avait de l'amélioration depuis le début de ses cours. Cette fois, elle s'était lancée dans la réalisation d'un oiseau, mais ne parvenait pas au résultat escompté. C'était frustrant ! Elle ne s'aperçut pas que son mari la scrutait. Avec ses lunettes sur le bout du nez, sa coiffure négligée, ses habits démodés, sa femme n'avait plus grand-chose de celle qu'il avait épousée. Elle s'était fanée, asséchée. Elle finit par lever la tête.

– Qu'est-ce qu'il y a ?

– Rien.

Il n'y avait rien à dire, au fond. Il l'avait perdue, il ne savait quand, au gré du quotidien. Insidieusement banal. De même, la petite Kaori avait grandi ; elle aussi lui avait échappé, entre les socquettes blanches et les bas de demoiselle. Elle devenait une femme, à présent. Elle était employée dans un bureau, où elle exécutait des tâches administratives. Quoi, au juste, il ne savait plus trop. Elle partait le matin, pomponnée, rentrait parfois tard le soir – souvent avec le dernier train. Enfant, elle lui adressait toujours de ces sourires enjôleurs auxquels il ne pouvait résister. Il lui tendait alors les bras et elle venait s'y blottir, ses petites nattes noires dans le réconfort de son torse. Elle était joyeuse et babillait comme un pinson, lui relatant les menus détails de son quotidien de fillette. Il connaissait tout de ses amies, sa maîtresse, et ses poupées. Il savait tout – et puis plus rien. Toujours plongée dans sa musique, égale à elle-même, elle était drapée d'une douce indifférence à son égard.

– Le train va entrer en gare de...

Akio souleva les écouteurs de sa fille qui n'avait rien entendu, tandis que son épouse avait soigneusement rangé sa broderie. Le bec de l'oiseau formait un arc marginal : elle avait eu beau s'appliquer, elle l'avait manqué. Il lui faudrait s'entraîner.

– Kaori, on est arrivés !

* *
*

La gare de Nagano avait jusque-là résisté à la modernisation. Avec son toit pointu aux allures de château, sa façade immaculée, elle semblait avoir arrêté le temps. Seule une horloge affichant l'emblème des Jeux olympiques à venir annonçait un tsunami architectural qui aurait raison de son histoire. Pour l'heure, la ville baignait dans l'apaisante quiétude de la stabilité.

Akio descendit les bagages du train, puis ils hélèrent un taxi. Le chauffeur actionna la porte automatique, et le trio s'installa sur la banquette arrière, collés les uns aux autres. De petites boutiques égrenaient le centre-ville. L'été était chaud et la plupart des passantes se protégeaient d'un chapeau de soleil et, pour les plus élégantes, d'une ombrelle et de gants qui couvraient leurs avant-bras, agitant leur éventail pour échapper à l'air étouffant qui les asphyxiait. La moiteur venait ternir le raffinement des maquillages et Kaori ne faisait pas exception. Coincée entre ses parents, elle avait sorti un petit miroir et épongeait avec du papier absorbant quelques traces de sueur. Au fur et à mesure que le taxi s'éloignait du centre-ville, la nature s'incorporait au paysage. Par la fenêtre, Akio observait les rizières qui s'étendaient jusqu'à l'horizon. Aux parcelles quadrangulaires luisant sous le soleil succédaient des maisonnettes aux vitres cachées par leurs shojis translucides. Bientôt, ils se rapprochèrent du domicile, et Akio fut guilleret comme un gosse dans une fête foraine. Il appréciait cette parenthèse annuelle. Cette année prenait même une teinte particulière, puisqu'il subissait l'exaspération grandissante de son chef. Pour autant, il ne voulait pas laisser ces tourments lui gâcher ces quelques jours de répit, mais profiter de cet intermède pour retrouver son courage et sa motivation.

Le taxi les déposa. Akio fit glisser la porte d'entrée.

– Nous voilà ! s'exclama-t-il, alors que tous se déchaussaient en contrebas.

Sa mère accourut avec entrain, suivie de son père.

– Bienvenue ! Vous avez fait bon voyage ? Venez donc.

Akio rangea les bagages. Impatiente de les recevoir, sa mère n'avait pas attendu pour préparer leur couchage. Comme d'habitude, ils seraient logés dans ce qui était à la fois une chambre d'amis et la pièce où trônait le butsudan, l'autel où l'on priait les ancêtres. Typiquement japonais, le sol était recouvert de tatamis. Trois futons aux housses fraîchement lavées s'y alignaient précisément, aux motifs fleuris pour les femmes, et aux tons neutres pour le chef de famille. Akio les rejoignit dans le salon, où sa mère avait servi un thé brûlant. Tout était identique depuis qu'il avait quitté la maison pour « monter à la capitale », comme on disait. Dans la minuscule cuisine étaient rangés tant bien que mal de multiples accessoires, et il fallait sortir des chaises supplémentaires afin de tous s'asseoir ensemble. À côté, le salon, recouvert de moquette grège, se démarquait par une décoration en rotin, un petit banc enveloppé d'un tissu fleuri, et une table basse avec un kotatsu, où l'on pouvait se réchauffer à la saison froide. Mais à cette époque de l'année, c'étaient la chaleur et l'humidité qui provoquaient de l'inconfort, et un ventilateur avait été installé dans un coin, à côté de la télévision. Assis sur des coussins au sol, Akio picorait les snacks au wasabi qui accompagnaient la boisson encore fumante. Ses parents lui réservaient toujours un accueil prévenant et l'observaient avec une certaine satisfaction, celle d'avoir rempli leur mission. Après des études de commerce dans une université réputée de Tokyo, pour lesquelles ils avaient économisé depuis les jeunes années de leur fils, Akio avait décidé de ne pas suivre la voie de ceux qui rentrent au pays, et de faire carrière dans la mégalopole. Pourtant fiers de son succès, ils gardaient la réserve attendue en société, ne mentionnant que du bout des lèvres le nom de l'entreprise dans laquelle il travaillait, portant cette réussite comme une conséquence un peu encombrante tout de même. Dans une ostentation fébrile, ils se résolvaient parfois à reconnaître que oui, quelle chance d'être employé là-bas, mais nuançaient. « Il n'était pas si doué que ça pour les études, ça n'a pas été facile », ce doux mensonge qui évitait la marginalisation de ceux qui veulent briller outrageusement. Il n'était jamais bien vu de trop se mettre en avant, et ils s'en tenaient à cette règle sociale tacite.

Rien n'avait vraiment changé dans cette maison qui portait les stigmates d'une vie qui s'était déroulée autour de cet enfant unique, ce fils réparateur qui rafistolait les insuccès des générations précédentes. Il n'avait pas failli à son devoir. Marié, une fille, une situation confortable – manquait un descendant, mais il n'était pas trop tard, ça pouvait encore venir.

Ils n'avaient pas touché à sa chambre d'adolescent. Au mur, des posters de chanteurs de l'époque. Celle où les copains s'invitaient pour réviser à l'approche d'examens ; ils passaient des heures à potasser, car l'échec n'était pas une option. En découvrant les mélodies en fond sonore, les jeunes se moquaient. « Eh, mon gars, ce sont des goûts de minette ! » Ce n'était pas de la musique très virile, mais il assumait. Son père s'était inquiété – il avait des doutes. Il lui avait parlé de filles, avait essayé de savoir si certaines de son école lui plaisaient. Akio n'avait pas pu le rassurer – non pas qu'il n'aimât pas les filles, mais aucune ne l'attirait en particulier. Il avait fallu attendre qu'il entre à l'Université de Waseda et qu'il croise le chemin de Megumi pour que les craintes paternelles s'effacent. Megumi, « la bénédiction », avait une grâce fragile qui l'avait séduit. Ils étaient jeunes, amoureux, et il n'y eut pas d'autre Megumi. Elle étudiait la psychologie, « pour mieux comprendre les âmes, pour mieux saisir ton âme », lui susurrait-elle, et lorsqu'ils eurent tous deux leur diplôme en poche, ils décidèrent de poursuivre leur vie dans la capitale.

9

CETTE trêve engendrait toujours une certaine mélancolie, et Akio s'éclipsa pour monter dans sa chambre. Sa mère lui emboîta le pas.

– Tu vois, Akio, rien n'a changé.

En balayant la pièce du regard, il constata qu'effectivement, tout semblait figé dans une stabilité presque effrayante, la photo d'un instant donné qui s'était arrêté là.

– Comment vas-tu, maman ?

– Toujours pareil. Sauf que ton père devient plus difficile. L'âge ! Il m'agace à tourner en rond sans savoir quoi faire. Si au moins il m'aidait ! Voilà bien les hommes ! Moi, je suis occupée du matin au soir. Mais enfin, je ne veux pas t'ennuyer avec nos histoires. Et du moment qu'on a la santé... c'est l'essentiel, comme on dit. Et toi ?

– Moi aussi, maman, ça peut aller. Je travaille beaucoup, alors je vois peu Kaori. Elle sort beaucoup. Et Megumi ne va pas trop mal ; du moins, je crois. On ne se parle pas beaucoup. Je rentre tard, elle est occupée. Je pense que ça lui fait du bien de quitter un peu Tokyo. Sinon, elle ne s'arrêterait jamais. D'ailleurs, moi aussi, ça me détend d'être ici.

– Tant mieux. Un peu de repos ne te fera pas de mal.

Akio et sa mère rejoignirent le reste de la famille au salon, qui babillait joyeusement. Kaori, d'habitude peu loquace, montrait un entrain inattendu. Elle entretenait avec ses grands-parents une complicité particulière. Enfant, ses parents l'envoyaient l'été chez eux pour l'éloigner de sa solitude de fille unique. La petite adorait ces grandes vacances passées à Nagano, où, d'année en année, elle s'était fait des amies ravies et fières de pouvoir côtoyer, pour quelques semaines seulement, une demoiselle de la capitale. Elles voulaient tout savoir de la ville, et, tout à l'adulation dont elle était l'objet, Kaori leur contait la vie citadine – les néons de toutes les couleurs, le rayon jouets des centres commerciaux, les attractions et Tokyo Disneyland... Ses copines, ébahies, l'écoutaient la bouche ouverte, ponctuant son récit d'interjections admiratives. Elles s'extasiaient tant et si bien que Kaori ne pouvait admettre qu'elle aussi éprouvait une sorte d'envie à leur égard, elles qui pouvaient revenir les habits tachés d'avoir gambadé çà et là dans la nature, d'avoir usé leurs pantalons en grimpant aux arbres, et les montagnes si proches, immaculées l'hiver, si rouges l'automne ; elle esquivait, il fallait donner le change.

Tout à leur enthousiasme de revoir leur petite-fille après de nombreux mois d'absence, ses grands-parents l'interrogeaient de plus belle, et elle continuait avec la même intensité, leur relatant jusqu'aux détails insignifiants de son quotidien. Elle se faisait cependant plus discrète sur sa situation professionnelle – un emploi en somme très administratif, disait-elle, et l'on sentait là une fissure, comme un regret. Elle préféra changer de sujet.

– Oba-chan, raconte-moi une de tes histoires.

Sa grand-mère s'arrêtait, ses yeux se plissaient à se fendiller comme pour en faire jaillir un récit extraordinaire, puis elle se modérait.

– Qu'est-ce que je pourrais bien te raconter que tu n'aies pas encore entendu ? commençait-elle, alors que Kaori savait bien qu'une fois de plus, elle reprendrait son anecdote favorite.

– Kaori, tu te souviens quand tu étais haute comme trois pommes et que nous allions aux sources thermales...

– Tu parles, si je me rappelle !

– La tête que tu as faite la première fois. Tu t'es tournée vers moi, intriguée, en me demandant « Grand-maman, elles vont toutes nourrir un bébé » ?

– Oui, je ne comprenais pas pourquoi elles étaient toutes nues. Pour moi, ça voulait dire qu'elles allaient donner le sein. Une maman nue, c'était ça. Mais je ne pouvais pas saisir pourquoi toi aussi, tu étais nue... parce que toi, tu étais trop âgée pour un bébé ! ajouta-t-elle en rigolant.

Kaori sembla pensive soudainement. Devant ses yeux défilaient les images d'hier. Les vacances d'été de l'époque étaient ponctuées de la douceur de ces moments. Parfois, elles se rendaient au bain public du quartier. Kaori n'aimait pas trop celui-là, à cause du vieillard qui leur faisait payer l'entrée. Juché sur une sorte d'estrade, il avait vue à la fois sur le vestiaire masculin et féminin et, maintenant que Kaori était devenue une demoiselle,

elle redoutait l'instant où elle devrait se déshabiller tout en évitant un angle où l'homme pourrait apercevoir son corps de femme naissant. En revanche, lorsque sa grand-mère annonçait « En route pour Obuse ! », c'en était parti pour l'aventure. Il fallait prendre un train vétuste qui filait à travers la campagne, et depuis la gare, marcher sous la moiteur de l'été pour rejoindre une source thermale au sommet d'une colline, avec un panorama qui embrassait toute la vallée. Dans ce décor champêtre, assise sur un tabouret bas, Kaori frottait le dos de son aïeule dont le savon glissait le long du corps avant qu'elle ne se rince à l'aide d'une petite bassine de bois. Les trois générations se délectaient ensuite du bain brûlant, où elles bavardaient de tout, de rien, jusqu'à ce que leur peau fripée par la chaleur de l'eau se décline en de multiples lignes s'entrecroisant, telle une cascade de hasards sur leurs paumes ouvertes à l'inconnu. Au retour, Kaori était gâtée par sa grand-mère qui ne manquait pas de s'arrêter dans l'une de ces échoppes qui avaient fait de la châtaigne, symbole du village, des friandises dont la fillette se régalait. Chaque escapade se terminait par une visite au musée Hokusai, « un grand artiste de notre pays », relevait sa mère, mais, tout aux intérêts de son âge, elle les suivait distraitement, la bouche pleine de sucreries. Au retour, une fois à la maison, Kaori se glissait dans son futon, heureuse, insouciante comme peuvent l'être les enfants après une journée estivale faite de plaisir, de chaleur, de soleil et du bonheur du partage.

* *
*

Soudain, Kaori revint au présent, et se rendit compte que la discussion s'était poursuivie sans elle. Il était question à présent du déroulement des prochains jours de festivités. Comme chaque année, ses grands-parents étaient allés nettoyer les tombes de la famille. Puis sa grand-mère avait préparé l'autel bouddhique dans la pièce qui leur servirait de chambre. Avec dévotion, elle avait déposé du riz, des mochis, une pomme et quelques douceurs. L'odeur d'encens embaumait l'atmosphère lors de la prière, et, puisqu'on était à la veille de la date consacrée, il était temps de guider les âmes afin qu'elles retrouvent le chemin de leur demeure terrestre. Avec toute l'ardeur qui l'habitait quand il s'agissait de rites ancestraux, Kaori suivit sa grand-mère pour disposer de petites lanternes qui brilleraient dans la nuit. Puis, satisfaite de sa journée, elle alla se coucher, rejointe de près par sa mère, et bien plus tard par son père, après qu'il eut bavardé toute la soirée de tout, de rien, en taisant sa situation professionnelle qui, en dépit de la quiétude de l'endroit et de la sérénité familiale, continuait à le tourmenter.

10

LE YUKATA de Kaori était suspendu sur un cintre. Lumineux, il était blanc, orné de petites rayures bordeaux transversales auxquelles s'ajoutaient des imprimés de fleurs mauves et vert pâle. L'obi qui maintenait l'ensemble était d'un violet plus soutenu, assorti aux getas qui complétaient la tenue. Kaori aimait la modernité de son vêtement, qui attirait l'œil en comparaison de légers kimonos plus classiques que portaient les jeunes femmes de cette région rurale. À côté, celui de sa mère était intemporel et discret, bleu marine, rehaussé de lignes crème serpentant à travers quelques motifs rouges et une ceinture de la même couleur. Megumi Tanaka n'avait guère l'opportunité, dans son quotidien linéaire, de se soucier de sa personne et de s'apprêter. Elle portait généralement ce qui lui tombait sous la main et qui était pratique pour ses activités ménagères. O-bon était pour elle l'une des rares occasions de faire preuve de coquetterie. Outre les retrouvailles, le point d'orgue était les danses traditionnelles, destinées à accueillir les âmes des aïeux, devenues surtout un réjouissant festival qui ponctuait l'été d'une touche de fraîcheur. Madame Tanaka se leva sans bruit, pour ne pas réveiller Kaori et son mari, qui dormaient encore à poings fermés. Elle se glissa jusqu'à la cuisine, où elle trouva sa belle-mère en train de préparer du café. En temps normal, cette dernière optait plutôt pour un petit-déjeuner japonais, de la soupe de miso, du riz et un peu de poisson, mais lorsqu'elle recevait sa famille, elle s'occidentalisait dès le matin – comme elle aimait le répéter.

– J'ai acheté des toasts qu'on va griller, et de la marmelade d'orange. Je sais que c'est ta préférée.

Megumi appréciait la prévenance de sa belle-mère. Elle n'avait jamais connu ces chicanes que l'on dit courantes envers les brus. Dès leur première rencontre, elle avait été accueillie chaleureusement par les parents d'Akio qui, s'ils essayaient de ne pas le presser ouvertement, priaient secrètement pour qu'il suive une voie ordinaire. Megumi avait exaucé leur souhait, et le mariage avait été célébré dans la plus pure tradition, avec un kimono de circonstance, une robe blanche et une robe de soirée, les interminables discours, les présents, les remerciements codifiés – tout s'était déroulé selon le scénario typique de cette cérémonie. Ce faste avait grevé le budget, mais chacun trouvait que ça en valait la peine.

Les toasts sautèrent du grille-pain, et les deux femmes se mirent à bavarder en tartinant leurs tranches.

– Comment va Akio ? Il a l'air fatigué...

Sans oser mentionner qu'il n'était pas le seul, elle répondit avec douceur :

– Il rentre tellement tard que je le vois assez peu. Mais c'est quand il revient trop tôt qu'il finit par m'inquiéter. Surtout lorsqu'il se mure dans le silence, et que je ne sais pas ce qui se passe au travail...

– Tu devrais tenter de le questionner un peu. Il a peut-être des ennuis.

– J'ai essayé... ça ne marche pas. Je suppose que dans les bureaux, ça ne peut pas toujours être au beau fixe. Il n'a pas envie d'en parler.

– Oui, ils sont bien tous pareils, renchérit sa belle-mère. C'est la même chose avec Tsutomu. Il est souvent renfrogné. Je lui demande ce qui ne va pas et il me répond qu'il n'y a rien. Puis il reste silencieux. Qu'est-ce que ça peut me rendre folle ! Et quand j'insiste trop, il se fâche.

– Ça ressemble à Akio...

– Il me reproche de trop causer. Alors, comme je ne veux pas de querelles, j'arrête.

Elles furent interrompues par Kaori qui venait de se réveiller, la mine endormie et les cheveux ébouriffés.

– Qu'est-ce que vous complotez, toutes les deux ? leur lança-t-elle en guise de bonjour.

– Ah, ma petite, lui répondit sa grand-mère, rien de bien intéressant pour les jeunes de ton âge ! Viens plutôt manger.

Elle lui servit un café au lait, remit quelques toasts à griller, puis, alors que Kaori mordait avec entrain dans une tranche tartinée de marmelade, elle l'observa, sur le point d'aborder le sujet à la suite duquel un silence s'installait inévitablement.

– Alors Kaori, ça va ? Et...

– Non, grand-maman, la coupa Kaori, certaine de ce qu'elle allait lui demander. Plus de Kotaro et personne d'autre à l'horizon. Lorsque ce sera le cas, je te le dirai.

– Mais ma chérie, le temps passe. Il doit bien y avoir des jeunes hommes à ton goût ?

– Grand-maman, je t'en prie. Ce n'est pas si simple.

Et, pour couper court à la conversation, Kaori remonta rapidement dans sa chambre s'habiller.

Une fois prête, elle entraîna les deux femmes pour une escapade en ville. Elle aimait surtout aller déambuler dans l'arcade commerciale de Gondo, une longue allée recouverte d'un toit de verre, où s'alignaient des échoppes en tout genre, des boutiques de mode féminine, une pharmacie, des épiceries, une librairie, et où l'oriental côtoyait l'occidental dans sa version hamburger-frites. Au bout de la rangée, on débouchait sur le grand magasin Ito Yokado, où Kaori achetait parfois quelques babioles. Les trois femmes firent une pause dans un restaurant italien à midi. Même si les enseignes étrangères étaient devenues monnaie courante, jusque dans les petites villes, la grand-mère de Kaori n'y était pas habituée. Elle réservait ce genre de repas qu'elle qualifiait d'exotique aux occasions spéciales, et la venue de sa petite-fille en était une. Kaori était soulagée qu'elle ne l'ait plus interrogée sur sa vie sentimentale. Elle trouvait ça suffisamment compliqué sans devoir s'en expliquer. Elle n'en faisait plus une priorité. Elle avait provisoirement relégué aux oubliettes ses idées de mariage, et préférait désormais un quotidien plus futile, où l'on ne se soucie pas de l'avenir. Elle s'intéressait à la mode, aux sorties, aux endroits dits branchés qu'on se devait de fréquenter. Au milieu de tout ça, il n'y avait plus de place pour les questions existentielles. Avant de rentrer, les trois femmes firent un crochet par le temple Zenkoji, site de pèlerinage qui attirait des fidèles de tout le pays. Il était impossible de ne pas s'y arrêter. Elles franchirent la porte principale, protégée de part et d'autre de ni-o, les imposantes statues gardiennes qui effrayaient tant Kaori lorsqu'elle était petite fille. Elles se purifièrent en se versant de l'eau sur les mains, et achetèrent une prédiction divine. Kaori lut la sienne avec recul. Il n'y était pas question de gain d'argent.

* *
*

De retour à la maison, Kaori, tout excitée, gravit les marches quatre à quatre pour aller se pomponner. Quand elle redescendit, elle était rayonnante. Ses cheveux étaient relevés en un chignon qui laissait apparaître sa nuque blanche, incarnation séculaire de l'érotisme. Elle se savait attirante, ce qui lui donnait un regain de confiance en elle. Quant à sa mère, elle avait revêtu son yukata plus discret, en prenant soin cependant de se maquiller minutieusement. Cette année, en scrutant son reflet dans le miroir, elle avait eu un petit pincement au cœur en constatant qu'elle avait changé. Sa peau paraissait moins fraîche, des rides s'étaient incrustées ici et là, comme de minuscules intruses.

Lorsqu'elle descendit à la cuisine, elle chercha dans le regard de son époux une once de surprise ou d'admiration, quelque chose qui la conforterait dans sa féminité, mais il était vide. Il lui lança seulement qu'elle était « toute belle », comme on complimenterait une fillette affublée de rubans et de dentelle pour un goûter d'anniversaire. La femme en elle mourait, dans ses propres yeux et dans ceux des autres. Elle prit sur elle pour surmonter cette déception. Après tout, ce n'était que le lot de toutes celles qui vieillissent. Elle en avait l'exemple juste en face d'elle, avec sa belle-mère qui, malgré son honorable vitalité, se contractait au fil du temps. Elle avait d'ailleurs annoncé qu'elle ne resterait pas toute la soirée à danser, qu'elle les accompagnerait, mais rentrerait un peu plus tôt, fatiguée de l'escapade de la journée et ne voulant pas laisser trop longtemps seul son mari qui lui, ne souhaitait pas se joindre à eux.

* *
*

Les trois femmes se mirent en route, Akio à leurs côtés. Dans la tête de ce dernier se bousculaient les soucis professionnels qu'il n'avait pu complètement occulter. Il entendait Kato le sermonner comme un gosse pris en faute, la honte et l'humiliation. Il y avait le travail et il y avait le reste. La veille au soir, en retrouvant sa chambre d'adolescent, il avait été assailli de questions. De ces doutes qui s'insinuent dans la quiétude de la nuit et qui l'avaient suffoqué en déroulant le fil d'une histoire qu'il ne reconnaissait plus. Il avait ainsi passé ces heures obscures à se demander s'il avait encore sa place. Sa femme ne l'attirait plus. Ça faisait bien longtemps que la magie s'était éteinte, peu après la naissance de Kaori. Il ne mettait que peu de fougue à accomplir son devoir conjugal, et lorsque son épouse refusait, ce qui était généralement le cas, il s'en accommodait facilement. Quant à Kaori, il l'aimait parce qu'elle était sa fille, mais au-delà de cet amour paternel, il ne s'intéressait plus à elle. Elle lui avait échappé et ce qui lui parvenait n'étaient que des fragments de son histoire. Il pouvait nommer l'entreprise où elle travaillait, sans réellement connaître le détail de ses fonctions, et surtout, sans même savoir si elle se plaisait dans son emploi, et, plus crucial, dans sa vie. Il ignorait tout de ses relations amicales et sentimentales. En somme, ils cohabitaient. Perturbé par ces pensées, Akio avait du mal à se ressaisir. Il était en décalage avec lui-même.

Là, en route pour le temple de quartier, il prit finalement une grande respiration. Humer les odeurs de l'été l'aiderait à diluer ses angoisses, et, alors qu'ils arrivaient à proximité, il retrouva un peu d'entrain qui s'amplifia au fur et à mesure que l'écho des festivités s'intensifiait. L'anxiété s'estompa.

Il y avait la musique, la danse, les lampions colorés, et il y avait la fête.

Puis il y eut le kimono rouge, et le profil dentelé.

DEUXIÈME PARTIE

Elle

1

POURQUOI j'aime le Japon ? Ça m'avait pris aux tripes. Que voulez-vous que je vous dise ? J'avais été ensorcelée, tout simplement. On me pressait d'expliquer, encore et encore. Il n'y avait rien à expliquer. C'est vrai, j'avais été fascinée par les photos, interpellée par ces tours interminables chatouillant le ciel, ces trains aux contours futuristes ; ces petites vieilles en kimono, voûtées, près de se fendre comme des branches trop sèches, les jeunes aux cheveux roses en tenue léopard, les écolières en jupette, les pousseurs sur les quais de gare. Les villes qui ne dorment jamais.

Les lumières multicolores qui clignotent la nuit venue sur les panneaux publicitaires s'entrechoquant dans une surenchère picturale, un kaléidoscope géant. L'architecture anarchique se dressant dans une surprenante cacophonie. L'overdose de fils électriques qui tissent des toiles dans le ciel, ces toiles tentaculaires qui vous aspirent et vous envoûtent, qui ne vous laissent plus le choix de partir. Tout et son contraire ; l'ensemble cohabitait dans un excentrique chaos.

La sérénité de la campagne. Le vert des rizières s'étendant à l'infini. Les sources thermales confinées au fond de vallées retirées du monde, les toits de chaume, le doux murmure du vent dans les bambous.

Et le chant des cigales.

Je n'avais que ça à révéler – et pourtant. C'était bien au-delà des mots. J'ai vite compris que je m'étais engluée. Que ce serait pour toujours.

2

ILS AVAIENT rendez-vous à Minami-guchi, la sortie sud de l'arrêt Shinagawa sur la ligne Yamanote. C'était un vendredi soir, et la foule tokyoïte était bouillonnante, dans cette joyeuse cohue de demoiselles savamment maquillées et apprêtées, d'hommes rejoignant leur compagne, ou en route pour un karaoké avec des collègues.

Emeline avait quelques minutes de retard. Une broutille – mais ils l'attendaient déjà. Sarah avec la résolution de celle qui comptait sur le succès de son plan, et une amie à elle, aux traits disgracieux, dont Emeline oublia vite le nom. Et lui. Seiji.

Elle l'avait observé à la dérobée. Il était plus grand que la moyenne, et se démarquait par une tenue plutôt originale, au vu des goûts formatés de la plupart des jeunes gens. Son sous-pull couleur moutarde était rehaussé d'un cardigan bordeaux, assorti à un pantalon à petits carreaux dans les tons gris. Il était svelte, avec une chevelure souple, et des jambes interminables. Il avait un nez étroit à la base qui s'étirait ensuite comme les ailes d'un papillon. Mais ce qui l'avait surtout frappée, c'était l'assurance avec laquelle il l'avait saluée, une légère inclination et un sourire qui augurait l'audace. Emeline plongea dans ses yeux charbon.

Il venait de passer quelques années aux États-Unis, et travaillait dans une entreprise anglaise. Elle était française et vivait au Japon. Deux êtres hors de leur patrie : lui hier, elle aujourd'hui ; la comparaison s'arrêtait là. Emeline aurait bien envoyé au diable Sarah, qui avait provoqué la rencontre, si ce n'était qu'elle éprouvait pour elle une amitié sincère. Elle se rendit donc au traquenard même si elle l'avait clairement annoncé : elle acceptait de se plier au jeu, mais il n'y avait rien à en attendre.

Sa vie à Tokyo, où elle était arrivée depuis quelques mois seulement, était bien trop remplie pour s'encombrer de romantisme. Elle avait trop à découvrir et trop à faire. Très vite, elle avait été happée par la valse des antinomies et chaque recoin de la ville la fascinait, elle voulait engloutir tout ce qui s'offrait à elle, comprendre, vivre la folie de la mégalopole. Il n'était pas question de s'embarrasser de qui que ce soit.

Ce soir-là, elle n'avait donc pris aucun soin particulier à son apparence, et c'est vêtue de façon très simple, même pas maquillée, qu'elle alla au rendez-vous. Après les présentations, ils se dirigèrent vers un bar izakaya et, au moment de s'installer, ne resta qu'une place de libre, face à Seiji. Sarah aurait voulu donner l'illusion de spontanéité, mais tout était savamment calculé. Elle souhaitait qu'ils se rencontrent, Emeline avait consenti et Seiji, lui, était curieux. La manigance, pourtant grotesque mais bien huilée, s'enclencha telle une mécanique.

Sarah ne lui avait pas menti. Il était loin d'être repoussant. Et particulièrement ce jour-là. Était-il au courant de ce qui se tramait ou était-ce une allure naturelle, de pair avec une estime de soi qui transpirait dans chaque pore, chaque mouvement ? Il n'y avait pas plus caricatural que de provoquer artificiellement une attirance entre deux êtres aux affinités purement circonstancielles. Et pourtant, leurs fils de vie se croisèrent ; ils furent victimes. Victimes de cet infime sursaut où l'on bascule de l'autre côté, sur un chemin qui vous enjôle.

Ils commandèrent des chopes de bière, accompagnées d'une variété de petits plats. Après avoir trinqué, la conversation s'engagea entre eux. L'amie remplissait l'espace de son mutisme, Sarah se faisait discrète ; ne restait plus que lui, qu'elle, qui titubaient maladroitement dans ces balbutiements des premiers instants. Ils échangèrent sur leurs expériences respectives. Oui, il avait vécu quelques années aux États-Unis. Trois, pour être précis. Il avait grandement amélioré son anglais à l'issue de ce séjour, bien qu'il y ait aussi beaucoup côtoyé de Japonais. Non, il ne parlait pas français mais il serait ravi d'apprendre quelques mots. Et même plus. Il adorait la cuisine française. D'ailleurs, il était gastronome et pour deux bouches qui aiment manger... Et si tu me faisais découvrir un restaurant français ? lança-t-il avec aplomb. Il se dégageait de cette confiance en lui une fraîcheur attrayante. Il lui donnait envie de le suivre. Cependant, Emeline était face à ses propres carences, auxquelles elle était tristement habituée. Il n'y avait qu'avec les hommes qui ne l'attiraient pas qu'elle avait du cran, mais à son grand dépit, lorsque quelqu'un lui plaisait, elle s'en retrouvait paralysée. Elle cherchait à dire quelque chose d'intelligent, de drôle, quelque chose qui séduirait, mais plus elle redoublait d'efforts, plus elle avait l'impression d'être complètement fade.

Bien qu'elle n'ait pas pris soin de son apparence ce soir-là et malgré ce qu'elle supposait de maladresse dans la conversation, le naturel d'Emeline ne laissa pas Seiji indifférent. Physiquement, elle était comme un doux cocktail : un soupçon asiatique dans son occidentalité. Avec sa chevelure noire et lisse et sa petite taille, on aurait pu la prendre pour une Japonaise, de dos. Cependant, de face, son nez était fin et marqué, et ses yeux bleus dévoilaient un saisissant contraste. Elle était d'un naturel gracieux et élégant dans sa gestuelle. À son contact, Seiji avait eu envie de la protéger. Non pas qu'il la crût faible, mais un désir de lui offrir un point d'ancrage dans son pays qu'il lui tardait de lui faire découvrir avait germé.

À l'issue de la soirée, il ne faisait plus de doute qu'ils allaient se revoir. Ils le savaient tous deux. Dans le train qui la ramenait chez elle, Emeline surprit dans son reflet sur la vitre teintée de nuit ce sourire un peu béat, un peu rêveur – celui qui annonce que l'histoire commence. Qu'elle a déjà commencé.

3

SEIJI ne se fit pas attendre. Dans sa détermination, il la contacta dès le lendemain, pour lui dire qu'il avait passé une excellente soirée en sa compagnie, et qu'il souhaitait la revoir. Il lui parla d'un restaurant excentrique tenu par des Chinois, où on accédait aux tables par une passerelle qui surplombait la salle à manger.

– Si tu aimes la cuisine chinoise, tu vas adorer l'endroit.

Il aurait pu lui proposer quelque chose de plus classique, mais ce choix particulier était en accord avec sa personnalité parfois décalée. L'idée était séduisante, et Emeline fut tentée. Elle souhaitait également le revoir, bien qu'elle n'osât pas le lui avouer de manière aussi directe qu'il l'avait fait. De peur de paraître trop abordable, elle nuança :

– Laisse-moi regarder mon agenda. Je suis assez occupée, et je dois quand même passer du temps sur mes leçons...

– Je te donne un cours particulier ! Allez, tu apprendras plus de japonais en ma compagnie qu'avec celle de tes bouquins. Samedi soir ? Emeline, Emeline..., poursuivit-il, séducteur.

Jusque-là, elle n'avait jamais été attirée par un homme japonais. L'impression d'uniformité lorsqu'elle les regardait – souvent habillés plus ou moins identiquement, la même retenue – l'avait cantonnée dans une idée de monotonie, d'interchangeabilité. C'est donc avec étonnement qu'elle découvrait que sa vision simpliste déviait de la réalité. Avec Seiji, du moins, qui, avec son aplomb, l'avait aisément persuadée d'une rencontre prochaine.

– Bon... samedi soir, alors. Comment s'organise-t-on ?

– Je passerai te prendre en voiture. Tu me donnes ton adresse ? Je serai là vers vingt heures. Ça te va ?

Oui, ça lui allait bien ainsi, tellement qu'elle eut du mal à trouver le sommeil les nuits suivantes. La journée, son esprit vagabondait pendant ses cours. Elle se consolait en se disant qu'elle se rattraperait avec lui – après tout, la langue académique était souvent peu adaptée aux conversations courantes, et il lui manquait toute une panoplie d'expressions et de langage familier qu'elle pourrait acquérir en sa compagnie.

Le samedi soir, Seiji fut en avance sur l'horaire prévu. Emeline l'avait informé de ne pas se présenter à la porte. Elle vivait dans un studio à l'étage avec cuisinette et douche dans une maison particulière appartenant à une veuve qui lui avait fait signer un document contenant des règles très strictes. La pièce s'ouvrait sur un petit balcon surplombant un jardinet. Il n'avait pas été facile de trouver un logement dans un pays où « les chiens, les pianos et les étrangers » sont indésirables dans les contrats de location, et, bien qu'il fût éloigné du centre de Tokyo, elle y tenait, par pragmatisme puisque la recherche avait été laborieuse, mais surtout parce qu'au premier coup d'œil, il lui avait plu. Il était pourtant minuscule ; le soir, elle dépliait un canapé qui lui servait de lit et, une fois ouvert, il jouxtait les deux extrémités de la pièce. La propriétaire avait accroché au mur un grand miroir pour une illusion d'espace. Il y avait une moquette blanche à dessins géométriques, des rideaux et un petit bureau assortis. Il se dégageait de cette monochromie une pureté esthétique qu'Emeline avait entrecoupée de coussins très colorés qui mettaient en valeur la neutralité de ton. Ces quelques mètres carrés étaient devenus son cocon, qu'elle regagnait généralement très tard, de retour avec le dernier train. Elle y passait peu de temps, prenant ses repas à l'extérieur et préférant la vie qui fourmillait à Tokyo. Dans cette mégalopole pourtant réputée onéreuse, on trouvait aussi des plats pour un prix modique. Elle n'aurait donc pas voulu perdre une miette du tourbillon de la cité et manquer de joyeuses soirées avec ses acolytes. La propriétaire lui avait fixé une heure butoir de rentrée, mais Emeline avait une fois oublié de la prévenir. N'essuyant pas de reproches après coup, elle en était venue à la conclusion qu'il était désormais établi qu'elle n'appellerait pas chaque fois. Du moment qu'elle refermait soigneusement le portail derrière elle, cela suffisait à une cohabitation polie et distante. On accédait au studio par un escalier indépendant, de sorte qu'Emeline avait sa propre entrée et ne croisait jamais la propriétaire. Et surtout, personne dans la chambre ! lui avait martelé cette dernière. Autrement dit, pas d'homme, et c'est pourquoi Emeline avait demandé à Seiji de ne pas pénétrer dans l'enceinte de la maison.

* *
*

C'est lorsqu'elle poussa la porte pour sortir qu'elle vit que la voiture l'attendait déjà en bas. Le cœur battant un peu plus vite, elle monta dans le véhicule et le salua à la japonaise, en lui disant juste bonsoir. Elle trouvait parfois étrange ce pays si peu tactile. Jamais une poignée de main, une bise ou une accolade. Il n'y avait guère que dans les transports publics que les gens se touchaient, bien malgré eux. Seiji lui rendit son bonsoir avec une lueur brillante dans les prunelles. Il était content de la revoir. Comme lors de la précédente rencontre, il affichait une fascinante assurance. Emeline, elle, avait pris soin de son apparence, cette fois. Afin de ne pas être trop provocatrice ni dévoiler un intérêt excessivement marqué, elle avait revêtu une petite robe corail avec un décolleté plutôt sage, sous lequel on devinait des seins bien dessinés. Habituée aux soirées estudiantines, elle portait rarement des talons, mais avait fait une exception et chaussé la seule paire qu'elle possédait. Elle s'était maquillée de façon à faire ressortir ses yeux bleus, et le soin qu'elle avait mis ne laissa pas Seiji indifférent.

Enjoué, il prit la route pour le restaurant dont il lui avait parlé. Il n'avait pas menti. Ce restaurant chinois était d'une amusante excentricité. On y accédait par une passerelle interne qui surplombait la salle à manger, pour descendre vers cette dernière par un escalier en colimaçon. La décoration était outrageusement fantaisiste, et donnait un air ludique à l'endroit. À présent, l'appréhension du premier rendez-vous s'était dissipée, et Emeline se sentait plutôt légère. Seiji, qui connaissait la carte, lui proposa de partager une variété de petits plats, et elle s'en remit à lui. La serveuse apporta les assiettes et les bières.

– Kampai ! Comment dit-on en français ? Sann-té !

– Kampai ! Non pas sann-té, san-té. Mais ça ne fait rien !

– Oui, ça ne fait rien parce que tu vas m'apprendre le français. N'est-ce pas ? l'interrogea-t-il avec un sourire charmeur.

– Si tu corriges mon japonais.

– Il n'y a pas grand-chose à reprendre. Je comprends bien ce que tu me dis.

– C'est bien que tu me comprennes, mais ce n'est pas suffisant pour moi. J'aimerais parler japonais comme une Japonaise… pas tout de suite, parce que je sais qu'il faudra du temps, mais un jour...

– Ah, ça... Parler japonais comme une Japonaise...

Le sens de cette dernière phrase était resté auréolé d'une certaine confusion qu'Emeline balaya immédiatement, pour ne pas ternir l'euphorie naissante, accentuée sans doute par l'alcool, mais surtout par une sorte d'excitation à l'idée du tour que pourrait prendre la soirée. La retenue qu'elle avait montrée lors de la première rencontre arrangée s'était dissipée. Seiji commanda deux autres bières, et petit à petit, les esprits se voilèrent et les corps se rapprochèrent. Ils sortirent du restaurant, grisés, suffisamment troublés pour voir des étoiles là où il n'y en avait peut-être même pas. Le Rainbow Bridge se dressait devant eux, majestueux. Sous le kaléidoscope multicolore qui emplissait la nuit tokyoïte, Seiji lui prit le visage pour déposer un baiser sur ses lèvres.

4

LA NUIT était déjà bien avancée. Incapables de se quitter, ils continuèrent à déambuler jusqu'à ce qu'ils atteignent un endroit isolé, et s'assirent sur un banc public. L'air était doux en cette période de l'année où les cerisiers coloraient la ville de leur teinte rose pâle. Il n'était pas facile de trouver du calme, alors que tous les parcs étaient tapissés de grandes bâches bleues sur lesquelles on fêtait le retour du printemps dans une ambiance joyeusement alcoolisée. À l'écart de la foule, dans la quiétude nocturne, et pris dans ces premiers instants où l'on n'a jamais assez de temps pour tout savoir, où l'on voudrait tout connaître de l'autre, Seiji interrogea Emeline avec un intérêt candide.

– Pourquoi le Japon ? Qu'est-ce qui t'a amenée ici ?

– Qu'est-ce qui m'a amenée ici ? répéta-t-elle.

On lui avait posé mille fois la question, et souhaitant trouver une réponse moins banale qu'habituellement, elle se triturait l'esprit. Mais rien ne lui venait. C'est donc la même réponse invariable qu'elle récita, telle une poésie apprise par cœur :

– J'ai été attirée par des photos.

– C'est-à-dire ?

– Des photos de mon manuel scolaire. Je me rappelle qu'il y avait des pachinkos, d'énormes buildings, et à côté de ça, une scène de théâtre nô, une dame âgée en kimono… Ça me semblait vraiment étrange, toutes ces contradictions…

– Des contradictions ? Non, pas vraiment. On aime perpétuer la tradition. Mais ça ne nous empêche pas d'adorer la modernité. Bien des gadgets auxquels tu peux penser viennent d'ici.

– Je le sais, mais j'ai du mal à comprendre ton pays, parfois. Je voulais voir ça de mes propres yeux…

– Et tu as vu tout ça, ou je vais encore servir à quelque chose ? plaisanta-t-il.

– Hum… je crois que tu peux encore servir. Je suis allée à une pièce de théâtre nô, et je n'ai rien saisi ! rigola-t-elle en retour.

– Aïe ! Pour ça, j'ai bien peur que tu doives te passer de moi, Emeline-chan, lui dit-il tout à coup avec une pointe de tendresse.

Emeline-chan. En l'appelant ainsi, et si naturellement, il venait de l'inviter dans son intimité. Il se rapprochait à grands pas. Curieux d'en savoir plus, il continua à l'interroger.

– Et pour le reste des photos ?

– Il y avait aussi des pachinkos. Je n'arrive pas à comprendre comment on peut s'abrutir avec ces machines à sous dans un tel ramdam.

– Oh, oh ! Stop ! l'arrêta-t-il. Je vois bien qu'il va te falloir des leçons intensives de culture, pour rattraper tout ça. Moi qui aime le pachinko… Attention à ce que tu dis !

Et tout en souriant, il l'observa, quelque peu intrigué. S'il avait rétorqué sur le ton de la plaisanterie, il constatait qu'on pouvait avoir une opinion mitigée sur un jeu aussi commun, faisant partie intégrante de son pays. Seiji se rendit compte qu'il venait de pousser la porte d'une relation qui allait lui réserver bien des surprises. Téméraire cependant, il ne pouvait qu'être impatient à l'idée de découvrir Emeline, qui, assurément, le bousculerait avec fraîcheur.

– Ah, et les châteaux, poursuivit Emeline. Celui du héron blanc, à Himeji. Magnifique. Je me suis promis qu'un jour, j'irais.

– Et y es-tu allée ?

– Pas encore, mais ça viendra. Je suis persévérante. Un peu têtue aussi.

– … Têtue, dis-tu ?

– Juste ce qu'il faut. Quand je veux quelque chose, je n'abandonne pas.

– Tu commences à me faire peur, plaisanta-t-il. Et vous êtes toutes comme ça ?

– Toutes ?

– En France.

– Seiji ! S'il te plaît, poursuivit-elle avec douceur. Pourquoi penses-tu qu'on est toutes pareilles ? D'ailleurs, est-ce que les Japonaises sont toutes les mêmes ?

En disant cela, elle se rendit compte de l'ironie de sa remarque. Elle qui avait, de façon simpliste, considéré que les hommes nippons ne se démarquaient pas, elle venait de recevoir la monnaie de sa pièce. Elle constatait qu'ils étaient tous deux pris dans des préjugés raciaux, mais tandis que les siens s'étiolaient graduellement, Seiji paraissait encore bien attaché aux a priori ambiants. Il s'était à présent aventuré sur son territoire. Il avait toujours été fasciné par les femmes blanches. Il y avait autour d'elles un mystère auquel nombre de ses compatriotes étaient sensibles. Une sorte de fantasme véhiculé par la culture cinématographique occidentale largement diffusée. Et lorsqu'on évoquait la France, c'était tout un monde de clichés jailli de l'imaginaire populaire qui remontait à la surface. Indifféremment, il y était question de romantisme, de Paris, de gastronomie, d'élégance, et Emeline avait beau lui répéter qu'elle n'était pas parisienne, elle se rendait bien compte que sa couleur de peau était tatouée d'une identité qui n'était pas la sienne. Pourtant flattée par tant d'intérêt pour sa personne, un pincement de panique s'empara d'elle. Peut-être n'était-elle qu'une race.

C'était donc ça, être étrangère au Japon : être tout, en n'étant rien. Le piédestal lui avait été offert sans effort. Seiji n'attendait rien d'elle. Elle était blanche. En soi, c'était déjà tout.

5

SEIJI l'avait reconduite à son appartement, et s'était garé devant la maison. Emeline ne savait comment clore cette soirée romantique. Elle était empruntée. Ce côté trop cérébral la privait d'insouciance. Il ne lui laissa pas le temps de réfléchir plus longuement. Une fois le moteur éteint, il se tourna vers elle et, en lui déposant un baiser sur les lèvres, lui dit simplement :

– Emeline-chan.

Ce petit suffixe qui marquait l'intimité, le rapprochement.

– À très bientôt, conclut-il en lui lançant un clin d'œil et sans attendre de réponse, tant il était évident qu'ils allaient se revoir.

– Oui, à bientôt, chuchota-t-elle en se glissant hors de la voiture.

Toute la nuit, Emeline se remémora la soirée. Alors qu'elle souhaitait profiter un maximum de la ville qui ne s'essoufflait jamais, cette rencontre était venue bouleverser ses plans. Elle était très attirée par Seiji, dont la légèreté contrastait avec le sérieux dont elle avait du mal à se défaire, mais elle avait peur de se confiner dans une relation trop conformiste. Elle voulait garder sa vie trépidante.

* *
*

Le lendemain était un dimanche. Elle avait prévu d'étudier toute la journée, comme elle le faisait souvent, afin d'anticiper les cours de la semaine. Mais elle avait très peu dormi et son esprit vagabondait tant et si bien qu'elle renonça. En revanche, elle prit enfin le énième téléphone de Sarah, qui avait tenté de venir aux nouvelles.

– Allo ? Sarah ? dit-elle, feignant l'étonnement, comme si elle ne savait pas que son amie mourait d'envie de connaître les derniers développements.

– Quoi, « allo Sarah » ? Tu te moques de moi ? Je te présente un beau garçon, vous vous rapprochez à tel point que tu nous ignores toute la soirée, et tu ne décroches pas lorsque je t'appelle ? Eh, ce n'est pas très poli, tout ça, continua-t-elle, sur le ton de la plaisanterie.

– Ah, Sarah…

– Allez, dis-moi tout ! Tu l'as revu, non ?

– C'est trop long à expliquer par téléphone.

– On se retrouve pour un café ? Ginza ?

Le dimanche, les rues de Ginza étaient fermées au trafic. Le quartier était réputé pour ses artères où s'alignaient des boutiques de luxe, notamment de grandes marques françaises. C'était le paradis des fanatiques de shopping haut de gamme, pour lequel il fallait avoir quelques moyens. Des demoiselles s'y procuraient des objets dernier cri, et Emeline se demandait comment de si jeunes femmes, parfois même des étudiantes, avaient suffisamment d'argent pour se permettre de telles folies. Les environs étaient aussi animés en fin de semaine de jongleurs et de musiciens de rue, ainsi que de diseuses de bonne aventure prêtes à vous susurrer ce que vous souhaitiez entendre. En passant devant l'une d'elles qui attendait la prochaine cliente, Sarah se tourna vers Emeline.

– Si tu meurs d'envie qu'elle te lise les lignes de la main, c'est que tu es déjà perdue, plaisanta Sarah.

– Non, je n'en suis pas là, répondit Emeline. On va au dernier étage de Matsuya ?

Une fois arrivées au salon de thé du grand magasin, elles s'installèrent sur des banquettes recouvertes de faux cuir. L'endroit était moins cosy que les petites échoppes, mais c'était une institution. Après avoir commandé un *matcha latte* pour l'une et un café pour l'autre, Sarah posa la question qui lui brûlait la langue.

– Et alors, avec Seiji ?

– Tu m'as bien eue ! Moi qui ne voulais pas m'embarquer dans une histoire…

– Ah ? répondit-elle avec curiosité. Donc il y a quelque chose entre vous ?

– Oui, mais ce n'est que le début. Je ne sais pas quoi en penser. Je n'ai pas envie d'abandonner la vie que je mène. Les soirées estudiantines, les apéros après les cours, les festivals ici et là. Je m'amuse trop, tu vois ?

– Mais qui te dit qu'il faudra renoncer à tout ça ? Avec lui aussi, tu vas t'amuser. Et ça ne t'empêchera pas de continuer à fréquenter tes amis. L'important, c'est ce que tu ressens pour lui. Et d'ailleurs, poursuivit-elle avec un clin d'œil, qu'en est-il ?

Emeline ne put réprimer l'un de ces sourires béats qui répondent d'eux-mêmes à la question.

– Il me plaît...

– Oui, mais comment ? Un peu ? Ou il te « plaît plaît », avec les papillons dans le ventre, les mains moites, le rouge aux joues et tout le tralala ?

Emeline éclata de rire.

– Je crois bien qu'il me « plaît plaît ».

6

IMPATIENT, Seiji la recontacta dès le lundi soir pour lui proposer de se revoir.

– Là, je ne peux pas. J'ai trop de travail jusqu'à jeudi. Je dois réviser pour un test.

Bien que déçu, il ne se découragea pas.

– Vendredi alors ?

– Oui, ça irait.

– Et dimanche ? Je nous ai mijoté un petit programme. Une escapade à Kamakura, ça te dirait ? On pourrait passer la journée ensemble, aller voir le grand Bouddha et se balader à la plage. À cette époque de l'année, il n'y a pas encore de baigneurs et c'est un peu plus calme. Qu'en penses-tu ?

– C'est tentant...

– Alors, laisse-toi tenter !

Emeline dut énormément étudier pour son test. Après ses cours, elle s'enfermait à la bibliothèque pour potasser ses leçons. Le sujet était la ligne de train la plus célèbre de Tokyo, et surtout la plus pratique, Yamanote, reliant les principales gares de la capitale. Elle devait connaître les aspects des différents quartiers se trouvant sur son tracé. Ce n'était pas une mince affaire, car il y avait là un condensé des facettes de la cité.

Le jeudi, Emeline, épuisée, regagna son studio directement après les cours. Elle avala rapidement un bento acheté dans un commerce de proximité puis s'allongea pour s'endormir et ne se réveiller que le lendemain matin.

Seiji ne lui avait pas dévoilé ce qu'ils allaient faire le soir même, mais elle lui faisait confiance. Il était avide de lui faire découvrir les coins et recoins qu'il affectionnait et semblait vouloir la surprendre. Après tout, Sarah avait raison. Être avec Seiji ne la privait pas d'une vie trépidante, il était enjoué et dynamique et elle continuerait son exploration en excellente compagnie.

Ils avaient convenu qu'il viendrait la chercher en fin de journée. À dix-huit heures précises, validant ainsi la réputation de ponctualité nippone, la voiture l'attendait devant le portail. Seiji lui avait demandé de mettre des habits et des chaussures confortables, et d'emporter un pull chaud. Il s'engouffra à travers la ville où les cerisiers rivalisaient de beauté. Ici et là, les couples et les familles déambulaient pour admirer cette floraison passagère qui touchait à sa fin, et l'on entendait une cohue grisée sur de grandes bâches de plastique. Après avoir dépassé le Palais impérial, il se dirigea non loin du parc de Kitanomaru, réputé pour être l'un des sites incontournables des amoureux en cette saison. Le jour commençait à décliner lorsqu'il emmena Emeline vers les barques bleues du parc. Ils montèrent dans l'une d'elles et, dans la nuit qui tombait, les projecteurs lumineux disposés sous les cerisiers offraient un spectacle magique. Seiji et Emeline étaient happés par cette contemplation de l'éphémère, par les pétales qui virevoltaient doucement. Il voulait l'impressionner et il avait réussi. Emeline se laissa envoûter ; Seiji s'arrêta de ramer au milieu de l'étang pour lui prendre la main.

– Emeline, Emi-chan. Je suis bien avec toi, poursuivit-il tout simplement.

Malgré ce sentiment de quiétude, il se doutait que ce ne serait pas toujours facile. La langue était parfois une barrière ; il avait tenté un jeu de mots qu'elle n'avait pas compris. La culture en était une autre – étaient-ils vraiment compatibles ? Mais à cet instant précis, les interrogations furent évincées par le clapotis des rames sur l'eau, le rose des cerisiers, l'éclat vermeil de la tour de Tokyo en toile de fond, et la barque assortie aux yeux d'Emeline.

* *
*

Lorsqu'ils regagnèrent la terre ferme, la nuit était déjà bien avancée, et cette parenthèse sur l'eau avait attisé leur désir. Chacun sentait ses pas s'accorder au rythme de l'autre, comme dans un tango de phéromones. Ils se dévoraient, des yeux d'abord, puis dans une urgence qui monta crescendo.

Ils reprirent la voiture et sans ambages, Seiji lui proposa :

– Allons dans un love hotel.

Emeline perçut comme un crissement en elle, quelque chose qui se serait rompu.

– Un quoi ? Un love hotel ? Mais Seiji...

Puis elle resta muette. Elle ne savait comment réagir, comment lui signifier que sa suggestion lui était parvenue telle une claque. Qu'il avait cassé la magie de l'instant.

– Mais un love hotel, c'est fait pour...

Elle n'arrivait pas à le dire. « Un love hotel, c'est fait pour baiser. » Les mots ne sortaient pas. Elle tenta une explication :

– Mais c'est pour les relations extraconjugales, les coups d'un soir. C'est comme un hôtel de passe, non ?

Emeline n'avait pas été sans remarquer ces édifices à l'architecture détonnante, certains en forme de château, dans des tons pastel improbables, d'autres répliques manquées de palais de contes de fées, mais tous discordants et en total décalage avec leur usage. Ils étaient facilement identifiables par leur esthétisme douteux et certains n'hésitaient pas à l'annoncer à grand renfort d'enseignes clignotantes.

– Non, Emeline, non. Où veux-tu qu'on aille ? Tout le monde fait comme nous. Ton studio est interdit aux hommes ; chez moi, il y a mes parents... Il faut bien trouver un endroit.

Puis, voyant qu'il ne l'avait pas convaincue, il poursuivit :

– C'est courant, ici. Comment faites-vous, chez vous ? Où le faites-vous ?

C'était une question légitime après tout, surtout venant de lui pour qui ce type d'hôtel faisait partie de la norme. Certes, les couples souffrant de promiscuité, vivant avec leurs enfants dans d'étroits logements, ou en cohabitation avec leurs parents qui plus est, avaient besoin d'un peu d'intimité qu'ils ne pouvaient pas trouver chez eux. Les explications étaient claires ; cependant, on ne contrôle pas son ressenti et son désir.

Ce dernier s'était étiolé.

– Écoute Seiji, je comprends ce que tu me dis, mais vois-tu, ça a quelque chose de repoussant pour moi... désolée, mais ce n'est pas le bon moment. S'il te plaît, ramène-moi chez moi.

Pourtant déçu, Seiji ne tenta pas d'insister. Il reconduisit Emeline chez elle. Le trajet du retour se fit dans le silence, chacun, de son côté, ressassant la dernière partie de la soirée.

7

ENCORE troublée par les événements de la veille, Emeline était sortie prendre un café dans une échoppe du centre commercial de son quartier. Elle avait du mal à rester entre ses quatre murs. Elle enchaîna avec les courses alimentaires puis, arrivée à la maison, elle vit que son répondeur clignotait. Le cœur battant, supposant que ce devait être Seiji, elle tendit l'oreille.

La voix était sourde et hésitante.

– Emi-chan, je suis désolé pour hier. Je voudrais savoir si tu es toujours d'accord de m'accompagner à Kamakura demain. S'il te plaît, rappelle-moi.

Emeline fut soulagée. Malgré leurs divergences, elle tenait à le revoir. Deux rendez-vous seulement, et il l'avait conquise. Elle en était déjà à se dire qu'elle ne pouvait imaginer que ça s'arrête. La vitesse à laquelle ses sentiments se développaient l'inquiétait un peu, mais il était trop tard pour revenir en arrière. Elle le rappela pour lui confirmer que les projets n'avaient pas changé.

– On va bien profiter. Les prévisions météo sont bonnes. Balade, plage, et je te ferai découvrir un petit resto italien sympa avec vue sur la mer. Tu vas adorer.

– Je te suis, rigola-t-elle. Après la Chine, l'Italie. Tu m'embarques pour un tour du monde !

– Je t'embarque tout court, répliqua-t-il, ayant à présent retrouvé sa confiance en lui. Je passe demain à neuf heures.

Et comme à son habitude, il n'eut pas une seconde de retard. L'air printanier donnait envie de se délester de quelques couches vestimentaires et, si Emeline avait pris la précaution d'emporter dans son grand sac de paille un pull en cas de fraîcheur, elle avait opté pour une robe à fleurs, en harmonie avec la saison qui renaissait et dont l'éclosion embaumait l'atmosphère autant qu'elle subjuguait avec sa valse de couleurs. Seiji, lui, arborait une tenue décontractée, jean et chemise en lin. S'il n'y avait pas trop d'embouteillages pour sortir de Tokyo, il leur faudrait deux petites heures pour atteindre la ville côtière. Le trajet fut agréable, ils babillaient comme deux tourtereaux et Seiji en profita pour faire découvrir à Emeline des groupes pop célèbres auprès des jeunes.

– Glay, tu connais ? Tu as la ceinture bien accrochée ? C'est leur concert live de 1993. Ça va déménager !

La musique se mit à résonner à un rythme endiablé dans l'habitacle. Seiji chantait à tue-tête en conduisant, et s'il avait pu lâcher le volant, il aurait certainement dansé. Son enthousiasme fit surfer Emeline sur une vague de légèreté. Tout ça était ludique et lui faisait du bien. Puis, après quelques chansons, il la taquina.

– Je te conseille de prendre des notes et d'apprendre les paroles. Prochaine sortie, ce sera un karaoké box.

Elle lui répondit du tac au tac :

– Et ça ne me fait pas peur ! Il y a suffisamment de tubes anglais, et même, le top du top, « La vie en rose ». Piaf, rien que ça, interprété par Emeline !

– Tu as l'air d'être au courant de ce qu'on peut trouver comme chansons...

– Oui, Sarah et moi allons de temps à autre dans un karaoké box. Au moins, c'est feutré et on épargne les autres. Du coup, il n'y a que nos oreilles qui souffrent ! lui répondit-elle dans un clin d'œil. Rien de plus désagréable que ces bars où des *salarymen* imbibés d'alcool chantent faux. Mais si tu veux m'emmener dans un karaoké box, c'est malgré tout à tes risques et péril, conclut-elle.

– J'ai bien peur que ce soit pareil pour toi. On n'a pas encore décortiqué tous mes goûts musicaux... Tu es toujours bien accrochée ? Yamashita Tatsuro. Tu connais ?

– Aucune idée.

– Un vieux de la vieille. J'adore son album de... 1978 !

– Ah oui... ça ne date pas d'hier.

– Non, mais il y a une chanson juste pour nous. Juste pour toi, articula-t-il doucement. Et la mer.

Elle parlait de la fragilité de l'écume, des vagues qui se brisent sur les pieds nus. De son cœur vulnérable qu'un rien blesse. Et de lui qui voulait l'envelopper. Et qui espérait.

Mon cœur espère sans fin que tu me donnes ton amour.

8

SEIJI emmena d'abord Emeline voir le célèbre grand Bouddha. Haute de presque douze mètres, cette statue monumentale était l'attraction principale de la ville. Même si ce n'était pas la saison estivale, l'endroit était toujours très fréquenté. Seiji lui fit une petite leçon d'histoire dont elle ne retint pas grand-chose, trop absorbée qu'elle était à s'imprégner du moment. Seiji lui prit la main et, par réflexe, elle la retira.

– Qu'est-ce qui se passe ?

– Ça me gêne. Ça ne se fait pas en public, ici.

Il éclata de rire.

– C'est moi le Japonais et c'est toi qui es mal à l'aise ! Emeline, pour le coup, tu es pire que mes compatriotes, plaisanta-t-il. Il lui reprit la main qu'elle ne retira plus. Après avoir déambulé dans les environs, ils se rendirent dans la rue commerçante Komachi qui contrastait avec le reste, tant les banderoles et devantures de magasins étaient chargées et colorées. Les passants s'agglutinaient autour de boutiques de souvenirs ou faisaient la file pour un restaurant renommé. Ils s'achetèrent des makis à emporter, et s'éclipsèrent pour retrouver un peu de calme. Seiji avait tout prévu et sortit de son sac à dos une couverture plastifiée qu'il installa sur le sable, ainsi que du thé sencha. Ils dégustèrent leur pique-nique en silence, profitant de la sérénité ambiante seulement troublée par le bruit des vagues, puis Seiji se lança.

– La chanson qu'on a écoutée... elle est parfaite pour la journée, non ? La mer, les vagues, l'écume...

Emeline sourit. Il poursuivit :

– Et surtout, elle me correspond... est-ce que tu vas m'aimer ? Ça me taraude.

Emeline resta interdite. Il n'était pas habituel qu'un homme japonais dévoile sans pudeur ce qu'il ressent. Il fallait que Seiji soit différent de la majorité pour lui parler ainsi. Mais sa question la mettait dans l'embarras.

– Tu attends une déclaration ? ironisa-t-elle pour se sortir de l'impasse.

– Non. J'espère. Simplement.

Emeline se sentait plutôt confuse par la tournure trop sérieuse que la conversation prenait. Elle changea de sujet et pour faire diversion, elle l'interrogea sur Tokyo. Elle se délectait de toutes les petites anecdotes absentes des manuels d'étude, qui ne peuvent venir que d'un vécu. Lui qui était natif de l'endroit, il était le parfait guide touristique, et plus il lui contait la ville, plus elle se fondait dans la société nippone. Le fossé culturel entre eux se colmatait peu à peu, lui semblait-il. Ils firent une longue marche le long de la plage, s'arrêtèrent ici et là pour une pause, et le temps fila ainsi. Lorsque le jour se mit à décliner, Seiji l'emmena dans le restaurant italien dont il lui avait parlé.

Ce n'était pas la première fois qu'il y venait. L'endroit ne figurait pas dans les guides touristiques, et c'était le bouche-à-oreille qui avait fait sa réputation. Tout fleurait bon le Sud. Des nappes à carreaux rouge et blanc recouvraient les tables, quelques photos de paysages et d'acteurs italiens tapissaient les murs, et les bouteilles d'huile pimentée pour les pizzas s'alignaient sur le comptoir. Mais surtout, l'emblème du lieu, c'était le propriétaire, un Italien qui, avec sa toque sur la tête, surjouait son personnage. Il avait épousé une Japonaise et était installé à Kamakura depuis trente ans, où il avait acquis cet établissement. Outre l'authenticité des plats, Seiji était fasciné par ce couple mixte, qu'il s'était mis à comparer de façon un peu simpliste à leur duo.

– Depuis trente ans ensemble. Ce n'est pas rien. C'est génial qu'il ait pu exporter un bout de son pays natal ici. On se croirait là-bas, non ?

On leur apporta leurs antipasti, accompagnés d'un chianti, suivis de tagliatelle à l'encre de seiche pour elle, et de penne all'amatriciana pour lui. Alors qu'Emeline savourait son plat, Seiji en avait oublié le sien et ne tarissait pas d'éloges sur ce couple qui représentait à ses yeux une sorte d'idéal. Emeline était plus réservée, et même un peu inquiète face à tant de fougue. Petit à petit, elle se laissa envoûter par l'ambiance, et, à nouveau, par le discours rêveur de Seiji.

Ils terminèrent par un tiramisu et un limoncello offert par le patron, qui vint leur demander s'ils avaient apprécié leur repas, et en profita pour faire un brin de causette. Avec un clin d'œil à l'intention de Seiji, il déclara qu'ils étaient « un beau mélange de Japon et d'Europe ». Il n'en fallut pas plus pour que Seiji s'emballe et se lance dans une apologie des couples mixtes. Emeline le regardait avec un sourire attendri.

Il était déjà presque vingt-deux heures lorsqu'ils quittèrent le restaurant, il y avait encore tout le trajet du retour. Emeline aurait voulu rester là pour toujours. Ça avait été une belle journée. Tandis qu'ils prenaient la route pour Tokyo, Seiji demanda à Emeline de fermer les yeux et chuchota :

– Écoute, Emi-chan.

Dans l'habitacle résonnait la chanson qu'il lui avait fait découvrir le matin même. Seiji la fredonnait doucement, puis de plus en plus doucement, jusqu'à ce qu'elle ne soit plus qu'un murmure qui berce.

Jusqu'à ce que Kamakura soit loin derrière.

9

CETTE fois, il n'y aurait pas d'hésitation. Il était passé minuit lorsqu'ils regagnèrent Tokyo. Seiji ne lui posa même pas la question, tant cela relevait de l'évidence.

Il se gara à proximité d'un love hotel, et entraîna Emeline. Arrivés à l'intérieur, ils consultèrent sur le tableau de l'entrée les photos des chambres pour faire leur choix parmi la pléthore de thèmes plus cocasses les uns que les autres. Il y en avait une représentant un fond marin, et c'est tout naturellement qu'Emeline la pointa du doigt. Seiji la réserva pour toute la nuit. Il avait peur de la blesser s'il ne la prenait que pour quelques heures. Le paiement débloqua la porte automatiquement, et ils s'avancèrent main dans la main dans leur repaire.

La chanson du murmure de la mer tournait en boucle dans leurs têtes. Ils étaient au diapason et Seiji déshabilla Emeline avec douceur. Il fit glisser la bretelle de sa robe, puis chercha la fermeture éclair dans son dos. Lentement, au rythme de ses mouvements, la robe échoua sur le sol, tandis qu'il effleurait ses seins de sa bouche. Puis il se remplit d'une ardeur qui les emporta dans une étreinte passionnée. Les sens d'Emeline virevoltaient : sa tête, son corps se donnèrent totalement à Seiji.

Lorsqu'elle avait refusé de le suivre précédemment, Emeline avait dû lui paraître trop sage, trop rangée. Et pourtant, elle espérait qu'il la bouscule un peu. Elle voulait qu'il l'entraîne dans son monde libéré de trop de peur et de retenue. Il l'emmena. Puis, étourdis par tant d'ébats, ils s'allongèrent, apaisés, côte à côte. Seiji s'endormit. Emeline, elle, fixait le plafond. Il était bleu, vert, avec une écume blanche qui venait mourir sur le sable. Des poissons rouge et jaune complétaient le décor maritime. En haut à droite, dans un coin, une pieuvre orange lui tendait ses tentacules. Elle se laissa attraper et s'endormit à son tour.

10

LE TEMPS s'égrena au rythme de leurs escapades. Ils profitèrent de l'été par des excursions, des sorties, des feux d'artifice et d'interminables soirées à refaire le monde sur le toit des *beer garden*. Puis les feuillages se parèrent de leurs coloris d'automne. Le passage des saisons était toujours célébré par quelque festival ou tradition, et puisque admirer la fugacité de la nature revêtait une dimension particulière, Seiji proposa à Emeline une journée à la montagne, pour se délecter des nuances ocre et rouges. Il devait aussi lui parler, et n'avait jusque-là pas osé aborder le sujet. Il avait reporté l'échéance, craignant qu'Emeline ne s'effraie et s'enfuie.

Équipés de chaussures de randonnée, ils avaient choisi comme destination le mont Takao, un lieu sacré où l'on vénérait toutes sortes de divinités, bouddhiques et shintoïstes, dans un curieux mélange de religion et de superstition. Symboliquement, l'endroit était censé avoir le pouvoir de donner aux promeneurs l'énergie pour atteindre leurs objectifs. Et Seiji en avait besoin, car il se sentait tel un funambule sur un fil.

Emeline étant sportive et habituée à marcher, c'est avec bonheur qu'elle le suivit au sommet par le sentier Omotesando, qui sillonnait à travers temples et statues. Lorsqu'ils furent arrivés, Seiji sortit sa couverture plastifiée, et ils s'installèrent face au mont Fuji, qu'ils avaient la chance d'apercevoir grâce à un ciel azur sans la moindre trace nuageuse.

Seiji rassembla son courage et lui annonça ce qu'elle savait déjà. Elle avait depuis longtemps disséqué cette réalité qui faisait naître en elle de brèves phases de panique qu'elle s'efforçait d'étouffer. Seiji, lui aussi, avait repoussé le moment de cette discussion.

– Je suis le fils aîné.

C'était donc ça. Ils allaient finalement aborder le sujet. Elle se tut pendant ce qui sembla être une éternité ; le temps s'était arrêté.

– Je sais, répondit-elle simplement.

Il s'attendait à des questions, à une réaction, mais rien.

– Et sais-tu ce que ça veut dire ?

– Oui, acquiesça-t-elle avec de la tristesse dans la voix.

Tout à coup, l'entrain l'avait abandonnée. Elle resta assise sans bouger, ne trouvant pas encore l'énergie de poursuivre. Seiji respecta cette trêve. Emprunté, il sortit de son sac les bentos qu'il avait préparés. Emeline ouvrit la boîte, picora et en laissa la moitié. Ils se levèrent pour se promener, chacun fixant le sol, embarrassé.

Seiji brisa enfin le silence.

– Ça veut dire que je vais devoir prendre soin de mes parents. Habiter avec eux. Mon épouse aussi. Nous serons tous sous le même toit… Il fallait que je t'en parle.

– Je me doutais que nous aurions cette conversation un jour ou l'autre, avança-t-elle prudemment.

– Emeline, écoute-moi bien. Je suis conscient que c'est quelque chose qui est difficile à comprendre pour toi qui n'es pas d'ici. Mais je ne pourrai pas y échapper. Je ne veux pas que tu t'imagines que je vais m'y soustraire. Et je n'arriverai pas à vivre tiraillé entre mon amour et mon devoir.

Il hésitait à poursuivre, mais elle commençait à mieux le cerner et avait senti qu'il n'avait pas terminé.

– Et puis il y a le magasin. Pour l'instant, j'ai suivi une voie de mon choix – des études à l'étranger, une entreprise anglaise. Mais je suis destiné à reprendre la confiserie. C'est ce qui nous attend. Je sais que ça demande réflexion et qu'il est encore un peu tôt…

Il ajouta prudemment :

– Écoute, Emi-chan. Je ne te demande pas de t'engager formellement, mais… accepterais-tu de rencontrer ma famille ? Ils sont au courant que l'on se voit depuis plusieurs mois, et j'aimerais vraiment que tu fasses leur connaissance.

« Et eux ? Que pensent-ils de tout ça ? » aurait-elle voulu s'enquérir, mais elle n'y arrivait pas. De toute façon, il faudrait bien qu'elle tranche. Ils ne pouvaient pas repousser l'échéance indéfiniment et afin de prendre une décision, elle devait les rencontrer.

– D'accord, consentit-elle.

11

ELLE avait travaillé d'arrache-pied comme pour un examen important. Ça faisait exactement quatre semaines que Seiji lui avait proposé de rencontrer sa famille et pendant tout ce temps, elle avait révisé son vocabulaire, les formules de politesse, elle s'était entraînée à saluer avec la bonne inclinaison. Elle avait fait le tour de tout ce qui lui demandait des efforts et n'était pas naturel pour elle. Elle avait sorti l'ensemble de sa garde-robe, avait étalé les vêtements sur le sol, en cherchant ce qui conviendrait le mieux pour l'occasion. Elle ne voulait pas manquer son entrée en scène. Il fallait quelque chose de classique, dans un style plutôt sage. Elle s'était trituré l'esprit pour se présenter telle une future belle-fille parfaite. Et lorsqu'elle se surprenait à y penser en ces termes, elle se demandait si c'était bien ce qu'elle souhaitait. Il ne lui avait pas fait de proposition de mariage et avait beau eu lui dire qu'elle ne s'engageait à rien, mais était-ce réaliste de le croire ? N'avait-elle pas déjà un pied dans l'engrenage ?

Elle lui avait demandé conseil quant au présent approprié à offrir à ses parents. Elle se posait mille questions sur la façon de bien faire. Seiji avait essayé de la rassurer au mieux, mais il sentait une tension grandissante à l'approche de la rencontre.

Le jour venu, Emeline était attendue pour vingt heures. Seiji fut en bas de l'escalier à dix-neuf heures précises, même si le trajet prenait moins de temps, « au cas où il y aurait des embouteillages », avait-il ajouté, ce qui n'avait fait que renforcer le caractère officiel de ces présentations. La jeune femme avait opté pour une jupe sage couvrant ses genoux, et une blouse discrètement fleurie. Elle qui avait de jolis ongles longs passait maintenant son angoisse sur ces derniers et, un doigt dans la bouche après l'autre, les mordillait sans retenue. Ils avaient de l'avance lorsqu'il gara sa voiture devant la maison familiale. Elle était d'une architecture typique, et contrastait avec les habitations contemporaines aux formes carrées que l'on apercevait un peu plus loin. Un mur bas de briques grises délimitait le minuscule jardin aux deux ifs taillés en spirale et à l'érable rouge auquel on accédait par un portail en fer. L'entrée était encadrée de bois clair, et surmontée d'un toit pointu de tuiles noires. À l'étage, on comptait trois chambres cachées par des shojis, et un petit balcon où pendait un peu de linge. La maison s'ouvrait par une porte coulissante traditionnelle vitrée et agrémentée de tasseaux.

Seiji la fit glisser pour s'annoncer.

– Nous sommes là.

Immédiatement, ses parents et son frère se précipitèrent vers l'entrée, à sa rencontre. Emeline s'inclina en signe de déférence comme il était attendu d'elle, les mains sur les genoux, espérant que l'angle serait adéquat. Ils se déchaussèrent tous deux et laissèrent leurs souliers parfaitement alignés, puis ils se dirigèrent vers le salon. La mère de Seiji devait avoir la cinquantaine et était de taille moyenne, avec un petit peu d'embonpoint. Elle avait une coupe courte dégradée avec une frange, et était discrètement maquillée. Elle adressa un bref sourire à Emeline, qui le lui rendit. Son père, lui, s'était montré plus chaleureux, il semblait vouloir la mettre à l'aise. Seiji avait parlé à Emeline de son frère cadet, Jiro, qui était sur le point de terminer des études de marketing dans une université publique. Il était légèrement plus petit que Seiji, et n'affichait pas la même assurance que son aîné. Cette réserve se lisait dans son attitude corporelle, les épaules étaient rentrées et son regard était fuyant. Il était simplement vêtu d'un polo noir en coton et d'un jean, manifestant ainsi une certaine distance avec l'aspect formel de la rencontre.

La maison était un surprenant mélange de styles traditionnel et occidental. À gauche de l'entrée se trouvait la cuisine, qui faisait également office de salle à manger. Elle comprenait une table à l'occidentale et des chaises en bois clair sur un sol en vinyle beige, et, contre le mur, un buffet aux vitres translucides, où l'on apercevait un amoncellement de vaisselle. À côté était accroché un imposant « Home Sweet Home » orné de fleurs, et des babioles entreposées ici et là, ce qui donnait à l'endroit un aspect surchargé. Le salon, qui jouxtait la cuisine dont il était séparé par un simple fusuma coulissant, était aux antipodes. Dans un pur style japonais, c'était une pièce de huit tatamis au milieu de laquelle se trouvait une table basse servant de kotatsu l'hiver, avec de grands coussins à même le sol, en face de la télévision. La sobriété de cette pièce principale et le bazar de la cuisine présentaient un contraste saisissant. Emeline fut d'abord invitée à s'asseoir au salon, où madame Okada lui proposa quelques snacks pour l'apéritif, accompagnés d'une bonne bière fraîche. Emeline était intimidée, et la conversation peina à s'engager.

– Depuis quand êtes-vous au Japon, Emeline ?

– Je suis arrivée en janvier. Mes cours à l'université ne débutaient qu'en mars, mais je souhaitais m'imprégner un peu de la ville avant de commencer.

– Et dans quelle université êtes-vous ?

– Keio.

– Keio ? Ah ? Je ne savais pas qu'ils acceptaient les étrangers.

Le terme d'acceptation sonna aux oreilles d'Emeline comme un couperet, mais elle tenta de ne pas en tenir compte. Ce choix de mot était probablement dû à une maladresse de sa part. Après tout, Keio était l'une des universités les plus réputées de Tokyo et, pour y faire toutes ses études, il fallait de préférence avoir suivi tout le cursus au sein même de l'institution. Il y avait le lycée, le collège, et jusqu'au jardin d'enfants de Keio. Ce parcours linéaire coûtait une petite fortune. L'entrée n'y était donc pas pour toutes les bourses, mais le cas était différent pour les cours proposés aux non-Japonais.

– Oui, ils offrent un programme de langue sur une année pour les étrangers. Rien à voir avec le cursus traditionnel. Il n'y a pas d'examen d'admission.

Certes, Emeline était étrangère, mais elle était mal à l'aise en se qualifiant ainsi ; d'ores et déjà, elle était cantonnée à un élément hors du groupe. Elle aurait préféré qu'on lui parle d'elle-même, sans insister sur sa nationalité. Mais elle se rendait compte qu'il s'agissait là de la façon la plus simple de l'aborder. En quelques mois au Japon, elle avait dû s'y résoudre. Madame Okada monopolisait la conversation qui, jusque-là, tenait plus de l'interrogatoire que du dialogue. Emeline aurait voulu elle aussi en savoir plus, mais elle n'en avait pas l'occasion. Quoi qu'il en soit, la soirée ne faisait que commencer.

– Un instant, intervint monsieur Okada à l'égard de sa femme. Laisse notre hôte reprendre son souffle, poursuivit-il dans un sourire.

– Oui, tu as raison. Emeline, désolée. Je vous bombarde de questions.

– Non, c'est bien normal. C'est ce que l'on fait pour se connaître.

Jiro, lui, restait impassible. Cependant, il l'observait, ce qui la mettait mal à l'aise. Il semblait ne pas avoir envie de prendre part à la discussion.

Madame Okada invita tout le monde à passer dans la pièce d'à côté. Elle proposa à Emeline de se placer à côté de Seiji ; son mari et elle-même s'assoiraient en face, et Jiro, comme relégué au second rang, serait en bout de table.

Seiji lança un bref regard à Emeline pour l'encourager, et lui prit discrètement la main. Il savait qu'elle était tendue et qu'elle faisait de son mieux. Il regrettait qu'elle ne puisse pas se laisser aller et profiter de cette rencontre, et essaya de détendre l'ambiance. Afin de mettre fin au flux de questions, il raconta leur escapade au mont Takao.

Madame Okada avait préparé un vrai plat de saison. Emeline avait dit à Seiji qu'elle adorait le sukiyaki et il avait dû faire passer le mot. Une fondue de ce type serait aussi plus conviviale, se rassura-t-elle. Dans la marmite en fonte se côtoyaient de très minces tranches de bœuf, du tofu, divers légumes, des champignons shiitakes et des feuilles de chrysanthème. L'hôtesse avait déposé pour chacun un petit bol de porcelaine où elle avait cassé un œuf. Emeline se régalait de ce plat destiné à réchauffer lorsque les températures descendaient.

– C'est vraiment délicieux, dit Emeline entre deux bouchées.

– Merci, ça me fait plaisir que vous appréciiez, répondit madame Okada.

Puis, comme une douche froide, elle enchaîna :

– J'ai préféré éviter les sushis et surtout les makis, car Seiji m'a dit que vous n'aimiez pas les algues...

Elle semblait attendre une confirmation.

– C'est vrai, je n'aime pas trop leur goût. Et cette sensation de papier qui crisse sous le palais lorsqu'elles sont sèches, la texture gluante dans la soupe de miso...

Elle avait parlé sans réfléchir. Elle se rendit compte de sa bévue, mais il était trop tard.

– Bien sûr, pour vous, c'est différent. Vous êtes habitués depuis l'enfance, tenta-t-elle maladroitement.

Quelques phrases de trop. Madame Okada remit des feuilles séchées dans la théière, et se versa le breuvage dans un gracieux mouvement vertical ascendant et descendant. Concentré, son regard suivait le filet d'eau qui remplissait la tasse dans un nuage de fumée.

Emeline sombrait. Étrangère elle était, étrangère elle resterait.

– Jeune fille, je vous ressers du thé vert ?

12

DANS la voiture qui la ramenait à la maison, Emeline était silencieuse.

– Emi-chan, ça va ? demanda prudemment Seiji.

Après une pause, elle répondit dans un sanglot :

– J'ai échoué, n'est-ce pas ?

– Mais non, ma puce. Tu étais sous pression. Ne te fais pas de souci.

Plus tard, allongée dans son lit, elle n'arrivait pas à s'enlever de la tête madame Okada qui la regardait dans un mélange de déception et de mépris lorsqu'elle avait dit qu'elle n'aimait pas les algues. C'était pourtant anodin, mais elle semblait l'avoir pris personnellement. Elle avait rapidement abrégé la conversation et s'était appliquée à terminer le repas sans traîner. Seiji avait eu beau tenter de la rassurer, Emeline ne parvenait pas à s'apaiser. La soirée s'était jouée entre elles deux ; monsieur Okada avait tenu un rôle de figurant, quant à Jiro, il s'était effacé intentionnellement dès le départ. Seiji, lui, avait eu du mal à s'interposer.

* *
*

Le lendemain, toujours en proie à un malaise, Emeline appela Sarah.

– Il faut que je te parle.

– Ça a l'air grave. Que t'arrive-t-il ?

– J'ai rencontré la famille de Seiji.

– Ah... oui, alors c'est du sérieux. Tu passes chez moi ? Je suis en train de préparer une tarte aux pommes. Je t'attends.

Emeline sauta dans le prochain train pour se rendre chez Sarah, qui habitait à Tokyo même, dans le quartier de Hiroo, celui des expatriés fortunés où les loyers étaient hors de prix, mais elle avait dégoté une chambre en colocation et c'est ce partage des frais qui lui permettait une telle folie. Ils vivaient à quatre dans l'appartement : un Australien, et deux Américains. Sarah était très récemment tombée sous le charme de l'étudiant australien, William, qui l'invitait aux apéritifs de l'ambassade, laquelle ouvrait facilement ses portes. Le reste du temps, elle prenait part aux soirées bien arrosées auxquelles il ne manquait pas de la convier, et le couple festif profitait sans retenue de la vie nocturne. Elle polissait son anglais plutôt que son japonais, mais elle disait qu'elle ne voulait pas passer à côté de sa jeunesse. Et assurément, ce n'était pas le cas.

Arrivée à Hiroo, Emeline gravit l'escalier raide qui menait à l'appartement. Sarah lui ouvrit la porte et la regarda avec empathie. Sa voix au téléphone l'avait trahie et son amie ne s'attendait pas à un flot d'enthousiasme.

– Entre, je suis seule. Les gars sont sortis et ne vont pas revenir avant ce soir. J'en profite pour cuisiner tranquillement… Assieds-toi. Tu veux un thé ? Un café ? Un verre de vin ? enchaîna-t-elle, essayant de détendre l'atmosphère. Mais sa tentative tomba à plat.

– Un café, s'il te plaît.

Emeline restait silencieuse, ne sachant par où commencer.

– Alors, tu les as donc rencontrés ? Ça se précise.

– C'est une façon de voir les choses. En tout cas, j'ai été invitée à manger.

– Ce qui n'est pas rien. Et… ?

– Eh bien, je ne sais pas quoi en penser. J'étais angoissée à l'idée qu'il me présente sa famille, sa mère surtout ; c'est souvent là que tout se joue. Je m'étais préparée, et j'ai foiré.

– Qu'est-ce qui s'est passé ?

– Je me suis emportée en disant que je n'aimais pas les algues et elle l'a pris personnellement, comme si j'attaquais sa culture, sa nourriture.

Sarah faillit éclater de rire tant c'était saugrenu, mais elle se retint, voyant qu'Emeline était sincèrement affectée.

– Emeline ! Tu plaisantes ? Tu ne remets quand même pas tout en question pour une malheureuse parole ? Est-ce qu'elle aime les escargots, elle ? Sans blague.

– Je t'assure. J'ai senti une réticence.

– Et Seiji, qu'est-ce qu'il en dit ?

– Que ce n'est rien, que je ne dois pas m'en faire.

– Tu vois bien. Emeline, je crois que tu veux être trop parfaite. Ça te tombe dessus. Sois toi-même et c'est à prendre ou à laisser.

– Ce serait plus facile s'il n'était pas le fils aîné...

– Bien sûr. Si j'avais su, je ne te l'aurais pas présenté. Je me sens un peu coupable. Tu l'as vraiment dans la peau, non ?

Emeline était pensive.

– Je n'imaginais pas que j'en tomberais amoureuse à ce point. Tu vois, quand j'ai accepté de rencontrer sa famille, je ne pouvais pas m'empêcher d'envisager la suite.

– C'est bien normal. Il veut officialiser, n'est-ce pas ?

– Il me semble qu'on s'en rapproche. Ça me rend nerveuse. Qu'est-ce que je vais faire ?

Sarah servit à Emeline un café au lait et une part de tarte bien chaude, qu'elle venait de sortir du four.

– Goûte-moi ça et écoute-moi. Bien sûr, je comprends ton anxiété. Elle t'a vue comme une étrangère et a insisté sur tes origines. Tu t'es sentie en dehors du cercle et pour couronner le tout, tu devrais apprécier les algues ! Tu n'es pas Japonaise et tu ne le seras jamais. Mais bon sang ! Si Seiji t'aime, il saura t'intégrer. Ce ne sera peut-être pas facile au début, mais elle devra bien se rendre à l'évidence. Tu ne vas quand même pas passer à côté de ce qui est peut-être l'histoire de ta vie ? Regarde autour de toi. Ceux qui ont écouté leur raison. Évidemment, tu peux faire ce choix... Mais est-ce qu'éviter les risques, c'est vivre sa vie ? La passion est toujours audacieuse, mais elle ne laisse pas de regrets.

Face à un tel plaidoyer, Emeline faiblit.

– C'est vrai, si je continue avec Seiji, je vais devoir lui faire confiance.

Puis, après un instant, elle nuança :

– Mais il me faut encore un petit peu de temps.

13

SEIJI et Emeline continuèrent à se voir, mais ne revinrent pas sur la rencontre familiale. Noël approchait, et Emeline ne pouvait pas rentrer en France. Les billets d'avion étaient bien trop chers en cette saison, et alors qu'elle avait annoncé à ses parents qu'elle fréquentait un Japonais, leur réaction l'avait dissuadée de passer cette fin d'année ensemble. Seule sa sœur, Léa, l'avait assaillie de mille questions. Elle trouvait sa vie européenne plutôt fade en comparaison de celle d'Emeline, et au fil des courriers qu'elles s'échangeaient, elle avait fini par vivre par procuration cette aventure qu'elle ne pouvait se permettre. Afin qu'elle ne s'inquiète pas, Emeline lui avait tu ses doutes et n'avait dévoilé que la face reluisante de son histoire.

Le pays n'étant pas chrétien, Noël n'était pas férié. Tout le monde travaillait et les magasins étaient ouverts. Ce jour était cependant célébré par les amoureux ou entre amis. Seiji avait pris congé pour emmener Emeline à Tokyo Disneyland et avait réservé pour le soir une table dans un restaurant romantique, où l'on accueillait les clients à grands coups de clichés pour l'occasion.

En cette période de l'année, Tokyo Disneyland avait des airs féeriques, avec un majestueux sapin dont la multitude de lumières clignotait de toutes parts, des guirlandes scintillantes qui habillaient les façades, un château de Cendrillon brillamment paré, des décorations multicolores et des spectacles de saison. Mickey, Minnie et le père Noël se faisaient concurrence, et les adultes aussi bien que les plus jeunes venaient tout autant pour les attractions que pour les divers shows. Seiji et Emeline passèrent une journée des plus ludiques, et tous les doutes d'Emeline furent à ce moment-là balayés. Immergée dans l'esprit de fête, elle ne pensait plus qu'à profiter de la présence de Seiji. Ils couraient dans tous les sens comme des enfants, et, lorsque la nuit tomba en fin d'après-midi, ils se blottirent l'un contre l'autre pour s'imprégner de la magie. Puis Seiji déposa Emeline chez elle et l'attendit tandis qu'elle se changeait pour la soirée.

Le restaurant français où il l'emmena n'avait que quelques tables. L'ambiance était cosy, la lumière tamisée rehaussée de chandelles. Le menu était écrit à la craie sur une grande ardoise, et le serveur vêtu d'un gilet noir et d'un nœud papillon assorti. Seiji avait dû réserver longtemps à l'avance, car il s'agissait d'une enseigne prisée, particulièrement en fin d'année, puisqu'ils proposaient un plat typique, de la dinde aux marrons. Emeline fut envahie de joie, et de nostalgie aussi. Elle était comme revenue à la maison, et elle conta à Seiji ses Noëls d'enfant. Seiji était tout ouïe, d'autant plus qu'Emeline avait été pensive les derniers temps. Ses paroles coulaient en flot continu dans un enthousiasme qui croissait au fur et à mesure que leur bouteille de vin diminuait.

– Le soir du réveillon, on mangeait du foie gras et des huîtres fraîches, mais aussi gratinées, car ma mère ne les supportait pas autrement. Puis on enchaînait avec la dinde aux marrons. Après le repas, on allait se reposer un peu, pour être en forme à la messe de minuit. On y tombait de sommeil, bien sûr, mais je me souviens de tous les chants et de la crèche. Puis chaque fois, le père Noël était passé pendant notre absence. Il nous en a fallu, des années, à Léa et moi, pour démasquer l'intrus qui mettait les cadeaux au pied du sapin. Ça a enlevé un peu de magie quand on a surpris mon père ! Et le lendemain, on recommençait. Je ne me rappelle plus tout. Juste de la bûche en dessert.

Seiji en profita pour rebondir sur son récit.

– Et en parlant de dessert, le chef a confectionné un gâteau au chocolat avec des éclats de pistache. Pas mal non plus, n'est-ce pas ? dit-il en lui décochant un sourire.

Et en effet, Emeline apprécia la gourmandise finale, qu'ils accompagnèrent d'un café, avant de s'éclipser dans l'obscurité. Ils déambulèrent à proximité du Rainbow Bridge illuminé, réminiscence de leur premier rendez-vous. Emeline était si euphorique qu'elle ne comprit pas immédiatement quand elle le vit chercher quelque chose dans sa poche. Il en sortit une petite boîte noire, qui s'ouvrit sur un écrin de velours où brillait une bague discrète montée d'un diamant. Lorsqu'il mit le genou à terre, tout s'emballa. Dans son esprit, des milliers de feuilles d'une histoire qui reste à écrire s'éparpillaient à tout va. Il n'y avait plus ni logique ni discernement, et les mois passés ensemble s'entrechoquaient dans un chaos qui n'apportait pas d'issue.

Jeune fille, je vous ressers du thé vert? tournait en boucle, assourdissant. Les feuilles giclaient à droite, à gauche, vierges. Il fallait les noircir.

Jeune fille, je vous ressers du thé vert?

Puis elles furent happées dans un tourbillon qui les emporta toutes, laissant là une page blanche. Ne restait plus que celle-là. « Minami-guchi. Sortie sud de la gare de Shinagawa », provoquait-elle.

Elle revoyait comme si c'était hier Seiji lors de leur première rencontre, sûr de lui, son regard audacieux, dans son pantalon à petits carreaux, son col roulé moutarde et son cardigan bordeaux.

Revenant soudain au présent, Emeline ne sut pas depuis combien de temps il était resté ainsi. Inquiet, il attendait la réponse qui tardait à venir. Ce genou à terre angoissait Emeline. Il fallait répondre, mais elle n'y arrivait pas.

– Seiji, commença-t-elle, embarrassée. Je ne sais pas. C'est trop tôt pour moi. Je dois réfléchir.

– Tu ne m'aimes pas?

– Ce n'est pas une question d'amour. Laisse-moi le temps.

14

MADAME Okada n'en avait pas dormi de la nuit. Ils s'étaient saignés pour que Seiji aille dans une université renommée, que ses connaissances économiques lui permettent de gérer à terme l'entreprise familiale, et qu'il perpétue la réputation durement acquise. Il était hors de question qu'il épouse une étrangère. Que diraient les gens, une belle-fille blanche dans un magasin de confiseries japonaises. C'était courir à la honte. Sans compter qu'elle ne voulait pas côtoyer chaque jour de sa vie une femme qui ne comprendrait rien à la subtilité de leur culture. Il fallait un minimum d'acquis communs pour habiter sous le même toit. Si Seiji l'épousait, ils auraient des enfants et pour peu que ces derniers aient un faciès occidental, l'honneur de la famille s'en trouverait terni.

Elle regrettait d'avoir accueilli Emeline. Sachant qu'elle était française, elle aurait dû refuser.

Fermement décidée à faire entendre son point de vue, elle attendait ce matin-là son fils à la table du petit-déjeuner. Noël était passé, et elle ne souhaitait pas qu'Emeline se joigne à eux pour les traditions du Nouvel An, un moment purement familial. Elle voulait lui en parler, ainsi qu'éclaircir cette situation qui lui donnait des maux de ventre. Seiji avait pris quelques jours de congé, puisqu'il était employé dans une entreprise anglaise et que la plupart de ses collègues rentraient au pays pour les fêtes. Le business tournait lentement et il avait saisi cette occasion pour s'absenter, car il se sentait fatigué, après avoir été mis sous pression et avoir accumulé des heures supplémentaires qu'il ne récupérait jamais. Il s'accommodait de ces conditions, mais ce surplus avait altéré son énergie. À présent, il profitait de la trêve pour reprendre haleine. Il portait aussi une chape de plomb psychologique, ne sachant si Emeline allait accepter sa proposition. Exténué, il dormait tard le matin, et, même réveillé, restait pensif sur son lit plutôt que de se lever.

*　*
*

Madame Okada tapotait nerveusement ses doigts sur la table. Quand même ! Dix heures trente et toujours pas debout. Il avait été difficile de supporter les dernières semaines sans broncher. Elle avait terminé son petit-déjeuner depuis un moment, de la soupe de miso et un bol de riz, et à présent, elle feuilletait un magazine pour tuer le temps. Enfin, elle entendit les pas de Seiji dans l'escalier.

– Bonjour, maman.

– Bonjour, Seiji. Un café ?

Seiji, lui, avait besoin de caféine au réveil, qu'il accompagnait de toasts tartinés de confiture de kaki. Parfois, il s'imaginait entamant son quotidien avec Emeline, elle en légère chemise de nuit, lui lançant des regards complices.

Pour l'heure, ce n'était pas le tableau qui s'offrait à lui, et à la place, sa mère le fixait avec sa détermination des jours pluvieux.

– Maman, il y a quelque chose qui te tracasse ?

– Ça tombe bien que tu me poses la question. Il faut que l'on ait une sérieuse discussion.

– Je t'écoute, lui répondit-il, anticipant une conversation liée à Emeline.

– Je voulais reparler de cette soirée. Celle où ton amie est venue.

– Emeline. Mon amie s'appelle Emeline.

– Une jeune fille tout à fait charmante, je dois le dire. Elle est jolie, prévenante, intelligente, elle fait de son mieux pour s'adapter à notre culture.

– En effet. Elle est tout ce que tu dis, et même plus, répondit-il, appréhendant la suite. Elle fait effectivement de son mieux.

– Justement. Ça demande beaucoup d'efforts, je l'imagine bien, et c'est pour ça que ce ne sera jamais naturel chez elle. Elle va s'épuiser et toi aussi. Pour l'instant, vous êtes tous les deux pris dans le feu de la passion, mais, crois-en mon expérience de femme qui a vécu, ça s'étiole au bout d'un moment. Et à ce moment-là, si tu n'as plus rien d'autre, ton couple partira à la dérive. Tu vois, ton père et moi, on n'était pas follement amoureux, mais on avait tellement de points et de projets communs qu'on savait que notre union tiendrait.

Oui, à quel prix, se surprit-il à penser.

– Et qu'est-ce qui te dit que nous n'avons pas de projets communs ? s'offusqua-t-il, alors même qu'Emeline ne lui avait plus donné de nouvelles depuis sa demande formelle en mariage.

– Ce n'est pas là le sens de mes propos, mais réfléchis bien. Elle ne parlera jamais couramment comme nous. Il y aura toujours des nuances qu'elle ne saisira pas. Vous aurez des disputes au sujet de broutilles à cause de divergences de vues. Elle n'est pas Japonaise. Comment veux-tu qu'elle représente notre famille ? Tu imagines, des héritiers occidentaux pour notre confiserie ?

Seiji en resta interdit. Le nœud du problème était donc là ?

– Qu'est-ce qui importe, maman ? Que je sois heureux, ou la tête de nos enfants ?

Madame Okada se rendit compte qu'elle était allée trop loin. Pourtant fine négociatrice, l'intensité du sujet l'avait happée vers des paroles qu'elle regrettait.

– Écoute Seiji, je sais qu'il s'agit de ta vie.

Puis, précautionneusement, elle ajouta :

– Mais c'est aussi la nôtre. Nous vivrons tous sous le même toit, ne l'oublie pas.

Seiji ressentit une nervosité intérieure. Il voulait se battre pour imposer Emeline, mais Emeline allait-elle le suivre ? Et seraient-ils assez forts à deux ? Il avait essayé de la contacter à plusieurs reprises mais elle ne prenait pas ses appels. Il avait laissé des messages sur son répondeur qui étaient restés lettre morte. Elle lui avait seulement écrit pour lui dire qu'elle savait que le Nouvel An se vivait en famille, et qu'elle préférait ne pas s'immiscer dans cette période symbolique.

* *
*

Le 31 décembre à minuit, la famille s'était rendue au temple bouddhiste de Zojoji pour le passage à la nouvelle année, fendant une foule dense regroupée pour prier, mais aussi pour tirer au hasard les omikujis, prédictions divines qui prennent un relief particulier ce soir-là. D'habitude plutôt terre à terre et peu crédule, Seiji s'était laissé aller aux superstitions, et avait déplié avec avidité son bout de papier, espérant y trouver une ébauche de réponse. Mais il ne lui était annoncé qu'une réussite financière, ce dont il n'avait cure dans ses tourments. Dénigrant cet augure qui ne l'aidait pas à s'apaiser, il replia la bande de papier qu'il accrocha à la branche d'un pin à proximité, à côté des sorts à conjurer. Au retour, dans son sommeil, il avait vu le mont Fuji, et s'était agrippé avec naïveté à la croyance populaire qui voulait que ce soit prometteur. Ayant épuisé tout ce qu'il pouvait lire comme signes du destin, les jours de congé qui s'étaient ensuivis lui avaient paru interminables, ponctués de repas familiaux où son esprit était ailleurs.

Enfin, le 16 janvier au soir, le répondeur clignota. Emeline lui avait laissé un message, d'une voix douce.

– Seiji, pardonne mon silence. J'aimerais te revoir et qu'on parle de nous deux. Je te rappelle demain.

15

LA VILLE au port qui scintillait de mille diamants la nuit venue n'était plus. Le 17 janvier tôt au matin, le sol avait été déchiré dans ses entrailles, le bitume déchiqueté et les gravats amoncelés offraient un triste spectacle de désolation. La fin du monde semblait avoir sonné dans ce recoin de l'archipel. Les chaînes de télévision suivaient à la minute l'évolution de la situation, comme on traque un animal blessé.

Un tremblement de terre d'une violence inouïe avait ravagé Kobe.

Kobe saignait : les journaux diffusaient les clichés choquants de décombres et de scènes de chaos. Partout à travers la ville, des incendies s'étaient déclarés. Les bâtiments s'étaient écroulés comme des châteaux de sable, une autoroute s'était renversée. Il n'y avait plus d'électricité, il n'y avait pas d'eau, seule la confusion prédominait. La camarde s'était glissée dans la cité, emportant avec elle l'insouciance d'enfants qui, désormais, vivraient dans le manque d'un être aimé. Ou brilleraient au firmament.

Les ondes sismiques retentirent comme un électrochoc dans le cœur d'Emeline, et dans celui de millions de Japonais. Il n'était plus question de langue ou de culture. L'humanité souffrait et il fallait faire vite. Atterrée et se sentant extrêmement seule, Emeline appela Seiji.

– Seiji. Je ne peux pas croire ce qui arrive.

Et elle fondit en larmes. Seiji monta dans sa voiture pour la rejoindre.

– Emeline, tu m'as tellement manqué.

Dans son cœur se bousculait un trop-plein d'émotions. Les retrouvailles, les interrogations, et maintenant la catastrophe, les morts, dont le calcul s'accélérait à une vitesse macabre. Constater passivement l'étendue des dégâts était devenu insupportable. L'entraide se mit en place et de nombreux bénévoles purent participer aux opérations. Emeline tournait chez elle comme une lionne en cage. Elle n'avait pas la tête à ses cours et n'attendait qu'une occasion de se rendre utile. Lorsqu'elle apprit que des groupes de volontaires se constituaient, elle annonça à Seiji qu'elle s'engageait pour partir.

Il n'eut aucune hésitation.

– Je t'accompagne.

Ils rassemblèrent quelques affaires et prirent un bus en partance pour la ville sinistrée. Le trajet leur sembla interminable tant ils avaient hâte d'apporter leur soutien. Arrivés sur place, on leur indiqua où ils seraient logés, des abris de fortune, un luxe pour ceux qui avaient tout perdu. Dans ce froid mordant de janvier qui diminuait un peu plus les chances de retrouver des survivants, ils se mirent rapidement à l'ouvrage. On les avait affiliés à une équipe chargée d'évacuer des décombres. Mécaniquement, ils répétaient les mêmes gestes dans une solidarité commune des heures durant. L'ambiance était lourde, les volontaires s'affairaient en silence, dans l'espoir, parfois, mais le plus souvent dans la crainte de découvrir un cadavre. Le moindre bruit les faisait sursauter. Par moments, ils croyaient percevoir la voix de quelqu'un qui appelait. C'était un traumatisme courant, leur avait-on dit, que d'imaginer qu'on entend des survivants. En général, il ne s'agissait que d'une illusion malheureusement. Le soir, lorsque la ville dévastée était enveloppée d'une chape glaciale, Emeline se serrait fort en tremblant contre Seiji. Dans sa tête tournait en boucle l'image du corps inerte de ce petit garçon cabossé de toutes parts, qu'elle avait vu extraire des débris. Il n'y avait personne pour le pleurer, sinon des inconnus. Sans doute le reste de sa famille était-il décédé. La vision de cette vie enlevée à un si jeune enfant ne quitta plus Emeline. Elle ne parlait plus ; elle s'était enfermée dans un mutisme dont elle ne pouvait plus sortir. Seiji était son seul réconfort face à ces sinistres scènes.

Leur contribution ne dura que quelques jours, le temps que l'aide humanitaire se mette solidement en place. Seiji et Emeline faisaient face à un sentiment diffus de trahison ; ils avaient honte de laisser là des corps et la perspective d'en retrouver. On leur expliqua cependant qu'ils pouvaient être fiers d'avoir participé aux recherches et que des équipes de renfort les relayeraient. Ils prirent le chemin du retour.

Lorsqu'ils arrivèrent à Tokyo, les doutes d'Emeline avaient été balayés. L'évanescence, l'impermanence des choses étaient intrinsèques au bouddhisme. Le Japon semblait enclin à une certaine fatalité, sans doute imposée par ce contexte tellurique particulier. Il s'agissait là de théorie, mais, ces derniers jours, au contact de la réalité, de la vie qui s'en était allée, il n'y avait qu'un constat. Si la fugacité devait atteindre de tels sommets, si l'on pouvait tout perdre en une seconde, perdre ceux que l'on aime, alors il ne fallait pas tarder.

Il fallait vivre maintenant et tout faire pour les garder.

– Seiji, c'est oui. Ma réponse est oui.

16

CONFIANT de l'intimité retrouvée, Seiji se décida à annoncer la nouvelle à ses parents. Il s'attendait à la réticence de sa mère, restée dubitative de son choix. Quant à son père et à son frère, ils n'étaient pas du genre prolixe. Seiji avait toujours eu du mal à déchiffrer leurs pensées et ressentis. Encore compréhensible pour son père, une génération où les hommes s'épanchaient peu, c'était plus étonnant pour son frère. Ils n'avaient que deux ans de différence mais étrangement, il n'y avait pas de complicité. Jiro était d'un naturel renfermé et pouvait passer de longues heures en solitaire. Le soir, il s'absentait parfois et nul ne savait où il allait. Personne ne s'en préoccupait, d'ailleurs. Seiji soupçonnait une pointe de jalousie, mais n'en était pas certain. Il était conscient qu'en tant qu'aîné, il bénéficiait d'un traitement de faveur. Ce n'était pas juste, mais c'était ainsi. C'est pourquoi il avait eu le privilège de fréquenter une université réputée et coûteuse, tandis que son frère avait suivi des études dans un établissement ordinaire. Jiro n'avait cependant pas manifesté d'ambition particulière, et le reste de la famille présupposait, à tort ou à raison, qu'il s'en accommodait. Tout juste avait-il exprimé son envie, sur un ton sarcastique, lorsque Seiji avait pu partir aux États-Unis pour peaufiner son anglais. Il avait voyagé par procuration dans les nombreux romans qu'il lisait, mais ne pouvait prétendre à un séjour similaire. Au fond, Seiji ne connaissait que peu de choses de son frère cadet ; il ignorait comment il accueillerait la nouvelle de son engagement. Jamais ils n'avaient abordé leurs relations sentimentales, et il ne savait même pas si Jiro fréquentait quelqu'un. Il y avait bien eu une compagne d'études qu'il évoquait souvent, ce qui avait laissé présupposer une liaison, mais cela commençait à dater et depuis, il n'y avait eu aucune manifestation d'une histoire d'amour en cours.

Pour entériner sa déclaration, Seiji organisa un rassemblement à l'extérieur. Il fallait que ses proches comprennent que sa décision était prise. Il n'avait plus reparlé d'Emeline avec sa mère depuis leur fameuse conversation du petit-déjeuner. Cependant, il espérait qu'elle souhaite son bonheur et comptait sur cet amour maternel pour qu'elle accueille Emeline comme un membre de la famille à part entière. La vie était faite de paris, plus ou moins risqués, et Seiji n'avait que le choix de miser sur le meilleur puisqu'il voulait s'engager.

* *
*

Il avait convié ses parents et son frère pour dix-neuf heures dans un restaurant haut de gamme, où l'on servait un menu kaiseki, dégustation de multiples plats d'une extrême finesse en accord avec la saison, qui régalaient le palais, mais aussi la vue grâce à une esthétique recherchée. Ce genre de festin était très onéreux, et consacré à des occasions spéciales. Comme tous les établissements de cette envergure, il comprenait de petites salles privées où l'on s'asseyait sur des tatamis, et dont on pouvait fermer les fusumas de façon à avoir plus d'intimité. Les serveuses en kimono y étaient entraînées à se faire le plus discrètes possible. Évidemment, avec un tel faste déployé, madame Okada avait pressenti ce dont il s'agissait. La famille s'était vêtue en conséquence, monsieur Okada ayant choisi un complet et une chemise à fines rayures, et madame une robe classique écrue assortie d'un foulard en soie, qu'elle ne portait que rarement. Jiro, lui, comme à son habitude, n'était pas entré dans le moule, et s'était cantonné à un incontournable jean et un sweat-shirt bleu marine.

Lorsqu'ils pénétrèrent dans le restaurant, on les conduisit à une salle à l'étage. Elle était dépouillée, exception faite du mur parcimonieusement orné de peintures sobres représentant des paysages ; il y avait une rotation des œuvres d'art afin qu'elles soient coordonnées à la saison. On n'entendait aucun bruit alentour, ils devaient être les seuls à avoir loué une pièce en ce soir de semaine. Le temps semblait s'être arrêté dans un silence qui devenait pesant et une indéniable solennité. Tous attendaient le lever de rideau et dans l'intervalle, Seiji échangea quelques banalités pour briser la glace. Enfin, les boissons et les plats arrivèrent, et une fois les serveuses éclipsées, il s'arma de courage pour entrer dans le vif du sujet.

– Maman, je veux tout d'abord que tu saches que je t'ai bien écoutée. J'ai longuement réfléchi. Mais, poursuivit-il, je ne peux pas construire ma vie sur un hypothétique échec. Je suis conscient que c'est un risque, le taux de divorce est élevé pour les mariages mixtes, mais je ne peux laisser mon avenir aux statistiques. J'ai choisi de miser sur l'espoir, parce que j'aime Emeline, *Emeline ai shite iru*. Ma décision est prise, et je veux l'épouser.

Madame Okada s'y attendait, mais avala cependant sa salive avec peine. Même en famille, on n'entendait que rarement ce mot « amour », *ai shite iru*, généralement remplacé par *suki desu*. *Suki desu*, utilisé dans les relations amoureuses, mais aussi pour dire qu'on aimait la glace au thé vert, les pancakes à l'américaine ou les mochis au sésame. Le terme choisi par Seiji était d'un autre ordre et sonnait le glas des négociations. Madame Okada ne pouvait que se résigner à se ranger du côté de son fils. Monsieur Okada, lui, affichait un détachement dont on n'aurait su dire s'il était feint, ou signe de capitulation devant ce qui dépassait son champ d'action. Il était pourtant question de la perpétuation du nom, de l'avenir de son échoppe, mais en dépit des enjeux, il ne manifestait rien. Quant à Jiro, il était égal à lui-même. Complètement indifférent, ce qui agaça Seiji. Il aurait pu l'accepter s'il s'était agi d'une banalité, mais même là, alors qu'il lui parlait de son mariage, Jiro restait de marbre. Seiji décida cependant de ne pas le souligner et s'en tint à une déception qu'il enfouit en lui. Il aurait tant souhaité avoir un frère avec lequel partager, mais ça n'avait jamais été ainsi.

Les aiguilles de l'horloge semblaient s'être rouillées, bloquées sur un instant qui n'en finissait pas, lorsque madame Okada sortit de son mutisme.

– Et donc, concrètement, comment vois-tu ça ? Allons-nous rencontrer ses parents comme il est coutume de le faire ?

Seiji s'était préparé à cette question. Elle avait causé au couple bien des tourments. Dans une ironie totale, Emeline avait dû annoncer à Seiji que ses propres parents s'opposaient à son mariage. Non pas qu'ils aient quelque chose contre toi, bien entendu, puisqu'ils ne te connaissent même pas, avait-elle avancé avec diplomatie, mais c'est une sorte de principe, bien ancré dans leur mentalité.

Elle avait baissé la tête, honteuse. Même si ce n'était pas sa faute, elle peinait à expliquer à Seiji que la réaction de ses parents ressemblait étrangement à celle de madame Okada. Les amoureux faisaient face à des contraintes familiales et des préjugés fortement enracinés. Emeline venait d'un village où l'on préconisait que les jeunes se marient « entre eux », mais comme la population n'était pas extensible, il était acceptable de trouver sa moitié « à la ville ». Cet exode sentimental avait cependant ses limites, et il aurait été inconcevable qu'Emeline revienne avec un époux asiatique. Les gens du coin plaisantaient déjà suffisamment lorsque la mère d'Emeline faisait ses courses, et que les commères lui disaient malicieusement qu'il ne manquerait plus qu'elle « ait des petits-enfants chinois avec les yeux bridés ». À la fin, elle ne prenait plus la peine de souligner qu'elles se trompaient de pays ; quant aux yeux bridés, elle n'aurait pu s'y résoudre non plus.

Le couple avait cogité pour trouver une issue qui ne mettrait pas en péril leur mariage. Il était évident qu'il n'était pas possible de dévoiler la vérité crue, sans quoi madame Okada s'en saisirait pour justifier sa propre vision. Démunis, ils s'étaient résignés à se cacher derrière un mensonge. Tellement énorme qu'elle allait probablement leur rire au nez.

– Comment je vois ça ? Eh bien, je ne te l'ai jamais dit, mais le père d'Emeline est malade, commença-t-il en essayant d'y mettre un maximum d'aplomb. Il a fait un infarctus alors qu'il était encore jeune et depuis, il doit prendre quotidiennement des médicaments pour le cœur. Un tel voyage n'est pas recommandé dans son état.

Au fur et à mesure des explications, elle se décomposait. Si elle acceptait que Seiji épouse Emeline, il fallait au moins que tout soit fait dans les règles de l'art : une rencontre avec les parents d'Emeline, des fiançailles traditionnelles ; suivre le protocole était la moindre des exigences. Et là, tout semblait clairement compromis.

– Et sa mère ne veut pas laisser son père. Elle a des craintes pour sa santé, et depuis, elle ne s'éloigne plus de lui.

Plus il expliquait, plus il sentait qu'il s'enfonçait et, comme un ultime recours, il précisa :

– Mais sa sœur viendra.

À cet instant, madame Okada ne put s'empêcher de lever les yeux au ciel. Son père rétrécissait dans son costume, et Jiro, lui, s'en moquait.

Désarçonnée, elle conclut :

– Écoute, une sœur, ça ne remplace pas des parents. Il faut qu'on discute de tout ça. Préviens Emeline que j'aimerais qu'on en parle.

17

MADAME Okada, Emeline et Seiji étaient assis à la table de la cuisine. Emeline n'était pas revenue chez eux depuis la soirée de leur rencontre. Sur un ton très pragmatique, madame Okada ne tourna pas autour du pot.

– Emeline, Seiji m'a annoncé que vous vouliez vous marier. Félicitations ! lança-t-elle en préambule avec un sourire forcé.

– Merci, madame. Je vais faire de mon mieux pour rendre votre fils heureux.

La phrase lui avait échappé. Elle pouvait presque se moquer d'elle-même, tant cette réponse était formatée, mais, sage et disciplinée, elle s'était conformée à ce qu'on attendait d'elle.

– Vous qui avez étudié la culture japonaise, vous n'êtes pas sans savoir qu'une cérémonie de mariage comporte un certain nombre de critères que l'on se doit de respecter.

Emeline restait silencieuse.

– On ne peut pas faire ce qu'on veut, n'importe comment. La célébration se déroule au temple shinto, avec un kimono et une coiffe traditionnelle, puis la mariée peut se changer pour une robe blanche occidentale, et plus tard, pour une robe de soirée. Les familles du couple sont présentes, les amis et connaissances aussi. Les relations commerciales également, dans notre cas. N'oubliez pas que nous avons un business à tenir. Il faudra préparer un discours, il y a des codes à respecter. Bref. Je suppose que Seiji vous a déjà expliqué tout ça.

Non, Seiji ne s'était pas attardé sur cela. Elle en avait cependant parlé avec Sarah, qui lui avait raconté par le menu l'unique mariage auquel elle avait été invitée, où elle s'était ennuyée à mourir, soupirait-elle. Elle ne s'était pas départie de sa franchise coutumière, pour ironiser.

– Interminable ! Trois robes ! Et je ne te décris même pas la troisième. Quand ma voisine de table m'a glissé dans l'oreille « On dirait

Scarlett dans *Autant en emporte le vent* », j'ai cru qu'elle plaisantait. Heureusement que je n'ai pas ri. Elle était sérieuse. J'étais l'unique étrangère, la seule à trouver ça moche probablement. Une horrible robe bleue à froufrous et paillettes. Et des discours à n'en plus finir. Suivis d'une sorte de show censé être drôle. Écoute-moi bien… il faut que tu évites ce fiasco ! Quand tu penses qu'ils économisent des années pour une cérémonie de ce genre…

Si Seiji et Emeline avaient discuté de l'absence de ses parents au mariage, ils n'étaient pas entrés dans le détail pour le reste. Seiji supposait que c'était là l'unique pierre d'achoppement.

Madame Okada poursuivit :

– Seulement, voilà. Si j'ai bien compris, votre père a des ennuis de santé.

– Oui, c'est exact.

– Ce qui veut dire qu'il ne pourra pas venir ?

– J'en suis désolée, mais effectivement, ça ne va pas être possible.

– Il va donc falloir trouver une solution.

Elle avait annoncé ça comme si Emeline pouvait faire un miracle qu'elle attendait anxieusement. Mais Emeline ne savait que répondre. Seiji vola à sa rescousse.

– Il n'y a pas de solution. On va faire sans eux. Les invités comprendront bien.

– C'est ce que tu crois. Ce n'est pas gagné. Au moins, il faudra respecter le reste du déroulement.

Seiji ne broncha pas. Ce qui impliquait une approbation. Emeline le chercha du regard pour essayer de comprendre, mais il baissa les yeux. Il semblait l'avoir abandonnée à cet instant précis.

– Respecter le reste du déroulement, c'est-à-dire ? s'aventura Emeline.

D'un ton un peu plus impérieux, madame Okada enchaîna :

– C'est-à-dire, ce que je viens de vous expliquer, en gros.

– Madame, dans mon pays, c'est très différent. Je vois que nous avons des points de vue divergents. J'aime Seiji, et loin de moi l'idée de porter préjudice à votre famille ou de gâcher cette cérémonie qui revêt une grande importance, mais…

Empêtrée dans des explications qui tournaient en rond, elle osa finalement :

– Mais ce jour, c'est le nôtre. Je ne veux pas de tout ça, je veux un mariage simple.

Passablement énervée, madame Okada se leva et se retira.

– Bon, je vous laisse réfléchir à deux.

18

– SEIJI, pourquoi m'as-tu jetée dans la gueule du loup ?

– Emeline, on n'avait pas parlé des détails, j'ai été pris de court.

– On a vraiment été idiots, on aurait dû s'y attendre.

Elle leur en voulait d'avoir été si naïfs.

– Il n'est pas question d'un mariage avec tout ce tralala ! Je veux une cérémonie simple. C'est notre moment et je n'ai pas envie de le partager avec n'importe qui.

– Enfin, n'importe qui... tu exagères...

– Arrête de faire semblant de ne pas comprendre. C'est une journée à partager avec des proches. Pour moi, quelques personnes suffisent.

– Tu ne peux pas me demander ça ! Je suis pris entre deux eaux.

– Si tu ne peux pas faire face maintenant, à quoi dois-je m'attendre pour la suite, alors ?

Ils ne s'étaient jamais disputés ainsi. Ils avaient toujours pu régler leurs divergences dans le calme, avec respect. Le ton était monté dangereusement.

Dépitée, Emeline ne put s'empêcher de surenchérir.

– Seiji, permets-moi de te rappeler que nous célébrons notre mariage au Japon. Ta mère pourrait au moins se dire que c'est une chance que ça se passe ici.

À bout de patience, elle haussa encore d'un cran la voix :

– Enfin, ne te laisse pas marcher sur les pieds. Défends-moi comme tu le peux, mais c'est *notre* jour ! Le nôtre, Seiji ! articula-t-elle lentement, afin que cette dernière phrase puisse s'imprimer dans sa mémoire.

Puis, vidée, elle partit en trombe sans se retourner.

* *
*

Déboussolée, elle fonça chez Sarah, où elle se laissa tomber sur une chaise, de grosses larmes coulant sur ses joues.

– Ça ne marchera jamais, sanglota-t-elle.

– Attends ! répliqua Sarah. Reprends ton souffle et explique-moi.

– Sa mère insiste pour organiser un mariage traditionnel, avec tous les chichis.

– Vraiment ?

Puis, nuançant :

– Mais Seiji est là.

– Oui, justement, Seiji. Il n'a pas l'air de comprendre, je pense qu'il aimerait que j'accepte. Qu'est-ce qui va se passer par la suite ? S'il n'arrive déjà pas à me soutenir, alors qu'il s'agit de notre mariage, ça n'ira pas mieux après... Je devrais peut-être tout annuler. Laisser tomber et quitter le Japon. Mes cours sont bientôt terminés. Je peux plier bagage prochainement, s'il le faut. J'ai peur de me tromper.

La cadence de son débit s'était accélérée, et les mots sortaient pêle-mêle, hypothéquant son avenir sur des considérations émotionnelles.

– Tu devrais d'abord te ressaisir, Emeline. Tu ne peux pas tout abandonner sur un coup de tête. Je ne sais pas quoi te dire au juste, mais mon conseil est de suivre ce que tu ressens au fond de toi. Il n'y a que ça de vrai, après tout.

– Ce que je ressens... pour Seiji ? Ou face à la situation ?

– Pour Seiji. C'est ce qui compte.

Une fois de plus, le destin s'en mêla et lui envoya une grande claque. Après le tremblement de terre de janvier, un autre mal s'abattit sur le Japon. Plus sournois celui-là, car la menace était permanente. Le 20 mars 1995, l'attaque au gaz sarin dans le métro de Tokyo, perpétré par la secte Aum, plongea le Japon dans l'horreur et dans une méfiance continue. Dans les transports publics, les passagers s'observaient du coin de l'œil. Dès qu'un objet sans propriétaire traînait, des regards de panique cherchaient ici et là qu'on vienne le récupérer. Dans la mégalopole tentaculaire où régnait jusque-là un climat de sécurité, une forme d'innocence s'était tarie. Le Japon n'avait jamais connu cela. Seiji ne voulait plus qu'elle prenne le train ou le métro. La folie pouvait être partout. Ce qui taraudait Emeline, c'étaient les personnes décédées, et les images à la télévision des blessés acheminés vers des hôpitaux dans une atmosphère de chaos. L'ennemi pouvait surgir de nulle part, et surtout, on pouvait partir à chaque instant.

En écho à la tragédie sismique deux mois plus tôt, l'attentat du métro vint lui rappeler que si l'on pouvait tout perdre en une seconde, perdre ceux que l'on aime, alors il ne fallait pas tarder. Elle ne remit plus en cause sa décision.

* *
*

La réconciliation eut toutefois un goût doux-amer. Résolue à s'engager, mais ne voulant pas renoncer à ce qu'elle souhaitait pour le grand jour, Emeline campa sur ses positions. Elle avait balayé avec véhémence un mariage traditionnel, ce qui attisa l'hostilité de sa belle-mère. Son refus d'une cérémonie digne et classique, comme cette dernière la qualifiait, avait déstabilisé Seiji, qui, bien que la soutenant dans son choix, n'avait pu cacher une sorte de déception. Son adhésion à sa décision n'était pas entière, et cela la plongeait dans une douloureuse solitude.

19

LE JOUR venu, Emeline n'était entourée que de Sarah et de Léa, sa sœur, qui avait fait le voyage. Ses parents avaient maintenu leur réprobation, ce qui avait provoqué en Emeline une triste amertume. Quant à ses acolytes d'université, elle n'avait avec eux qu'une relation superficielle et estimait que seule Sarah, qui avait partagé ses doutes, avait sa place. Léa, elle, indécrottable fleur bleue, voyait dans cette union la bravoure des temps modernes. Défier la langue, la culture et la distance par amour lui semblait l'apothéose du romantisme.

Les deux jeunes femmes aidèrent avec ferveur Emeline à s'apprêter. Léa ne pouvait cacher une excitation fébrile face à l'heure qui approchait, repassant par le menu les préparatifs pour que la tenue de la mariée et le déroulement de la cérémonie soient parfaits, à l'opposé de Sarah qui affichait un pragmatisme apaisé, assurant Léa qu'avec l'ascendant de la future belle-mère, il était impensable que le moindre aspect de l'organisation ait été négligé. Pour le reste, Sarah s'était impliquée en distillant quelques conseils stylistiques.

Si elle s'efforçait de la dompter, Emeline avait pourtant du mal à faire taire la nervosité qui l'avait envahie. Elle peinait à croire que le grand jour était déjà arrivé. Ses mains tremblaient depuis le matin. Elle était allée chez le coiffeur pour un chignon dans lequel étaient piquées de petites fleurs couleur crème, de la même teinte que sa robe en soie, sobre et de forme droite, qui tombait souplement, avec un léger décolleté plissé au niveau du buste. Le tout était complété d'un bouquet de lys, de gerberas orange et de gypsophile. Pour lui porter bonheur malgré leur opposition, elle avait paré ses oreilles de minuscules diamants, cadeau de ses parents pour ses vingt ans.

Elle jeta un dernier coup d'œil à son reflet dans le miroir, et sourit à l'aube de cette nouvelle vie.

Seiji, lui, avait revêtu un costume trois-pièces noir et lorsqu'Emeline le vit dans cette tenue, elle fondit. Son cœur s'emballa. Seiji avait accepté d'abandonner le vêtement traditionnel pour être au diapason avec sa robe « occidentale ». Il avait dû âprement négocier avec sa mère sur tous les points. Usée par tant de persévérance, elle avait fini par déposer les armes. Emeline savait qu'il n'avait eu de cesse de bousculer les codes. Elle était émue qu'il n'ait pas cédé à la pression, et se soit finalement rangé à ses côtés. Ce revirement avait mis un pansement sur la déception précédemment ressentie.

Emeline et Seiji se dévorèrent des yeux toute la journée. Ils remarquèrent à peine le reste de la famille et les invités. La cérémonie était ce qu'Emeline avait souhaité : simple. Pour le banquet, ils avaient réservé une salle dans un hôtel de luxe de Tokyo et Emeline avait fait des concessions quant au nombre d'invités. Le sol était recouvert d'une moquette pâle couleur bisque, les chaises en velours beige sable, et les tables enveloppées d'une grande nappe blanche en tissu au milieu de laquelle trônait un arrangement floral dans les tons orangés, en accord avec le bouquet nuptial. C'est Emeline qui avait opté pour cette couleur. Elle voulait quelque chose de lumineux pour ce nouveau départ. Elle avait laissé à Seiji le soin de choisir le repas. Ayant enfin trouvé une occasion d'apaiser sa mère, il lui délégua cette tâche. Elle concocta un succulent menu qui ravit toutes les papilles. Il y avait des mets japonais à profusion, tels des sushis, sashimis, des tempuras de crevettes et légumes, mais aussi du homard, des palourdes et du riz rouge. La pièce montée fut l'apogée du festin. Seiji et Emeline s'étaient rapprochés pour couper un imposant gâteau de trois étages, généreusement couvert de crème et agrémenté de fraises et autres baies soigneusement alignées. Le tout était surmonté d'un ruban de pâte à sucre carmin. Madame Okada, fière de sa réussite, posait non loin dans un kimono noir raffiné et délicatement orné en dessous de la taille de minutieux motifs de fleurs dans des tons ocre. Son mari se faisait discret, comme à son habitude. Il inclinait poliment la tête à l'intention d'hôtes en signe de salut.

Jiro, lui, portait à merveille un smoking noir, avec un nœud papillon assorti. Il était très élégant dans cette tenue, et cela lui donnait un regain de confiance. Ses épaules tombantes s'étaient redressées, il avait fière allure et son regard était brillant, peut-être en raison de sa conversation enjouée avec Sarah, qu'il avait pris l'initiative d'aborder. Naturellement, Emeline qui n'avait d'yeux que pour Seiji était loin d'observer le duo qui, lui aussi, faisait fi du reste de l'assemblée.

Jusque-là, Jiro n'avait connu que quelques mariages auxquels il avait été convié dans le cadre familial étant plus jeune, et tout ce dont il se souvenait étaient les recommandations de conduite de sa mère et les discours qu'il écoutait d'une oreille plus que distraite. L'ambiance moins formelle de ce mariage particulier et la présence de Sarah venaient de révéler un Jiro qui, habituellement taciturne, avait déposé son carcan, le temps d'une soirée. Avec sa chevelure aussi blonde que celle d'Emeline était noire, Sarah était l'incarnation de l'Occidentale véhiculant des idéaux de liberté, de décontraction et d'ailleurs. C'est sans doute ce qui avait permis au jeune homme d'oser et de devenir, même fugacement, ce qu'il était au fond de lui. Jiro le transparent reprenait forme. Sarah, tout en beauté, robe écarlate et rouge à lèvres savamment assorti, chaussures dorées à talons hauts, se rapprochait pour parler près de son oreille, ce qui manifestement le ravissait.

Le contraste avec le Jiro du quotidien était surprenant. Madame Okada, qui observait attentivement la scène, lorgnait Sarah d'un air suspicieux. Ne manquerait plus qu'une autre étrangère dans la famille ! La jeune femme goûtait à ces instants avec Jiro, et, si elle n'avait pas commencé à fréquenter son colocataire australien depuis peu, lequel n'avait pas été convié, elle aurait souhaité revoir Jiro par la suite. Mais, sa vie sentimentale étant plutôt chaotique, elle avait préféré ne pas la contorsionner davantage, et avait subtilement mentionné sa relation, afin de ne pas embraser l'intérêt que le cadet de la famille lui manifestait.

Le dessert terminé, l'ambiance se métamorphosa. Le couple avait prévu une fin de soirée peu conventionnelle avec de la danse. Il avait fallu organiser cela avec l'hôtel, qui n'était pas habitué à ce genre de demande. Comme il était impossible de se mouvoir librement en kimono, les cartons d'invitation avaient suggéré aux dames de prendre de quoi se changer. Même madame Okada avait troqué son kimono pour une tenue habillée, et Emeline lui en sut gré. Elle entrevoyait l'espoir d'une réconciliation, après les dernières semaines qui avaient mis en lumière de façon abrupte leurs différences.

Emeline et Seiji ouvrirent le bal. Emeline s'était glissée dans une longue robe bleu céladon, qui faisait ressortir ses yeux. À la fin du premier morceau, elle tendit la main à madame Okada. Elle s'approcha de sa table et lui proposa :

– Belle-maman, vous ne nous rejoignez pas ?

Peu encline à se donner en spectacle, madame Okada hésitait. Puis elle se lança et suivit sa belle-fille. Elle se mouvait de façon rigide, pas vraiment en rythme, mais au moins elle dansait. Emeline avait réussi son pari. Son mari l'imita. Ils semblaient y trouver du plaisir. Sarah, elle, ne s'était pas fait prier et se trémoussait avec bonheur. Quant à Jiro, dès qu'il l'avait vue se lever, il lui avait emboîté le pas.

Rassurée, Emeline put enfin souffler. Les tracas s'évaporaient et l'insouciance reprenait ses droits. Le couple en oublia peu à peu le reste du monde. Au fur et à mesure qu'ils se lançaient dans des danses endiablées, qu'ils tournoyaient et que le champagne les étourdissait, leurs corps se mirent à vibrer dans un désir grandissant. Ils terminèrent leur soirée par un slow, la tête d'Emeline posée sur l'épaule de Seiji. Puis ils s'éclipsèrent vers leur nouvelle vie, et regagnèrent la chambre de l'hôtel qui les attendait pour une nuit de passion et de douceur.

20

ILS N'AVAIENT pas prévu de voyage de noces. Les cours d'Emeline s'étaient terminés en mars, et entre les examens de fin de programme et les préparatifs du mariage en catastrophe, afin qu'elle ne perde pas son droit de résider sur le territoire, ajoutés aux négociations familiales, ils avaient préféré attendre un moment plus propice pour l'organisation de leur périple. L'été approchait et ils n'auraient pas de mal à trouver une destination où ils profiteraient du beau temps. Emeline avait envie de se prélasser sur une plage. Elle avait proposé la Thaïlande, mais Seiji lui avait fait remarquer que ce n'était pas la bonne saison pour ce pays et que le climat serait meilleur au début de l'hiver. Lui souhaitait plutôt une parenthèse plus active. Il aimait bouger, visiter des monuments, louer un vélo et s'aventurer hors des sentiers battus. Il avait suggéré la Corée, où ils pourraient allier le balnéaire au culturel, profiter de Séoul puis se retirer sur le littoral. Indécis, ils continuèrent à consulter les brochures qu'on leur avait remises dans une agence de voyages.

Emeline avait résilié son bail et déménagé juste après son mariage. Les logements pour étudiants étaient rares, et la période était parfaite. En avril commençait l'année universitaire, et la propriétaire n'aurait pas de mal à retrouver un locataire. Elle n'avait donc pas fait d'histoires. Puisque le studio était aménagé, il n'y avait rien à transférer dans la maison familiale. Elle laissa là les quelques coussins bariolés qu'elle avait achetés pour personnaliser l'endroit.

La vie d'Emeline au Japon tenait dans une valise.

La propriétaire avait enfin accepté qu'un homme pénètre dans le studio, comme ils étaient mariés, et surtout, puisque Seiji venait aider au nettoyage final. Elle n'avait donc pu qu'acquiescer. Ils avaient dû beaucoup astiquer, pour répondre aux exigences de l'état des lieux. Le Japon était particulièrement pointilleux, et rares étaient ceux qui récupéraient les deux mois de caution du départ, sans compter les deux autres mois de « remerciement » qu'il fallait aussi verser, sans jamais les revoir. « En gros, tu peux jeter quatre mois de loyer par la fenêtre », lui avait expliqué Sarah, pragmatique, lorsqu'elle avait changé d'appartement. Là, avec Seiji présent, la propriétaire n'avait pas osé pousser la mauvaise foi trop loin, et s'était contentée de relever un coin de couleur plus claire sur un mur, prétendant qu'il avait dû y avoir une tache récurée avec trop d'ardeur. C'était plutôt malhonnête, mais il était culturellement admis de perdre en tout cas un mois de loyer, outre ceux de « remerciement », ce qu'il fallait bien justifier officiellement. C'est pourquoi Seiji ne la contredit pas, et embarqua la valise d'Emeline.

Emeline avait rejoint la maison familiale sur la pointe des pieds. Le couple avait sa chambre à l'étage. Seiji lui avait fait une grande place dans la penderie pour qu'elle se sente à l'aise. Leur chambre jouxtait celle de Jiro d'un côté et celle de ses beaux-parents de l'autre. Il y avait de la moquette, et c'était un lit à l'occidentale, tout comme dans celle de Jiro, contrairement à la troisième au style traditionnel, tatamis au sol et placard où le futon était plié et rangé chaque matin. Elles étaient toutes de la même taille, et Emeline priait secrètement pour que le temps passe vite jusqu'à ce que Jiro, qui avait annoncé vouloir quitter la maison une fois ses études terminées et un travail trouvé, leur cède la sienne. Dans cette promiscuité, elle étouffait et il n'était pas possible de retrouver l'intimité de leur nuit de noces. Elle devait bien se rendre à l'évidence et admettre l'explication pragmatique que Seiji avait eue sur les love hotels au début de leur liaison. De temps à autre, Seiji l'emmenait au restaurant et ils finissaient dans une de ces chambres excentriques louées à l'heure. « En effet, on ne peut pas faire autrement », avait-elle concédé.

À la maison, ils partageaient tous le même bain, comme c'est le cas dans les familles. Ce rituel quotidien changeait Emeline de la minuscule douche de son studio où elle ne s'éternisait jamais parce qu'elle se cognait dès qu'elle se retournait. Maintenant, tout au plus était-elle contrariée par la rigidité de la hiérarchie. Elle n'avait pas grand-chose à faire de ses journées, et elle aurait souhaité se prélasser en fin d'après-midi. Mais c'était le patriarche d'abord, suivi de Seiji, de son frère cadet, de sa belle-mère, et, tout au bout de la file, elle. Autant dire qu'elle ne devait pas être pressée. Elle voyait parfois dans cette succession un manque d'intimité, à l'idée que tout le monde était passé avant elle dans la baignoire, même si chacun se savonnait scrupuleusement à l'extérieur avant d'entrer. Ce n'était que le début de cette vie commune et elle tentait d'étouffer ses pensées lorsqu'elle se surprenait à rêver d'une petite baignoire juste à elle, où elle pourrait se tremper à son gré. Seiji, qui était né dans ce contexte, n'aurait pas pu comprendre ses carences et ses besoins, et elle se résigna à taire ses frustrations, d'autant plus que sa belle-mère s'était temporairement adoucie. Il était difficile de savoir s'il s'agissait là d'une évolution découlant de leur cohabitation, ou si elle devait se forcer à faire bonne figure. Elle devait s'être faite à l'idée que désormais, il était préférable d'arrondir les angles pour le bien-être de tous. Quelles qu'en fussent les raisons, madame Okada s'investissait quotidiennement pour inclure Emeline au mieux. Elle avait établi une sorte de *business plan*, comme si elle gérait une entreprise. Elle lui expliquait certaines coutumes de la vie en société, qu'il ne fallait pas se vanter ni montrer ses sentiments, que l'essentiel était de persévérer, et surtout ne pas se plaindre. « On n'aime pas les gens qui se lamentent ici, vous comprenez bien ça, n'est-ce pas ? Ni à l'extérieur ni au sein de la famille. » Madame Okada l'avait même entraînée à saluer avec la bonne inclinaison. « On ne salue pas la voisine comme on salue un client, et on ne salue pas un client comme on salue son patron. Bref, je vais vous montrer », enchaînait-elle, et Emeline se retrouvait dans ces exercices interminables, où la précision de l'inclinaison tenait lieu de baromètre. Madame Okada, fidèle à ce qu'elle prêchait, persistait. À la fin de cette pratique qui pouvait sembler sans fin, elle annonçait solennellement : « Bon, on reprendra demain. » Elle n'avait pas pu s'empêcher non plus de lui donner quelques recommandations quant à ses tenues vestimentaires. « À la maison, ça n'a pas d'importance, mais si vous passez au magasin, jamais les jambes nues ! » « Pour quelle raison ? » avait osé Emeline. « Jamais les jambes nues. On met des bas. En été aussi ! C'est comme ça ! », avait-elle martelé pour toute explication qui n'en était pas une. « Il y a des choses qu'on doit faire et d'autres qu'on ne fait pas », avait-elle ajouté, quelque peu agacée.

Même si Emeline appréciait qu'elle s'investisse autant, la bienveillance affichée était assortie de condescendance, qui faisait perdre à Emeline l'espoir d'y arriver un jour. Ces petits échecs accumulés et la répétition de gestes qu'elle ne maîtrisait pas avec la perfection que l'on attendait d'elle lui donnaient un sentiment d'impuissance.

* *
*

Mais c'est autour de la nourriture que des germes de conflit virent le jour.

Il était prévu qu'Emeline peaufine ses talents culinaires. La plupart du temps, madame Okada faisait la cuisine elle-même, et elle attendait de sa belle-fille qu'elle assiste à la préparation du repas dans une optique d'imitation. « Vous comprenez, c'est la meilleure façon d'apprendre. Les livres ne sont que de la théorie. Rien ne vaut la pratique. » Emeline lui accordait volontiers ce point, et, telle une bonne élève, observait minutieusement madame Okada qui s'affairait autour des multiples casseroles et poêles. Elle avait l'habitude d'utiliser des montagnes d'ustensiles, et remettre l'endroit en ordre après coup n'était pas une sinécure.

Mais ce jour-là, elle mit Emeline à l'épreuve.

– Emeline, montrez-moi comment vous préparez le riz.

Jusque-là, sa belle-mère s'en était toujours occupée, déclarant que c'était son domaine. Emeline la rejoignait dans la cuisine une fois qu'il cuisait déjà. Connaissant son sacro-saint statut, elle n'aurait jamais osé lui avouer qu'en tant étudiante pour qui chaque sou comptait, elle avait pris l'habitude d'acheter du riz thaïlandais bon marché, mais dont les Japonais ne voulaient pas. C'était à se demander pourquoi il se vendait encore, tant la réputation de moindre qualité était tenace.

– Le riz ?

– Oui, préparez-moi du riz.

Emeline plongea la tasse de mesure dans le lourd sac de vingt kilos et se mit à calculer les proportions. Madame Okada affichait un léger sourire satisfait. Au moins, elle ne prenait pas n'importe quelle quantité. Puis elle jeta le riz dans l'autocuiseur, et le recouvrit d'eau pour le laver.

– Et maintenant, j'ai besoin d'une passoire pour l'égoutter et le faire cuire.

Le sourire de madame Okada s'éteignit complètement, pour céder la place à la stupeur.

– Oh là là ! s'exclama-t-elle. Mais on n'utilise pas de passoire pour le riz !

Emeline se sentait empruntée.

– Écoutez-moi bien. Si vous voulez vous intégrer dans cette famille, il va falloir au moins cuire le riz correctement !

C'est à ce moment-là que Seiji rentra du travail. Il poussa la porte, s'annonça puis les rejoignit dans la cuisine. Au beau milieu se tenait Emeline, tablier autour de la taille, figée, les bras ballants, ne sachant que faire ni que répondre. À ses côtés, sa belle-mère continuait ses simagrées, comme si le ciel lui était tombé sur la tête.

– Oh là là !

– Que se passe-t-il ici ? demanda-t-il.

Tout en ignorant sa question, elle poursuivit avec mépris à l'égard d'Emeline :

– Vous mettez le riz dans le pot, vous recouvrez d'eau et vous le lavez en touillant avec vos mains pour éliminer l'amidon. Puis vous videz l'eau en retenant le riz et vous recommencez plusieurs fois jusqu'à ce que l'eau soit moins blanche. Puis vous le laissez tremper pendant quinze minutes. Vous videz et vous recommencez. Quinze minutes. Puis encore, jusqu'à ce que l'eau soit claire. Ça ne se fait pas à la va-vite ! Il faut compter presque une heure avant la cuisson, s'énerva-t-elle. La troisième fois, vous gardez l'eau de lavage pour la cuisson. Et pour mesurer la quantité d'eau, poursuivit-elle, comment faites-vous ?

Comme une élève appliquée, mais humiliée, Emeline répondit à voix basse :

– Je me sers de la gradation de l'autocuiseur...

– Non, le doigt ! Vous plongez votre doigt dans l'eau pour mesurer ; on utilise les phalanges. C'est comme ça que je fais et que tous les Japonais font !

Emeline était muette. Seiji intervint :

– Maman, tu exagères, Emeline n'a pas l'habitude.

Mais madame Okada s'était emportée et sa voix allait crescendo.

– Et lorsque vous entendez le bip de fin de cuisson, vous ouvrez l'autocuiseur immédiatement.

Seiji était de plus en plus mal à l'aise. Sa mère devenait hystérique.

– Calme-toi, maman.

Mais elle ne s'arrêtait plus.

– Et vous mélangez tout de suite, direction nord-sud, puis est-ouest. Vous refermez le couvercle, et au bout de cinq minutes, le riz est prêt. Vous devriez savoir tout ça ! Vous êtes mariée à un Japonais !

Emeline avait la gorge nouée. Le sentiment que ce traquenard était délibéré. Puis, en une fraction de seconde, sa belle-mère virevolta. Redevenue calme, elle se tourna vers Seiji, et, d'une voix douce et mielleuse, lui dit dans un sourire mesquin :

– C'est comme ça qu'il faut faire, parce que ça change complètement le goût et l'aspect du riz qui, ainsi, brille. N'est-ce pas Seiji ?

Seiji aurait voulu disparaître et n'avoir jamais vécu cette scène. Emeline était effondrée. Une fois de plus, il se retrouvait en étau entre sa mère et sa femme qui attendait qu'il prenne sa défense. Il ne savait comment répondre pour n'en froisser aucune. Lâchement, au lieu de s'interposer, il inclina légèrement la tête en signe d'approbation.

21

LE MAGASIN de confiseries était à quelques encablures de la maison, dans le quartier de Shinagawa. C'était une jolie boutique moderne à la grande devanture vitrée dans un encadrement en acier noir, qui permettait de voir depuis l'extérieur les trois étages de douceurs raffinées impeccablement alignées dans un panachage de couleurs. Avant d'être un délice pour l'estomac, elles étaient un plaisir pour les yeux. On trouvait des confiseries sèches, en forme de fleur, d'étoile, ou même de lapin ou d'oiseau, mais aussi les traditionnelles sucreries à base de pâte de haricot rouge, les mochis et autres daifukus au sésame ou à la fraise. Tout dans cet étal faisait saliver Emeline.

Monsieur Okada partait pour le magasin très tôt le matin, et assurait la confection, secondé d'un employé qui venait quotidiennement quelques heures. Sa femme, elle, ne passait maintenant plus qu'une petite partie de la journée avec Emeline. Cette dernière avait du mal à oublier la scène du riz. Elle mettait toutefois le poing dans la poche, pour qu'il n'y ait pas d'autre esclandre. Le midi, ils se retrouvaient pour manger. Monsieur Okada fermait la boutique et rentrait. Seiji était au travail, tandis que Jiro suivait ses cours. Il s'agissait là d'un trio bien particulier, avec monsieur Okada qui ne parlait guère. En général, ses conversations se limitaient à la confiserie. Il faisait état de la marche des affaires, qui allaient bien au vu de la réputation acquise loin à la ronde, ou des clients réguliers, dont il connaissait des tranches de vie, et avec lesquels une relative familiarité s'était installée. Emeline l'avait constaté lors de ses rares passages au magasin, où elle avait été conviée pour « s'imprégner du contexte familial », lui avait dit madame Okada. Cette dernière rejoignait son mari pour la vente quand la boutique rouvrait, à quatorze heures, pour y rester jusqu'à la fermeture. Sa présence n'était pas indispensable, mais elle tenait à y être quotidiennement. C'était ancré dans son emploi du temps, et son obsession de tout contrôler n'aurait pu se satisfaire d'heures oisives à la maison, tandis qu'à quelques pas de là, elle devenait maîtresse des lieux.

Emeline se retrouvait donc seule l'après-midi, laissée à ses pensées et à son inertie. Les préparatifs du voyage de noces avaient été provisoirement abandonnés ; Seiji avait été affecté à un projet professionnel et ne pouvait plus s'absenter. Lasse de cette situation, et afin de ne pas être cantonnée dans un statut de femme au foyer, elle avait décidé de chercher une activité de quelques heures par semaine. Envisageant d'avoir des enfants, elle ne souhaitait pas s'investir dans une ambitieuse carrière, tandis que la parfaite ménagère n'était pas un rôle taillé pour elle non plus. Elle pourrait enseigner le français. Il y avait une abondance d'annonces dans le *Japan Times*, principalement pour les anglophones, mais quelques-unes aussi pour les francophones. Emeline avait épluché le journal et trouvé une « École de Paris » qui cherchait un professeur. Il n'avait pas été difficile d'obtenir un rendez-vous. Les critères d'embauche étaient plutôt succincts. Du moment qu'on était de langue maternelle et qu'on savait lire et écrire, on faisait l'affaire. C'est un Breton qui avait créé cette école. Il avait flairé le bon filon, mais la Bretagne ne faisant pas assez rêver, il avait préféré l'affubler du nom de la capitale et avait accroché un grand drapeau français sur le balcon de cet appartement d'un complexe de quatre étages où étaient donnés les cours. Emeline trouvait ça kitsch et grotesque, mais ce dénommé Philippe avait le sens des affaires, d'autant plus qu'on ne pouvait ignorer son drapeau en sortant de la gare, emplacement stratégique lui aussi. Il l'interrogea brièvement sur son parcours, plutôt par principe, car il fallait bien faire un entretien d'embauche pour régler les détails pratiques. Elle comprit qu'il aurait préféré un homme, les élèves étant généralement des femmes qui venaient en premier lieu pour le rêve. Côtoyer un Parisien était bien plus attractif que l'apprentissage des conjugaisons. Mais Philippe n'avait qu'un professeur masculin sous la main, Jean-Pierre, qui enseignait depuis un certain temps et était devenu la coqueluche de ces dames. Il se résigna donc à engager Emeline faute de mieux, pour un salaire de misère dont elle se contenta. Il ne s'agissait pas de gagner sa vie, mais de sortir de la maison, quitte à passer du temps dans les transports, l'école étant éloignée du quartier de Shinagawa où se trouvait la demeure familiale. Philippe lui donna le volume un d'un manuel d'enseignement.

Il était typique, regorgeant de photos alléchantes, la tour Eiffel, le café de Flore, la rue Mouffetard et autres immanquables de Paris, complété de clichés de régions pittoresques, le Sud et sa mer bleu azur et la Normandie et ses falaises de craie. En un mot, une France enjolivée, mais il fallait bien ça pour faire passer les débuts de l'apprentissage de la langue qui, outre ses conjugaisons et sa grammaire, n'était pas de tout repos pour les élèves qui suaient face à la prononciation du « r ». Il fut décidé qu'Emeline donnerait six heures de cours hebdomadaires, réparties le lundi et le jeudi, en fin d'après-midi, période idéale pour les femmes qui avaient terminé leurs tâches domestiques, mais avaient une marge avant le repas du soir. Emeline quitterait la maison vers quinze heures, et enseignerait de seize à dix-neuf heures. Elle pourrait ainsi être rentrée avant vingt heures, pour se mettre à table avec le reste de la famille.

À son retour, Emeline en profita pour organiser les prochaines semaines, dans le calme avant que tous ne reviennent. Elle avait dit à Seiji qu'elle aimerait avoir une activité à l'extérieur et avait laissé entendre à sa belle-mère qu'elle s'ennuyait l'après-midi, mais n'avait pas annoncé qu'elle prospectait concrètement. Elle ouvrit son agenda pour insérer les jours et heures de cours, même s'il n'y avait rien de particulier, s'agissant d'un horaire régulier. Sur les lundis et les jeudis, elle dessina un F en vert, pour « français », puis ajouta « seize à dix-neuf heures ». Mais alors qu'elle tournait les pages, il lui vint à l'esprit que ça faisait un certain temps qu'elle n'avait pas eu besoin de noter sa petite croix rouge ; obnubilée par son intégration dans la famille et sachant que les chocs émotionnels pouvaient perturber son cycle, elle n'y avait accordé que peu d'attention. Tournant les pages nerveusement en sens inverse, elle se rendit compte que la dernière remontait toutefois à deux mois. Son cœur sursauta. « Deux mois de retard, c'est trop ! » Ne voulant pas donner de faux espoirs à Seiji, elle préféra en être sûre, et prit rendez-vous chez son gynécologue.

22

– MADAME, une bonne nouvelle, vous êtes bien enceinte.

Son cœur bondit de joie. Elle n'aurait pas pensé que ça viendrait si vite. Elle n'avait qu'une envie, courir à la maison pour l'annoncer à Seiji. Le médecin fixa le rendez-vous suivant en proposant que son mari se joigne à elle pour l'échographie.

Pleine d'images d'un bonheur à venir, Emeline rentra hâtivement, mais personne n'était encore là. Seiji n'avait rien de spécial prévu après le travail, et ne reviendrait pas trop tard. Le premier fut Jiro, qui avait terminé ses cours. Emeline était allongée sur son lit à feuilleter distraitement un magazine, lorsqu'elle l'entendit monter les escaliers, pour ressortir presque aussitôt. Elle resta cloîtrée. Elle irradiait et affichait un sourire béat, et, si elle avait dû croiser quelqu'un, elle se serait probablement trahie. Puisque Seiji n'était toujours pas là et que la maison était redevenue silencieuse, elle s'éclipsa et alla flâner. Shinagawa était un quartier animé, un mélange de petites bâtisses et de grands gratte-ciel, un contraste comme elle les aimait. Souvent, l'après-midi, elle partait pour une escapade où elle écumait les rues prendre le pouls de la ville. Ses pas la conduisaient du côté de la gare, où elle jetait immanquablement un coup d'œil à la sortie sud, où elle avait rencontré Seiji pour la première fois. Alentour, c'étaient des enseignes à l'infini, les restaurants et magasins tutoyaient les karaokés, les coiffeurs jouxtaient les bars à sushis, les échoppes de ramen courtisaient les McDonald's, les écoles d'anglais, celles de danse, les pachinkos, les salons de thé ou les chaînes de *convenience stores*, épiceries ouvertes 24h/24.

Tout attirait le regard d'Emeline qui n'en finissait pas de s'étourdir dans ce tourbillon qui grouillait. La foule était un melting-pot de tous âges et de toutes catégories. Parfois, elle se mettait à l'angle d'une rue et fermait les yeux. Le brouhaha lui parvenait comme une allègre cacophonie, concurrencée par ce qui ressemblait à un piaillement d'oiseau, signal que le feu du passage piéton était devenu vert. Elle était happée par le Shinagawa Prince Hotel, où Seiji l'avait invitée pour un cocktail au bar du trente-neuvième étage qui offrait une vue à couper le souffle sur Tokyo. Chaque recoin racontait un pan de son histoire, et aujourd'hui, la vie de la mégalopole résonnait en écho avec celle qui naissait dans son corps.

Bientôt, elle ferait partie de ces mamans qui déambulent avec leur bébé sur leur torse ou leur dos. Tout à cette nouvelle qu'elle avait encore du mal à croire, elle quitta la densité de la foule pour se retirer dans un temple de quartier et acheta une amulette pour que les dieux protègent son enfant à venir. Après l'avoir glissée dans son sac, elle rentra tranquillement à la maison. Ce n'est que lorsqu'elle vit que les *salarymen* emplissaient les rues qu'elle se rendit compte qu'il était déjà tard. Seiji devait être revenu du travail. Elle pressa alors le pas.

– Mais où étais-tu ? lui demanda-t-il avec un air de reproche à son retour.

Il n'était pas habitué à ce qu'elle ne soit pas présente, surtout sans qu'il sache où elle se trouvait.

– J'avais besoin de marcher un peu, répondit-elle gaiement, trop heureuse pour être contrariée par le ton peu chaleureux de son mari.

Toute la famille passa à table. Emeline n'avait qu'une hâte : que le dîner soit terminé pour qu'elle puisse enfin annoncer la nouvelle à Seiji. Jiro était égal à lui-même, réservé, et observait Emeline, comme il le faisait souvent, ce qui la mettait mal à l'aise. Elle se demandait même parfois s'il n'était pas un peu simplet, à toujours la regarder sans jamais s'exprimer. Ce n'était en tout cas pas lui qui s'attardait en bavardages. Madame Okada, elle, s'était lancée dans une diatribe contre des adolescents qui avaient jeté à terre une canette vide devant leur magasin, au lieu de la déposer dans une poubelle. Elle s'emportait contre cette jeunesse qui n'avait plus le respect de rien et allait défigurer la ville, à force d'incivilités de la sorte.

Emeline n'entendait rien de tout ça, mais espérait juste que ça cesse vite. Dès la fin du repas, elle glissa discrètement à l'oreille de Seiji qu'elle voulait lui parler. Ils s'éclipsèrent à l'étage.

– Ça te dirait de sortir ?

– Maintenant, si tard ? Mais je travaille demain !

– S'il te plaît, c'est important.

Devant l'insistance d'Emeline, intrigué, il acquiesça.

Encore échauffée par les canettes vides à terre, madame Okada ne se départit pas de son humeur massacrante.

– Mais que se passe-t-il ? Où allez-vous donc à cette heure ?

Emeline laissa à Seiji le soin de répondre, qui lui dit simplement de ne pas les attendre, qu'ils seraient discrets en rentrant.

– Sais-tu où j'aimerais que l'on aille ? lui dit-elle joyeusement lorsqu'ils furent dans la nuit. Au Prince Hotel prendre un cocktail au bar.

– Comme ça, en semaine, tout à coup ? dit-il en lui effleurant le dos.

Depuis qu'ils avaient emménagé dans la maison familiale, la légèreté de leurs débuts leur échappait, et l'entrain d'Emeline venait de le projeter dans ce passé pas si lointain, lorsqu'ils n'étaient guidés que par leur insouciance. Seiji acquiesça et ils s'installèrent dans un confortable canapé au luxueux bar du dernier étage. La vue semblait encore plus spectaculaire que la première fois. L'endroit était feutré. Le serveur s'avança pour prendre leur commande.

– Que puis-je vous servir ?

– Vous avez des cocktails sans alcool ?

Seiji regarda son épouse, qui arborait maintenant un large sourire.

– Sans alcool ? Emeline ?

– Pendant quelques mois, lui dit-elle avec un clin d'œil.

Elle tira de sa poche l'amulette protectrice pour confirmer la nouvelle.

– Emeline ! Chérie ! On va avoir un bébé ? On va avoir un bébé ! cria-t-il de joie, tandis que les clients alentour se retournèrent sur cette bruyante effusion.

En un claquement de doigts, ils avaient remonté le temps. Ils étaient revenus à la sortie sud de la gare de Shinagawa. L'ardoise était effacée. Le chapitre deux de l'histoire s'ouvrait. À trois cette fois.

23

EMELINE n'avait pas de nausées et se portait comme un charme. Le couple s'était rendu ensemble à la première échographie. Lorsque Seiji avait entendu le cœur du bébé battre, des larmes d'émotion s'étaient mises à couler. C'était la première fois qu'Emeline le voyait pleurer. Quant à elle, depuis l'annonce de sa grossesse et le bal de ses hormones, elle avait une sensibilité à fleur de peau et l'avait devancé. De minces filets glissaient sur leurs joues, tandis que le bruit du rythme cardiaque brisait le silence de la pièce. Le gynécologue se fit discret, et lorsqu'ils reprirent leurs esprits, il leur expliqua tranquillement que la prudence était de mise pour divulguer la nouvelle.

– Tout va bien et il n'y a pas de quoi s'inquiéter, mais généralement, il vaut mieux attendre le troisième mois.

Emeline avait caché sa grossesse à l'École de Paris et informerait Philippe en temps voulu, car elle souhaitait garder ce travail, sans quoi il ne serait pas aisé d'en retrouver un par la suite, avec un nouveau-né. Tandis que si elle commençait maintenant, elle pourrait poursuivre après la naissance et demander à sa belle-mère de s'occuper de son enfant quelques heures par semaine. Seiji n'approuvait pas son entêtement. Il comprenait qu'elle avait besoin de s'éloigner de la promiscuité familiale, mais il avait peur pour elle et leur bébé et la couvait comme si elle était à l'article de la mort.

– Seiji, n'exagère pas. Je vais bien. Ce n'est pas une maladie, je suis simplement enceinte, comme des millions de femmes avant moi.

– Je sais, mais tu n'es pas des millions de femmes…

Ses arguments n'y avaient rien changé, et elle assurait ses six heures de cours hebdomadaires. Lorsque la grossesse avancerait, elle s'arrangerait avec Philippe afin de se ménager. Pour le trajet du retour, Seiji quittait désormais le travail un peu plus tôt pour aller la chercher en voiture.

Même si cet emploi était modeste, il lui apportait une petite touche de fraîcheur, autant par les élèves qu'elle avait, studieux à défaut d'être sous le charme d'un instructeur masculin, que par son collègue Jean-Pierre, un sacré phénomène dont le côté baratineur était le véritable atout, et qu'elle entendait expliquer des absurdités lorsqu'il s'agissait de grammaire. L'appartement où ils enseignaient était minuscule et seules des parois coulissantes séparaient les deux pièces qui tenaient lieu de salles de classe ; Emeline profitait donc de toutes les perles qu'il énonçait, qui ne seraient jamais démasquées par l'attroupement féminin qui finirait bien par se lasser de se racler la gorge sur la prononciation du « r » avant d'avoir atteint le volume deux du manuel. Mais au moins, ce collègue démonstratif avait le mérite de la faire rire. Ce qui arrivait rarement à la maison.

Au bout du troisième mois, Seiji organisa une réunion familiale pour annoncer la nouvelle. Il ne voulait pas, cependant, d'une ambiance trop stricte pour ce qui préfigurait un heureux événement. Il avait évité cette fois une salle particulière et avait tranché pour un simple izakaya, où une diversité de petits mets japonais comme occidentaux était proposée, ce qui permettrait à chacun de concocter son propre menu. La famille Okada ne s'était pas mise sur son trente-et-un pour l'occasion. Le côté informel de l'endroit avait déteint sur les esprits, et chacun semblait plutôt à l'aise. Madame, fidèle à elle-même, choisissait les plats de Monsieur, tandis que Jiro n'en finissait pas de relire la carte sans pouvoir se décider. La table fut composée d'un mélange hétéroclite où chacun pouvait picorer, des nouilles de sarrasin au poulpe, de la langue de bœuf à l'oignon vert à la salade de crevettes et avocat, de l'escalope de porc panée aux sashimis de saumon, et même des frites qui faisaient de l'œil au riz !

Cependant, c'est la raison de l'invitation qui intriguait madame Okada. Seiji se lança. Emeline préférait que ce soit lui qui les informe, s'agissant de leur descendance. Sans détour, il déclara :

– Je vous ai rassemblés ici parce que nous voulons partager notre bonheur. Nous attendons un bébé ! annonça-t-il avec un sourire qui lui remontait jusqu'aux oreilles.

Madame Okada poussa un cri de joie.

– Félicitations ! Félicitations ! s'emballa-t-elle avec entrain.

Emeline ne l'avait jamais vue ainsi. Pour la toute première fois, elle découvrait une femme, tout simplement. Sous la carapace rêche, sa belle-mère était susceptible de s'émouvoir. L'image de madame Okada s'emportant dans cette effusion avait un goût d'espoir. Enfin Emeline pourrait-elle peut-être tisser une relation plus personnelle, dans l'attente de ce bonheur commun à venir. Seiji lui aussi fut rassuré tout autant que bouleversé de voir en miroir chez sa mère l'enthousiasme qu'il ressentait lui-même. Même son père oublia sa retenue pour quelques applaudissements accompagnés de félicitations. Contre toute attente, Jiro, éternel impassible, fut emporté par le courant. Emeline n'avait jamais perçu sur son visage l'expression lumineuse qu'elle y lut ce soir-là. Elle se surprit à compter sur cet enfant pour maintenir l'unité de la famille. C'est elle qui allait le mettre au monde ; on allait finalement oublier qu'elle était blanche. Sans doute monsieur Okada voyait-il déjà un petit homme qui reprendrait la confiserie, sans doute madame Okada entendait-elle les rires joyeux de la jeunesse. Il y avait probablement de tout ça, mais surtout une humanité retrouvée. La conversation se poursuivit légèrement. Ils recommandèrent des boissons, Seiji, Jiro et leur père enchaînant les bières, tandis que madame Okada avait commandé du saké chaud, et qu'Emeline sirotait un thé vert. Autour d'eux, le brouhaha s'amplifiait comme en écho. C'étaient principalement des collègues, qui sortaient en cette fin de semaine. Quelques couples partageaient des plats dans une complicité contrariée, piégés par la présence incommodante de fêtards dont les esprits avaient été gagnés par l'ivresse. Dans cette ambiance dénuée d'intimité, et entre deux babillages insignifiants, madame Okada persévérait pour connaître les détails. Elle était suspendue aux lèvres d'Emeline comme les enfants à l'histoire du soir. « Et quand l'avez-vous su ? Et comment l'avez-vous annoncé à Seiji ? Et vous n'avez pas de nausées ? Vous n'êtes pas trop fatiguée ? » Elle enchaînait sans plus de retenue, entrant dans une sphère secrète qu'elle n'avait pas approchée jusque-là. Soulagé de l'accueil de la nouvelle, Seiji prit la main d'Emeline sous la table, et lui fit un discret clin d'œil. La soirée était parfaitement réussie ; tous se réjouissaient de cette naissance à venir.

Le bar n'était pas trop éloigné de la maison et ils rentrèrent à pied à travers de typiques ruelles éclairées de multiples lanternes orange, d'enseignes lumineuses accolées, et coiffées de fils électriques en lacis. Emeline se sentait euphorique, monsieur Okada l'était aussi, pour une autre raison. Il avait bu excessivement, et accroché au bras de Seiji, avait une démarche titubante tandis qu'il racontait des sottises sans queue ni tête. Madame Okada, elle, les suivait en pestant ; décidément, il n'était pas possible de terminer une soirée sans être saoul ! Tout se perdait, et la bienséance, et la retenue... Dans sa bulle, Emeline restait imperméable aux geignements de sa belle-mère. Arrivée à la maison, cette dernière s'occupa de sermonner son mari, alors qu'Emeline et Seiji montèrent se coucher. Le couple s'endormit du sommeil du juste, au son des ronflements de Seiji qui n'était pas très sobre lui non plus. Mais Emeline ne l'entendait pas. Elle était déjà loin, voyant à travers ses paupières closes le futur qui s'annonçait sous les meilleurs auspices.

24

LE RESTE de la grossesse se passa dans une ambiance linéaire, sereine, qui tranquillisa Emeline.

Madame Okada était métamorphosée. Elle avait un dynamisme qu'Emeline ne lui avait jamais connu jusqu'alors. Cela se reflétait aussi sur son apparence. Son visage d'habitude plutôt terne semblait avoir capté un rayon de soleil qui s'était installé durablement, et même dans sa façon de se vêtir, elle avait ressorti de son placard des tenues colorées qui contribuaient à l'impression de joie qui émanait d'elle. Elle était aux petits soins pour Emeline. Soucieuse et bienveillante.

– Ne vous fatiguez pas trop, lui répétait-elle. Il faut que cet enfant arrive à bon port !

Elle lui conseillait de se prélasser sur le canapé, de regarder la télévision en savourant une tasse de thé, d'en profiter pour faire le plein de lecture.

– Vous devriez vous détendre au maximum. C'est une aubaine ! Après, ce sera terminé.

Elle distillait aussi ses recommandations à Seiji, le priant de prendre soin de sa femme. Emeline avait surpris une conversation entre eux. Alors qu'elle s'apprêtait à entrer dans la cuisine, elle s'était arrêtée net et avait tendu l'oreille.

– Seiji, tu devrais être plus présent. Essaye de prendre quelques jours de congé, suggérait-elle, sachant combien il était difficile de s'absenter de son travail. Tu te rattraperas après la naissance, quand je pourrai l'aider. Elle a besoin de toi pour mener à terme cette grossesse. N'oublie pas qu'on est sa seule famille ici.

Emeline en avait eu un choc, tant cette empathie était inattendue. La nouvelle situation semblait lui avoir donné de l'indulgence. Elle avait raison, Emeline était seule, hormis Sarah à qui elle se livrait. Mais Sarah était célibataire et mal placée pour disserter de grossesse. Emeline avait des milliers de questions sur le déroulement de l'accouchement, mais les réponses formatées de son gynécologue ne l'aidaient pas. Elle aurait voulu en parler à une complice féminine, et même si la relation avec sa belle-mère s'était apaisée, elle ne se sentait pas suffisamment proche pour une discussion trop intime. Sa sœur, étant sans enfants, ne pourrait pas l'aiguiller, et la correspondance avec ses amies restées en France s'était étiolée. Il fallait écrire une lettre, attendre le retour ; tout était englouti dans un manque d'immédiateté et de spontanéité qui avait peu à peu terni ses amitiés longue distance. Quant à ses parents, ils lui avaient tourné le dos depuis sa décision de se marier. Ce rejet l'avait plongée dans une pénible solitude. Emeline avait dû renoncer à ses rêves de famille s'extasiant autour des gazouillis d'un bébé. Cet abandon était certainement l'aspect le plus douloureux, qu'elle tentait d'enfouir en elle, incapable cependant de réellement y arriver et de panser la blessure qui la gangrenait malgré tout.

Emeline avait pris passablement de poids et la fin de la grossesse devint pénible. Elle avait arrêté de travailler. Philippe lui avait promis de lui garder son poste, pas tant dans une démarche altruiste que parce qu'il n'avait pas trouvé de remplaçante. Et puis, Emeline avait un succès appréciable auprès de ses élèves, sans compter qu'une nouvelle sorte de public ralliait maintenant les locaux : quelques hommes avaient rejoint les rangs, que Philippe soupçonnait d'être plutôt attirés par le charme d'Emeline. Jean-Pierre la remplaça de mauvais gré pendant toute cette période. Il bougonnait en disant que ça ferait trop d'heures et qu'il n'aurait plus assez de temps pour se concentrer sur son « affaire », un projet d'ouverture de restaurant qui semblait être au statu quo depuis qu'elle le connaissait. Mais c'était là une occasion de râler, ce qu'il revendiquait haut et fort comme une caractéristique bien française, « contrairement à ces Japonais qui se laissent faire ». Il était donc difficile de savoir s'il était réellement contrarié par ces heures supplémentaires ou s'il s'en tenait à son principe de toujours riposter. Emeline, elle, n'avait que très peu de contact avec l'extérieur. Seule Sarah, son amie fidèle, venait apporter un peu de fantaisie à son quotidien. Elle s'était séparée de son colocataire australien, qu'elle jugeait maintenant superficiel, mais ils partageaient encore le même appartement. Elle avait peur de fréquenter un Japonais, expliquant que la barrière de la langue lui demanderait trop d'efforts pour maîtriser les subtilités d'expressions qu'elle n'avait jamais entendues. « Tu vois, je ne veux pas me prendre la tête avec une relation », exposait-elle à Emeline, qui ressentait dans ces justifications un manque de tact à son égard. Mais elle s'adoucissait en ajoutant « Mais si je pouvais tomber sur le bon, comme toi... », dans un mélange de sentiments totalement contradictoires, à la fois envieuse de la stabilité d'Emeline, mais ne s'estimant pas prête pour un engagement à long terme. Elle collectionnait les conquêtes comme d'autres les clichés de photomaton ou les chaussures. Ces temps, elle avait jeté son dévolu sur un Français.

– Tu vois, je n'ai pas besoin de réfléchir quand je parle. Je ne cherche pas mes mots et je ne me demande pas si j'ai loupé un truc. C'est confortable.

– Confortable ? Tu sors avec un homme ou un canapé ?

– Bah, ne te moque pas. C'est facile pour toi. Tu as Seiji, tu vas fonder une famille...

Emeline fit une pause.

– Je ne sais pas si « facile » est le terme qui convient. Rien n'est particulièrement aisé, si ce n'est qu'en ce moment, ma belle-mère est plus apaisée...

– Et ce n'est pas rien ! Tu réalises ce que tu dis ? Te rappelles-tu quand tu n'arrivais pas à prendre une décision à cause d'elle ?

– C'est vrai, concéda-t-elle. J'ai juste peur que tout change une fois que le bébé sera là.

– Arrête, Emeline. Tu réfléchis toujours trop. Ça te pourrit la vie.

Emeline en était consciente, mais c'était une inclination naturelle qu'elle peinait à infléchir. Elle souffrait de perfectionnisme et d'autoanalyse qui ne l'aidaient pas à lâcher prise. C'était l'expression favorite de Sarah, mais Emeline avait rétorqué que s'il fallait lâcher prise, comme sur un mur d'escalade, on devait pouvoir s'accrocher à autre chose, sans quoi on tombait dans le vide. Sarah avait habilement répliqué que l'idéal serait de s'atteler aux préparatifs et avait suggéré une tournée des boutiques pour bébés.

– Et je vais t'aider ! Mais il faut savoir si c'est un garçon ou une fille...

Pour garder un peu de piment, Emeline et Seiji n'avaient pas voulu connaître son sexe. Lorsqu'ils allaient aux échographies, ils demandaient au gynécologue de ne pas le leur dévoiler, et de ne pas trop agrandir l'image s'il y avait « quelque chose » à voir, qui trahirait un petit homme. « On préfère avoir la surprise ! », avaient-ils expliqué en chœur, comme s'ils attendaient un cadeau de Noël, ce qui était proche de la réalité, le bébé devant naître à la fin de l'année. Tandis que le beau-père d'Emeline s'était montré discret et avait respecté leur souhait, madame Okada, elle, trépignait d'impatience. Elle aurait voulu savoir si ce serait un garçon ou une fille, tout en nuançant en précisant que « du moment qu'il est en bonne santé, c'est ce qui compte », selon la formule établie, alors qu'elle nourrissait intérieurement un vœu qu'Emeline n'arrivait pas à déchiffrer. Elle avait posé la question à Seiji :

– Tu crois que ta mère espère une fille ou un garçon ?

– Difficile à dire.

– Une fille, ça la changerait de vous deux... mais un garçon, c'est la continuité du patronyme. Les femmes sont toujours fières d'un petit homme !

– C'est pour ça que ce n'est pas la peine d'essayer de deviner, dit-il en lui caressant doucement la joue. Ménage-toi, chérie. L'essentiel, c'est que la naissance se passe bien. Tu es trop tourmentée, tu réfléchis trop.

Il confirmait ce que Sarah disait. Ce qu'elle savait elle-même. Les pensées tournaient en boucle. Mais comment fait-on pour s'arrêter ? se demandait-elle.

25

LORSQU'ELLE se leva, une petite flaque se déversa au sol. Emeline faillit glisser dessus. Seiji, lui, dormait tranquillement. Emeline se rassit sur le lit.

– Seiji, Seiji ! cria-t-elle un peu affolée. J'ai perdu les eaux.

Il se réveilla de son sommeil abruptement, et un sourire illumina son visage.

– Enfin ! dit-il joyeux. Ne bouge pas, je vais chercher quelque chose pour essuyer. Il revint et frotta le sol avec entrain.

– Comment te sens-tu ? Tu as des contractions ?

– Un peu.

– Habille-toi. J'appelle pour annoncer qu'on arrive. Tu veux de l'aide ?

– Ça va aller. Il faut juste qu'on ne traîne pas.

Seiji téléphona immédiatement à la maternité, où on lui dit qu'ils pouvaient se mettre en chemin et qu'on préparait leur accueil. Entre-temps, le remue-ménage généré par l'excitation, le coup de fil et Seiji qui faisait les cent pas tandis qu'Emeline rassemblait quelques affaires dans une petite valise réveilla toute la famille. Madame Okada se précipita et l'on entendit un grand cri, comme si elle ne s'attendait pas à ce qu'Emeline finisse par accoucher.

– Maman, calme-toi. Je sais que tu es nerveuse, mais tout va bien.

Seiji avança la voiture, et Emeline se hissa tout en essayant d'ajuster au mieux la ceinture de sécurité afin qu'elle ne lui meurtrisse pas le ventre. À leur arrivée, on les conduisit dans une salle où une gynécologue se présenta pour lui faire passer une dernière échographie. Elle suivait le bébé sur l'écran. Seiji et Emeline, eux, détournaient le regard. Ils n'auraient pas voulu que la surprise du sexe soit gâchée juste à la dernière minute. Ils lui avaient demandé de leur imprimer une photo qu'ils pourraient garder en souvenir. Elle semblait ennuyée.

– Je suis désolée, Madame, mais votre bébé se présente en siège. Il va falloir que l'on fasse une césarienne.

Le regard d'Emeline se voila un instant. Rien n'allait réellement comme dans son idéal, de l'absence de sa famille jusqu'à la naissance elle-même, qu'elle devait remettre entre les mains des médecins.

– Est-ce vraiment nécessaire ?

– Oui. Il n'y a pas d'autre option.

Seiji, lui, était indifférent à ce qu'il jugeait insignifiant, du moment que le bébé se porte bien. Emeline fut préparée pour aller en salle d'accouchement. On l'affubla d'une charlotte et d'une tenue adéquate, et on l'emmena sur une civière roulante entre les couloirs. Seiji suivait comme un gamin excité, impatient de découvrir sa progéniture. Tout se déroula très vite. On endormit Emeline depuis la taille. Un rideau cachait les médecins qui s'affairaient autour d'elle. Seiji était debout à ses côtés, et la sage-femme lui avait prudemment soufflé que s'il était du genre à se sentir mal à la vue du sang, il valait mieux qu'il s'asseye.

– Vous ne seriez pas le seul, j'en ai connu des hommes qui ont failli s'évanouir ! dit-elle sur un ton compatissant.

Mais Seiji n'aurait manqué ce moment pour rien au monde. Il lui répondit qu'il voulait suivre ce qui se passait.

– On le sort.

Le premier cri résonna dans la salle.

– Une petite fille, annoncèrent-ils.

Seiji décocha un grand sourire à Emeline en répétant « une petite fille », et s'empressa d'emboîter le pas au personnel médical pour les premiers soins. Ils coupèrent le cordon, l'essuyèrent, la pesèrent, puis revinrent avec elle pour la poser sur Emeline. Elle en était toute chamboulée. Jamais elle n'aurait imaginé la force de cet instant où une amorce de vie vient rejoindre la vôtre. On lui avait enlevé une partie d'elle-même qu'elle avait portée et qui désormais vivrait en dehors d'elle. Emeline observa ce visage tout rond. C'était leur fille. Elle se le répétait, mais elle avait encore du mal à y croire.

26

EMELINE subissait les effets de la césarienne. Elle grelottait et s'était mise à trembler. Ses lèvres étaient violettes. Peu à peu, son corps se réveillait. On vint lui amener sa fille pour l'allaiter. Elle avait toujours pensé qu'il s'agissait là de quelque chose qui allait de soi. La sage-femme la bombardait d'explications, mais le seul bruit qui résonnait dans ses oreilles était celui de ses dents qui claquaient. Elle ne parvenait pas à se concentrer. On lui déposa promptement son bébé sur le buste, attendant qu'elle applique la leçon fraîchement reçue. Mais elle n'arrivait pas à la mettre sereinement au sein ; la petite pleurait, et la sage-femme peina à retenir une expression de découragement. Prestement, elle reprit l'enfant en disant qu'elle allait lui donner un biberon. Malgré son esprit embrouillé, Emeline l'entendit se plaindre à sa collègue :

– Elle n'a pas dû comprendre mes explications. C'est mal parti.

Ce verdict l'atteignit comme un coup de massue. Peut-être s'agissait-il des hormones qui lui jouaient des tours, ou du baby-blues au sujet duquel Sarah s'était documentée pour son amie. « Mieux vaut que tu sois préparée, on ne sait jamais », lui avait-elle recommandé.

La jeune maman fut transférée de la salle de réveil à sa chambre, où Seiji les attendait. Il fut surpris de ne pas voir leur fille.

– Ils l'ont emmenée, pour lui donner un biberon, expliqua Emeline.

– Tu ne l'allaites pas ?

– Pas pour l'instant..., avoua-t-elle.

– C'est dommage.

Chassant la déception due à sa réponse, elle changea de sujet.

– Et... pour le prénom ?

Chacun avait réfléchi de son côté, mais Seiji n'avait pas vraiment d'idée. Les possibilités étaient infinies et il n'arrivait pas à choisir. Emeline, elle, s'était déjà décidée.

– Je voudrais un prénom éloigné du mien. Sans « i », sans « e ». Quelque chose avec un « a », ça sonne doux. J'ai pensé à Anna.

– Hana, répéta-t-il. L'idéogramme de la fleur ?

– Non, Anna sans « h ». Sans idéogramme. Et avec deux « n ». C'est sobre, simple à écrire. Élégant.

– Oui, c'est joli, même si je l'aurais plutôt vu à la japonaise, avec un h.

Ils furent interrompus par l'arrivée de la famille. En tête, madame Okada se précipitait, tenant dans ses bras un énorme bouquet de fleurs très coloré, suivie de son mari et de Jiro, plus nonchalants.

– Félicitations ! commença-t-elle. C'est un garçon ou une fille ?

– Une fille.

Une once de déception, presque imperceptible, assombrit son visage un bref instant. Sans doute pensait-elle à la succession au magasin, au patronyme, mais elle se rattrapa et interrogea.

– Mais où est-elle ?

– Elle va revenir. Ils l'ont emmenée pour lui donner le biberon, expliqua de nouveau Emeline.

– Pourquoi le biberon ? Vous n'allaitez pas, Emeline ?

– Si, bientôt, répondit Emeline pour mettre fin à la conversation.

Discuter de détails qui concernaient son intimité la mettait mal à l'aise, en face de son beau-père et de Jiro.

Tandis que les deux hommes s'assirent sur une chaise, madame Okada faisait les cent pas. Elle était impatiente, mais aussi anxieuse à l'idée de découvrir sa petite-fille. Elle aurait voulu savoir à qui des deux elle ressemblait, mais elle n'osait poser la question. Enfin, après des minutes qui lui parurent bien longues, la sage-femme entra dans la chambre en poussant un berceau coque sur roulettes, qu'elle rangea parallèlement au lit d'Emeline. Repue, la petite s'était endormie. Il était difficile de dire de qui elle avait hérité.

– Et elle s'appelle comment ?

– On ne s'est pas encore vraiment décidés, mais on pensait à Anna, répondit timidement Seiji.

– Hana ? Vous voulez dire la fleur ? Songeuse, elle poursuivit. C'est une jolie sonorité, mais ça ne convient pas vraiment. Les fleurs, c'est plutôt pour le printemps. Pour une naissance en décembre, Fuyuko serait mieux. L'enfant de l'hiver. Ou Yukiko, l'enfant de la neige. C'est beau aussi. Ce serait plus approprié, non ? s'immisça-t-elle, comme si la décision lui revenait.

Fatiguée, Emeline ne se sentait pas la force d'argumenter ; elle en parlerait à Seiji plus tard. Un petit bruit interrompit le débat. C'était le bébé qui venait de se réveiller. Madame Okada se précipita. Ses yeux étaient à présent ouverts, et elle constata avec soulagement qu'ils étaient bridés. De longs yeux en amande. Tout à sa joie, elle s'exclama :

– Elle te ressemble, Seiji ! Elle lui ressemble, n'est-ce pas ? lança-t-elle à l'intention de son mari, comme pour attendre une confirmation.

Monsieur Okada et Jiro s'étaient approchés.

– Félicitations, Emeline, dirent-ils, émus.

Contre toute attente, le visage de Jiro s'était soudainement éclairé. Il osa même dire :

– Anna, ça sonne bien.

Madame Okada le fusilla du regard. Elle n'avait pas l'habitude d'être contredite, et encore moins par ce fils cadet qui n'était pas un exemple de réussite. Cette remarque précipita leur départ. Madame Okada enfila son manteau promptement, enfonça son chapeau de feutre sur la tête, et le trio prit rapidement congé.

27

LES JEUNES parents sortirent de la maternité dans un froid mordant. Des rafales s'engouffraient et transperçaient les vêtements. Seiji avait garé sa voiture juste devant la porte, d'où Emeline se hâta avec son bébé dans les bras. Anna était emmitouflée, un chaud bonnet sur sa petite tête, serrée contre sa maman. Emeline avait tenu bon pour imposer le prénom de son choix. Seiji n'avait pas obtempéré instantanément.

– Ma mère n'a pas complètement tort, avait-il argumenté. Elle naît en hiver et on lui donne un prénom qui pourrait être printanier, mais qui de plus ne l'est même pas, amputé de son « h », et avec deux « n ». Ça n'a plus grand-chose de japonais, non ? Et pour une enfant qui va grandir ici... Moi, j'aime assez Yukiko. Pas toi ?

– Je ne déteste pas Yukiko, mais je préfère qu'il y ait un « a ». Je m'étais faite à l'idée. D'ailleurs, je l'appelle déjà Anna, quand je lui parle tout bas.

Emeline fut perturbée par l'ascendant démesuré que sa mère avait sur lui. Il était extrêmement influençable et facilement déstabilisé. Ce trait de caractère se confirma au fil des semaines.

Encore fatiguée de la césarienne qui la faisait souffrir, Emeline avait besoin de se ménager. Il n'en avait pas fallu plus pour que madame Okada s'empare de la situation.

– Reposez-vous, Emeline, c'est bien normal.

À la cicatrice douloureuse s'ajoutaient les nuits courtes, entrecoupées des pleurs d'Anna. Madame Okada, de son côté, rarement réveillée dans son sommeil de plomb, affichait le matin une énergie qu'elle concentrait sur sa petite-fille. Anna changeait de jour en jour, prenait des forces, et commençait à avoir quelques mimiques. Quand Emeline la regardait, elle était encore surprise de ce visage sans aucune trace d'elle, ce qui, à l'inverse, ravissait sa belle-mère, qui avait quelque peu délaissé la confiserie pour se consacrer à la nouvelle venue. Emeline ne sut pas quand, exactement, Anna lui avait échappé, mais les semaines passant, alors qu'elle avait retrouvé son entrain, elle se rendit compte qu'elle avait été exclue. Emeline avait rapidement cessé d'allaiter son bébé, faute d'avoir suffisamment de lait, ce qui avait été une occasion pour sa belle-mère qui, désormais, pouvait se substituer à elle pour les soins quotidiens.

Assise sur une chaise dans la cuisine, Emeline observait une scène devenue bien trop coutumière. Madame Okada faisait les cent pas avec sa petite-fille dans les bras, lui chantant une comptine de petites lucioles. Les cartes avaient été redistribuées. Jiro avait terminé ses études, et, au lieu de déménager comme il l'avait projeté, il s'enlisait dans l'inaction. Il aidait vaguement au magasin, en attendant de trouver un « vrai travail », et que son frère prenne la relève. Seiji disait qu'avec l'arrivée de sa fille, c'était le moment de tourner une page et de s'engager pour sa famille. Il avait donné sa démission dans l'entreprise anglaise où il était employé. Il envisageait d'assurer la gestion de la confiserie, qu'il précéderait d'une « petite pause ».

Emeline constata toutefois que la pause commençait à durer. Seiji était très sensible aux pleurs et, s'il affichait sa fierté d'être papa, il n'en prenait pas moins des libertés pour se délester des contraintes inhérentes à son nouveau statut. Il profitait des bons moments, mais se retirait lorsque les pleurs s'intensifiaient. La nuit, quand l'enfant criait de faim, il priait Emeline de quitter la chambre avec elle. Il ne devait pourtant pas être si fatigué de ses journées, qu'il passait dans l'oisiveté, loin de la maison. Il était la plupart du temps au pachinko. Seiji avait emmené Emeline dans l'une de ces salles de jeu au début de leur relation. Auparavant, elle n'était jamais entrée dans un tel lieu. Elle avait seulement observé à travers la vitre ces rangées interminables de machines à sous méticuleusement alignées, où les joueurs, des hommes pour la plupart, avaient les yeux rivés à leur écran dans une soumission totale. Lorsqu'elle y avait pénétré, à la vision extérieure s'était ajouté le tohu-bohu phonique, des milliers de boules se déversaient dans un fracas métallique pour venir marteler ses oreilles d'un tintamarre incessant qui la rendait nerveuse. Seiji était imperméable à cette ambiance qu'Emeline jugeait malsaine ; il semblait avoir été hypnotisé, et elle craignait qu'il ne soit en train de développer une addiction. Elle avait essayé de lui en toucher un mot, mais chaque fois, il se braquait, prétextant qu'après ce grand changement familial, il avait besoin d'une pause, et qu'il s'agissait là d'une distraction comme une autre, si populaire que bien des hommes fréquentaient les pachinkos sans que leur femme en fasse toute une histoire.

* *
*

Emeline ne le reconnaissait plus. Il était tellement heureux à la naissance de sa fille, mais sa personnalité s'était altérée sans qu'elle n'ait rien vu venir. Si le jeu était sujet de querelle, l'intrusion de sa belle-mère était de même intolérable. Emeline avait confié à Seiji qu'elle sentait Anna lui échapper et qu'elle n'avait pas son mot à dire. C'est madame Okada qui avait décidé qu'il fallait qu'Anna dorme avec eux dans le lit parental ; elle avait expliqué qu'il s'agissait là de la façon courante de faire et qu'en général, cette situation perdurait jusqu'à ce que l'enfant atteigne trois ans. Emeline l'avait écoutée sans répliquer, se demandant ce qu'il allait advenir de son couple, et s'était résolue à en parler au principal intéressé.

– Ta mère m'assure que c'est préférable qu'Anna dorme dans notre lit. Je suis d'accord pour les premiers temps, mais elle me disait que ça peut se poursuivre jusqu'à l'âge de trois ans...

– Oui, c'est généralement ainsi.

– Mais si on fait ça, comment peut-on avoir de l'intimité ? Il faut déjà que l'on se terre dans un love hotel quand on veut être ensemble, et si notre fille est là au milieu de nous, il ne va rien rester de nous... rien...

– Tu ne crois pas que tu exagères un peu ?

– Non, franchement, je ne le pense pas.

– Ne fais pas d'histoires. Moi aussi, j'ai dormi avec mes parents quelques années, et on s'en est tous sortis, rétorqua-t-il, légèrement moqueur.

Emeline rageait intérieurement quand il ne prenait pas sa défense. Elle était persuadée qu'il se rangerait de son côté, tant ses arguments lui paraissaient logiques, mais elle se heurtait à une incompréhension qui ne laissait rien présager de bon. D'autant plus qu'il poursuivit :

– Je ne te trouve pas très reconnaissante envers ma mère. On dirait que tu ne vois pas la peine qu'elle se donne pour t'aider. Elle sait que tu es fatiguée, elle fait tout pour que tu puisses te reposer, et tu la critiques.

– Non... ce n'est pas que je la critique, mais ma façon de faire n'est pas forcément la sienne, et lorsque je le lui explique, elle veut toujours m'imposer ses idées...

– Mais Emeline, nous sommes au Japon. Elle t'aide à t'acclimater. Notre fille va grandir dans cette culture. Tu ne peux pas constamment aller à contre-courant. Il va bien falloir que tu te mettes à t'adapter.

Cette réplique lui vint comme une gifle en pleine figure. Depuis son arrivée, et avant même sa rencontre avec Seiji, elle n'avait eu de cesse de tout faire pour s'ajuster.

Telles les pieuvres changeant de couleur pour se fondre dans leur milieu, elle avait développé une homochromie maladive. Elle n'était plus vraiment elle-même ; elle se métamorphosait au gré des circonstances, pour ne pas heurter, ne pas choquer, ne pas être vue comme une étrangère. Mais constamment, elle échouait. La pieuvre du plafond du love hotel, elle, semblait l'encercler de ses tentacules. Elle lui riait au nez.

28

L'ANIMOSITÉ de cette conversation avait plongé Emeline dans un grand désarroi. Seiji s'éloignait ostensiblement. Dès qu'il rentrait du pachinko, il passait par la confiserie saluer sa mère. Lorsqu'elle n'y était pas et qu'il revenait à la maison, c'est encore elle qu'il cherchait. Il ne montait pas à l'étage, mais s'attardait à bavarder à la cuisine. Si Anna était avec eux, il s'éternisait. Cette façon de traîner avant de la retrouver était devenue une habitude, qui altérait la relation. C'est du moins ce que ressentait Emeline, et lui n'essayait plus de faire d'efforts pour que la situation ne s'envenime pas.

Elle les entendait parler de leur journée. Seiji n'avait pas grand-chose à dire, puisqu'il se complaisait dans l'inaction. Quand ce n'étaient pas les machines à sous, il sortait avec des amis, qu'il n'avait jamais mentionnés auparavant. Ces vieilles connaissances avaient réapparu dans sa vie, comme pour chasser ses responsabilités. À l'inverse d'Anna qui progressait de jour en jour, il régressait. Emeline regrettait qu'ils aient précipité les choses ; pire, dans une codépendance malsaine, elle se chargeait du fardeau. Ce n'est qu'au contact de Sarah qu'elle reprenait ses esprits.

– Enfin, Emeline, tu as la mémoire courte, c'est *lui* qui t'a presque forcé la main. Ce n'est pas *toi*. Ne me dis pas que tu ne te souviens plus !

Prise dans ce bourbier où l'on voulait sans cesse lui faire croire que rien n'allait à cause d'elle, elle finissait par oublier.

Lorsque Seiji ne parlait pas de sa journée avec sa mère, c'est elle qui lui racontait la sienne. Les échanges étaient anodins. Elle lui relatait l'état de la confiserie. Les mochis à la fraise, qui ne sortaient pas du lot précédemment, étaient maintenant très demandés, et avaient surpassé ceux au thé vert. Cela reflétait l'envie des jeunes de tester de nouveaux goûts. Il faudrait encore élargir la palette des arômes, lui suggérait-elle. Et lorsque tu reprendras la main, tu pourrais moderniser un peu la décoration. Ça donnerait un souffle de fraîcheur, et ça te permettrait d'attirer une clientèle plus hétéroclite.

Emeline les entendait babiller avec jalousie, mais, n'étant que peu impliquée dans l'avenir du magasin, elle finissait par décrocher. Cependant, lorsque les voix se faisaient plus discrètes, jusqu'à presque chuchoter, elle savait qu'ils parlaient d'elle. Une fois, elle s'était glissée dans l'escalier et avait tendu l'oreille.

– Heureusement qu'elle n'a pas la tête de l'autre.

Emeline n'avait pas tout de suite compris de qui il était question.

Intriguée, elle avait redoublé d'attention pour saisir des bribes de leur conversation.

– Tu ne devrais pas parler comme ça, maman. Anna est jolie, mais Emeline aussi.

Emeline se recroquevilla, les mains collées à ses oreilles pour échapper à cette réalité trop brutale. Elle était « l'autre » ; elle l'avait toujours été. Une larme vint sillonner sa joue.

Ce dénigrement avait ouvert une faille qu'elle ne pourrait jamais combler. Et l'attitude de Seiji et les diatribes de sa belle-mère lui étaient devenues insupportables. Cette dernière imposait ses exigences unilatéralement, sans aucune écoute pour l'opinion d'Emeline. Elle régissait maintenant tout, du futile au conséquent. L'habillement, la façon dont il fallait tenir Anna dans les bras, la cadence et la longueur des siestes, le pouce dans la bouche, et jusqu'aux babioles pour son éveil, rien n'échappait à son contrôle.

– Emeline, comment voulez-vous que cette enfant s'endorme si vous ne tirez pas les rideaux ! Comment voulez-vous qu'elle ne pleure pas si vous ne la portez pas sur le dos ! Chantez-lui donc une berceuse ! Vous n'auriez pas oublié de lui changer sa couche ? Mais comment voulez-vous qu'elle n'ait pas de coliques si vous la tenez comme ça ?

Les « comment voulez-vous » tombaient tels des couperets, témoins de son incompétence, qui justifiaient ainsi qu'elle prenne les rênes.

* *
*

Tourmentée, Emeline passait des nuits agitées. Depuis le tremblement de terre de Kobe, il n'était pas rare que le même cauchemar vienne la perturber, chaque fois que des contrariétés la faisaient vaciller. Une fois de plus, Emeline s'était réveillée en sueur, dans un état de choc. Elle revoyait cette grande entaille sinueuse dans le sol déchiré par le séisme ; au beau milieu, ce n'étaient pas des gravats, mais un marécage dont elle était déjà prisonnière. Elle criait, elle tendait les bras pour ne pas suffoquer, mais elle continuait à s'enliser, à la merci du rythme implacable de la nature qui poursuivait son œuvre. Autour d'elle, on s'affairait pour sauver les blessés de la secousse, mais personne ne l'entendait ni ne la voyait. Elle était devenue transparente.

29

LA FÊTE d'O-bon approchait. Les Okada iraient comme chaque année sur la tombe de leurs ancêtres. Emeline n'avait pas le cœur de participer à cette tradition. Elle ne se sentait pas appartenir à cette famille. Elle avait besoin de confier sa fille et de s'éloigner un peu. Elle en avait parlé à sa belle-mère qui avait accueilli la nouvelle en maugréant ; elle n'avait aucun problème pour s'occuper d'Anna, bien au contraire, mais n'arrivait pas à comprendre quelle mouche avait piqué Emeline pour qu'elle les délaisse ainsi. Cette dernière avait renoncé à s'expliquer.

Seule dans la chambre parentale, elle avait déplié une carte du Japon. Celle qu'elle avait achetée en France et emportée dans ses bagages. Elle portait tous ses rêves. Avant de s'envoler pour le Japon, elle avait minutieusement entouré d'un cercle vert les endroits qu'elle voulait découvrir. Il y avait des châteaux, des jardins zen, des mégalopoles, Osaka, Hiroshima, et quelques villes moyennes comme Nagano, les bourgs de Karuizawa et de Nozawa, avec sa multitude de sources thermales. Ces trois dernières destinations entraient dans un périmètre qui lui permettrait de faire ce périple en quelques jours. Emeline se renseigna sur les trains, et réserva une chambre dans une auberge traditionnelle un peu en retrait du centre de Nagano, proche d'un petit temple où une scène et des décorations avaient été installées pour la célébration imminente.

Le soir d'O-bon, Emeline revêtit un yukata rouge. Elle aimait cette tenue à la couleur éclatante, parsemée de fleurs. Elle s'était appliquée pour relever ses cheveux en un chignon soigné. Elle voulait se sentir belle. Une fois prête, elle se regarda dans le miroir et y vit une femme qui brûlait de revenir à la vie. Humer les odeurs de l'été l'aiderait à diluer les tourments des mois passés, et alors qu'elle arrivait à proximité du temple, l'envie de danser et d'oublier grandit au fur et à mesure que l'écho des festivités s'intensifiait. L'anxiété s'estompa.

Il y avait la musique, la danse, les lampions colorés, et il y avait la fête.

Puis il y eut cet homme qui vint s'asseoir à ses côtés.

TROISIÈME PARTIE

Eux

1

ILS ÉTAIENT au bord de la rizière et les cigales s'étaient tues. Il venait de lui demander son numéro de téléphone. Elle le griffonna sur un ticket de caisse qu'il avait trouvé en fouillant dans ses poches.

Ce n'était ni un coup de foudre, ni même une attirance. Elle le lui avait donné sans trop réfléchir, parce qu'il l'avait abordée comme s'il n'avait pas vu qu'elle était blanche. À chaque rencontre, elle espérait qu'on la regarderait pour elle-même. Mais cette attente était inexorablement déçue. En lui parlant de rizières, il avait estompé l'éternelle frustration qui la renvoyait à son statut. Pour lui, elle était simplement une femme. Qui aime les rizières et les cigales. Ça faisait tellement longtemps que Seiji avait étouffé la femme en elle qu'elle ne se souvenait plus quand il avait eu un geste tendre la dernière fois ou montré du désir. Lorsque l'inconnu avait posé sur elle un regard dans lequel elle avait lu la tentation, elle avait aperçu en miroir sa féminité retrouvée. Cet homme qui s'était invité dans sa vie n'en était pas vraiment un à ses yeux ; il lui offrait simplement l'opportunité de redevenir elle-même. C'est pourquoi, fébrile, elle s'était dit qu'une nouvelle page s'ouvrait.

Lui aurait pu ne rien lui demander, et l'histoire se serait arrêtée là, mais quelques gouttes d'instinct animal s'étaient distillées dans ses veines. Quand avait-il éprouvé cette attirance basique la dernière fois ? Il fallait qu'il déterre les souvenirs bien trop loin pour pouvoir y répondre. Son mariage s'était enlisé. C'était plutôt banal.

Revenue à la réalité, Emeline s'était ravisée.

– Rendez-moi ce ticket de caisse. Je ne vis pas seule.

Lui aussi avait une famille. Un rictus se dessina, de la nervosité sans doute.

– Je vais vous le rendre, mais j'aimerais vous revoir. Accepteriez-vous de me revoir ? insista-t-il.

Il lui tendit le bout de papier qu'elle récupéra fébrilement et froissa dans sa main. Puis elle s'entendit lui répondre, comme si ses paroles ne lui appartenaient pas.

– J'enseigne dans une école de français à Kichijoji. Près de la gare. Les lundis et les jeudis. Mes cours commencent à seize heures, mais parfois, j'arrive vers quinze heures pour me balader un peu. Ou je m'arrête au Sakura café. Une devanture à l'enseigne rose bonbon. Très *girly*.

Médusée par ce qu'elle venait de lui proposer à demi-mot, elle mit la main sur sa bouche, dans un geste pour rattraper ses paroles. Mais il était trop tard. L'homme enchaîna :

– Je travaille, je ne peux pas me libérer facilement. Et après vos cours ?

Elle resta muette. La situation semblait irréelle tant elle était incongrue.

– Quel est le nom de votre école ?

D'une toute petite voix, comme si on lui extorquait un secret jusque-là bien gardé, elle lui dévoila l'information :

– L'École de Paris, répondit-elle.

Surpris lui aussi de sa propre témérité, il détourna le regard et murmura :

– Je m'appelle Akio.

– Je m'appelle Emeline.

– À bientôt, Emeline, conclut-il avec un sourire doux, pour s'en retourner vers sa femme et sa fille, encore prises par leur danse.

2

AVANT son périple à Nagano, Akio était dans le marasme. À l'usure familiale s'était ajouté l'essoufflement professionnel. L'enthousiasme qu'il éprouvait pour son travail s'était étiolé et il avait beau tenter de se convaincre que c'était un passage à vide, il n'avait pas vu de signe annonçant qu'il remonterait la pente. Autrefois apprécié, il avait peu à peu accumulé les échecs, et le déclin s'était enclenché tel un cercle vicieux. Plus les écueils s'additionnaient, plus il perdait confiance en lui. Sa réputation s'était ternie, et il craignait maintenant pour sa promotion. Après dix années en tant qu'acheteur, il pouvait espérer être nommé chef de la section. Il aurait six personnes sous ses ordres, et plus de responsabilités. Mais au vu des déroulements récents, plus rien n'était assuré.

Lorsqu'il revint de son congé d'O-bon, encore sous l'influence de sa rencontre, il était revigoré et bien décidé à faire oublier à Kato les derniers temps. Son chef ne pourrait que remarquer que cette pause estivale lui avait profité. Il monta à son bureau et arriva avant que la sonnerie de l'entreprise ne retentisse. Une fois la récitation terminée, au moment où tous se rasseyaient et allumaient leur ordinateur, Kato se dirigea vers Akio pour lui parler à voix basse. D'habitude, il n'était pas si discret.

– Tanaka, j'ai quelque chose à vous dire. Allons dans la salle de conférences.

Akio avait le cœur qui battait la chamade. Ils pénétrèrent dans la pièce feutrée et Kato prit la peine de refermer soigneusement la porte derrière lui.

– Tanaka, je ne vais pas vous cacher que ces derniers mois ont été difficiles. Maintes fois, je vous ai laissé des occasions de vous rattraper, mais vous n'avez pas saisi les perches que je vous tendais.

Malgré l'air conditionné qui tempérait la pièce, Akio sentit la sueur envahir son corps.

– Je suis désolé, mais les chiffres parlent pour vous. Avant, vous étiez un fin négociateur, et vous nous économisiez des sommes considérables. Mais depuis le début de l'année, je ne retrouve plus celui que nous avons engagé, qui s'impliquait pour l'entreprise.

– C'est vrai, j'ai eu un passage à vide, balbutia-t-il, mais je vais mieux désormais. Faites-moi confiance. Je vais remonter la pente. S'il vous plaît.

– Écoutez, Tanaka, j'entends ce que vous me dites, mais nous nous sommes réunis à plusieurs reprises avec la direction. Ça n'a pas été simple de prendre cette décision.

Puis, pressé d'en finir, il déclara brusquement :

– Je suis désolé, mais nous devons nous séparer de vous.

Tout s'arrêta à cet instant précis. Seules les voitures qui filaient sur les routes en serpentin à la hauteur des buildings continuaient leur course. Akio, lui, était paralysé. Kato était mal à l'aise et ne savait pas comment terminer la conversation. Il se frottait nerveusement les mains, et avait lui aussi commencé à transpirer. Finalement, il se racla la gorge.

– Tanaka, je vous laisse un instant reprendre vos esprits. Mais je vous demande d'emballer vos affaires aujourd'hui. Vous comprenez bien que lorsqu'un licenciement est prononcé, on ne peut pas se permettre de garder l'employé plus longtemps. C'est une règle de l'entreprise.

Akio ne répliqua pas. La sentence n'appelait pas de réponse. Paniqué, il ne savait pas comment sortir de là dans la discrétion. Il ne supporterait pas de tirer sa révérence dans la honte. Alors que Kato s'apprêtait à quitter la salle, il l'interpella :

– Encore une chose. Quand puis-je rassembler mes affaires dans le calme ? Je préfère ne pas retourner à mon bureau lorsque mes collègues sont encore là.

Kato n'avait pas poussé la réflexion si loin. Seule l'avait tourmenté la façon dont il allait lui annoncer la nouvelle. Il regarda le sol un instant, puis lui proposa :

– Sortez sans passer par le bureau et allez vous promener. Je vous prépare des cartons pour emballer vos effets personnels. Venez vers les vingt heures. Je m'assurerai que tout le monde soit parti.

Entre l'annonce de Kato et la porte qui se referma, il ne s'écoula que quelques minutes. Suffisantes toutefois pour qu'il soit congédié. Il pouvait aller se promener, on lui rendait sa liberté, comme un chien à qui on détacherait la laisse. Cette fois, Kato n'avait pas tiré dessus. Akio se glissa promptement dans le couloir, filant à toute vitesse pour ne croiser personne.

Arrivé à l'extérieur, il prit une grande respiration. Sa vie venait de basculer et il en était chaviré. Il ne savait que faire du reste de la journée, ni comment il pourrait l'avouer à sa femme. Son abonnement de train couvrait le trajet de son entreprise à la maison. Désorienté, il se dirigea vers la gare, et se figea devant le plan des lignes ferroviaires, en cherchant où il pourrait tuer le temps. Certainement pas trop près de son bureau, mais pas dans les environs de son domicile non plus. Les quartiers que son parcours traversait étaient très animés, il faisait d'habitude partie de ces citadins qui foulent l'asphalte d'un pas pressé, mais aujourd'hui, se mêler à tous ces inconnus était au-dessus de ses forces. Au milieu de ces pensées, l'image de la rizière de Nagano lui revint, et il prit un billet pour Kichijoji. Il y avait un parc près de la gare avec un petit lac où il était déjà allé. L'endroit dégageait une sérénité bienvenue, dont il avait terriblement besoin.

3

IL Y AVAIT de l'agitation autour de la gare de Kichijoji, mais ce n'était pas celle des quartiers d'affaires. De nombreuses échoppes alentour donnaient à l'endroit une ambiance populaire, presque touristique, et l'on devinait que certains étaient là pour flâner dans les rues commerçantes, s'arrêtant dans les boutiques d'artisanat ou de babioles, ou dégustant quelque friandise. L'endroit était aussi connu grâce à ses restaurants italiens authentiques, où l'on pouvait commander des spécialités confectionnées par des cuisiniers venus tout droit d'Europe. Il fallait marcher un peu pour atteindre le parc Inokashira et son lac, mais Akio avait tout son temps. Évidemment, il n'avait pas choisi cette destination uniquement pour le charme du lieu. Il avait en tête de repérer l'école où Emeline enseignait. Elle ne lui avait pas menti. Juste en face de la sortie de la gare, sur un balcon d'un immeuble de quatre étages avait été accroché un grand drapeau français, où l'enseigne « École de Paris » s'étalait en grosses lettres. Il s'agissait d'un drôle de nom, surtout associé à l'esthétisme douteux du bâtiment qui n'avait rien de la classe de la capitale française telle qu'on l'imagine. Il n'était que dix heures du matin, et Emeline ne pouvait pas être dans les environs ; il avait donc le loisir de repérer les lieux sans risque d'être démasqué. Un homme occidental de grande taille entra dans l'immeuble à cet instant. Ce devait être l'un de ses collègues. Il aurait voulu pouvoir s'y faufiler lui aussi. À la place, il s'engouffra dans une rue proche de la gare pour rejoindre le parc. Les couples s'y promenaient plutôt en fin d'après-midi ou le week-end. Étant donné l'heure matinale, l'endroit était presque désert et suintait la quiétude. Sur l'eau, les barques et les petits bateaux au toit à l'effigie de cygne destinés à la location étaient encore soigneusement rangés et ne seraient disponibles que plus tard.

Akio se mit d'abord à faire le tour du lac en prenant de grandes respirations, puis choisit un rocher pour s'asseoir et contempler le reflet des arbres dans l'eau. Il était difficile d'imaginer qu'au même instant, ses collègues tapotaient sur leur clavier d'ordinateur, mais surtout, qu'il ne faisait plus partie de l'équipe. Sa femme l'avait toujours vu comme un époux fiable, qui assurait la sécurité financière de la famille. Il craignait sa réaction.

Assailli de mille questions, son esprit finit par s'échapper du côté d'Emeline. Elle n'était qu'une inconnue avec qui il avait parlé quelques minutes, mais son image s'était imprimée dans sa tête. Rationnellement, il était bien sûr ridicule de s'accrocher à ce court instant, mais ce qu'il avait ressenti en sa présence valait la peine qu'il fasse une tentative. Elle lui avait dit qu'elle arrivait vers les seize heures au plus tard, parfois plus tôt, vers les quinze heures. Puisqu'il devait traîner jusqu'à vingt heures, il poursuivit sa promenade. Il mangea au bord du lac un bento de riz et saumon, croquettes de crevettes et chou fermenté, puis écuma les échoppes sans réfléchir. Certaines boutiques étaient plutôt pour les adolescentes, on y trouvait des objets de décoration qui se faisaient concurrence dans les motifs et l'originalité, des pyjamas pour midinettes, des pantoufles affublées de personnages en peluche, des serre-tête, des boucles d'oreilles et divers accessoires de mode. Une vendeuse le regarda avec suspicion, et, comme pris en flagrant délit, il lui dit qu'il cherchait un cadeau pour sa fille, mais n'arrivait pas à faire son choix.

* *
*

Vers quatorze heures déjà, Akio était revenu près de la gare, et s'était posté de façon à pouvoir observer les passagers. Les minutes lui paraissaient interminables. La cadence des trains était élevée, et les gens sortaient en flux presque continu. Ça faisait une heure dix qu'il suivait ce défilé lorsqu'une Occidentale se détacha de la foule. Il ne l'avait vue qu'une seule fois, habillée d'un yukata et coiffée d'un chignon. Là, ses cheveux noirs tombaient sur ses épaules, elle était vêtue d'une jupe blanche qui descendait juste en dessous du genou, d'un chemisier lie-de-vin à manches courtes, et portait des sandales dorées. Elle avait une mallette en cuir brun dans laquelle elle devait transporter ses manuels scolaires. Il craignait de la surprendre, mais puisqu'il avait attendu tout ce temps, et longuement pensé à elle depuis leur rencontre à Nagano, il se lança.

– Emeline ?

Elle eut un léger mouvement de recul. Bien qu'elle lui ait divulgué l'adresse de son école, elle n'imaginait pas qu'il persévérerait et essayerait de la retrouver. En tout cas pas en pleine journée, puisqu'il travaillait.

– Vous me reconnaissez ?

– Oui, répliqua-t-elle sans ambages. C'est vous qui troublez le chant des cigales !

– C'est bien ça, sourit-il.

C'était pratiquement un inconnu, mais étonnamment elle se sentait à l'aise, coupable toutefois d'être si avenante avec cet homme.

– Et vous êtes aussi celui qui m'a dit que vous ne pouviez pas vous libérer l'après-midi...

– ... Et pourtant je suis ici. Est-ce que vous avez un peu de temps à m'accorder jusqu'à ce que vos cours commencent ?

Elle tergiversait intérieurement. Il aurait mieux valu couper court et le renvoyer d'où il venait, mais elle se rappelait la façon dont il l'avait abordée, indifférent à sa race. Devant son hésitation palpable, il enchaîna :

– Vous voulez m'emmener dans votre salon de thé préféré, à la devanture rose bonbon ? se hasarda-t-il.

Sans répondre, elle s'engouffra dans une ruelle, le laissant la suivre. L'endroit abritait effectivement plutôt des jeunes filles, qui disséquaient plus ou moins discrètement leur vie amoureuse. La décoration allait de pair ; chaque pan de mur était d'une couleur différente, du corail à l'incarnat, en passant par le magenta. Les fauteuils étaient confortables, dans un tissu exagérément fleuri. L'ensemble était très chargé, et Akio se demandait ce qui plaisait tant à Emeline.

– C'est un cocon pour moi, tout simplement. Puisque je suis seule, et un peu trop curieuse, j'écoute les conversations autour... Je ne devrais pas l'avouer, ajouta-t-elle, parce que ce n'est pas très poli. Une sorte d'étude anthropologique, dit-elle en plaisantant à moitié. J'observe la société, j'essaye de décortiquer les mentalités...

– Et ça marche ?

– Oui, d'une certaine façon. Et quand ce n'est pas le cas, j'ai au moins de la distraction.

Il se reprit.

– Mais qu'avez-vous donc à apprendre ?
– Tout, il me semble.
– Tout ?
– Je ne veux pas vous ennuyer avec ça.
– Non, au contraire, je suis curieux.
Elle soupira.
– Il y aurait beaucoup à dire. Je vous en dirai plus... peut-être.
Elle se dirigea vers la porte, puis revint sur ses pas.
– Je suis mariée, lança-t-elle. Et j'ai un bébé.
Et elle sortit furtivement.

4

LES EXPLICATIONS de Jean-Pierre étaient tellement confuses qu'Emeline se demandait ce qui motivait les élèves à revenir. Mais, comme le disait Philippe, « notre cher Jean-Pierre a un certain succès auprès de ces dames ». Il l'avait remplacée pendant la grossesse, et finalement, même s'il avait maugréé, il y avait trouvé son compte ; les heures supplémentaires lui apportaient un petit pécule complémentaire, ce qui n'était pas un luxe puisque son projet de restaurant peinait à se concrétiser. Emeline arriva juste à temps pour son cours de quinze heures. Sa classe était studieuse mais ce jour-là, Emeline était distraite. Elle ne pouvait enlever de son esprit la conversation qu'elle venait d'avoir avec Akio. Elle ne le connaissait pas, mais il lui semblait déjà tellement familier. Elle se trouvait pathétique de se raccrocher à un homme sorti de nulle part. Et plus vieux qu'elle. Pourtant, elle se lança.

– Philippe, je peux te parler ?

– Bien sûr. Tout va bien ?

– Oui, ça va, mais je me demandais si on pourrait faire des modifications dans mon horaire.

– Comment ça ? Tu viens à peine de revenir et tu veux déjà tout chambouler ?

– Non, pas tout. Seulement... est-ce qu'on pourrait transférer mon cours de dix-huit heures à quinze heures, et que j'enseigne de quinze à dix-huit heures, au lieu de seize à dix-neuf heures.

– Pour terminer plus tôt ?

– Oui, c'est ça. Ce serait mieux pour ma fille.

Ce mensonge la fit rougir intérieurement. Elle avait honte d'utiliser Anna en vue de potentielles rencontres inavouables. Mais elle pourrait effectivement rentrer plus tôt, pour peu qu'on la laisse reprendre sa place de mère.

– Ça va être compliqué. Il faudrait que tous les élèves puissent venir trois heures plus tôt... tu vois ce que je veux dire... mais je peux toujours demander à Jean-Pierre s'il accepte de te remplacer pour ton dernier cours. Après avoir rouspété pendant ton congé, il s'est finalement ravisé et était content de gagner plus.

– D'accord, faisons comme ça. Je te laisse me tenir au courant. Merci, Philippe.

– Ça va, mais n'abuse pas.

5

À VINGT heures précises, Akio s'engouffra dans le hall de son entreprise. Il jeta un dernier coup d'œil aux gigantesques miroirs qui tapissaient ce bâtiment de luxe. Il prit l'ascenseur pour se rendre à son étage, où Kato l'attendait. Il avait posé à terre plusieurs petits cartons pour qu'Akio puisse y ranger ses effets personnels. Akio lui fit remarquer qu'un seul serait suffisant. Il n'avait que très peu d'affaires. Il empaqueta notamment une agrafeuse en argent à laquelle il tenait ; c'était un cadeau qu'il avait reçu de ses parents lorsqu'il avait obtenu son diplôme universitaire. Il y avait aussi quelques bibelots qui ornaient son bureau, dont un avion miniature que son épouse lui avait offert en mémoire de leur baptême de l'air lors de leur voyage de noces à Singapour. Le reste était propriété de l'entreprise. On lui avait déjà pris son ordinateur. La place était prête pour le suivant.

Son carton dans les bras, il jeta un dernier coup d'œil à ce qui avait été sa vie de ces quinze années. Les bureaux bruns, recouverts d'un sous-main vert. Les rangées qui semblaient infinies, toutes identiques. Des brochures sur des étagères où se côtoyaient cadeaux reçus de clients et posters de forums passés. On pouvait donc n'être plus rien en un jour seulement. Kato était silencieux ; il l'avait regardé emballer ses affaires, et se devait d'être là. Mais son embarras était tangible. Comme le matin même, il commençait à transpirer. De légères gouttes perlaient sur son front et il se tordait à nouveau les mains, qu'il mettait dans les poches pour les ressortir et les remettre encore. Il peinait à garder une contenance.

Akio lui jeta un ultime regard et, pour la première fois en quinze ans, il ne s'inclina pas. Il lui tourna le dos, descendit par les escaliers en passant devant le restaurant d'entreprise au premier étage. Puis il prit congé définitivement de ces lieux familiers.

Il se dirigea directement vers la gare pour prendre son train du retour. Il y avait passablement de places assises et il s'installa de façon à être un peu en retrait du monde. Il déposa sa serviette de cuir dans le porte-bagages au plafond et son carton à ses pieds. Comme la nuit était tombée, il voyait son reflet dans la vitre. Il n'aurait pas à remettre son complet-cravate le lendemain. C'était la seule certitude quant à son avenir. Arrivé à destination, il ne trouva pas le courage de rentrer tout de suite. Malgré la fatigue de la journée, il continua à errer, espérant ne pas croiser de voisins. Tout était calme. Lorsqu'il se résolut à regagner la maison, il était vingt-deux heures passées. Sa femme était installée sur un coussin à terre, les yeux rivés sur l'écran de télévision. Elle se leva.

– Ton repas est prêt. J'ai fait simple ce soir. Du riz au curry. Tu veux d'abord prendre un bain, ou je réchauffe la viande maintenant ?

– Je vais commencer par le bain. Ne t'inquiète pas pour moi. Continue à regarder ton film.

Elle ne se fit pas prier pour se réinstaller confortablement.

Plongé dans l'eau bouillante, Akio avait du mal à en ressortir. La chaleur lui faisait du bien, et il avait tout le loisir de réfléchir à sa journée sans que l'on vienne l'interrompre. Il avait désespérément besoin de rassembler ses pensées. Le matin même, son quotidien était identique à ce qu'il vivait depuis quinze ans. Mais en quelques heures seulement, il n'avait plus de routine. Il avait revu Emeline. Il s'était senti à l'aise. Et aussi très attiré.

Après être sorti du bain et avoir mangé, il s'installa devant la télévision. Sa femme avait terminé son film et était partie se coucher. Il ne voulait pas monter tout de suite, craignant de devoir lui parler. Il alluma une chaîne au hasard. Il fixait l'écran dans le vague et ses oreilles n'entendaient pas. Il s'allongea sur une couverture qu'il posa sur le tatami. Il finit par s'endormir pour se réveiller en sursaut au milieu de la nuit. Il avait un sentiment de malaise ; il avait dû faire un cauchemar mais ne s'en souvenait pas. Son licenciement, sans doute. La réalité avait rattrapé la fiction. Il essuya son visage en sueur avec la manche de son pyjama, puis monta se coucher à côté de son épouse.

6

LE RÉVEIL fut brutal. Sa femme le secouait en lui criant dans les oreilles :

– Tu as vu l'heure ! Tu devrais être parti depuis longtemps... Dépêche-toi de t'habiller et de prendre ton train.

Il prétendit qu'il était malade.

– Alors, appelle vite pour les prévenir. Toi qui n'es jamais absent, ils vont se demander où tu es passé. Je te prépare ton petit-déjeuner en attendant, si tu n'es pas barbouillé.

Akio s'éclipsa pour faire mine de contacter son entreprise. Il s'installa ensuite à table. Sa femme lui avait servi un bol de riz, de la soupe de miso et un morceau de poisson.

– Merci, Megumi.

– Je t'en prie. Qu'est-ce qui ne va pas, papa ?

Akio fulminait intérieurement. Lorsque Kaori était née, Megumi l'interpellait en l'appelant « papa de Kaori » pour plaisanter, puis simplement « papa ». Bien sûr, les habitudes se prennent vite, et il était le père de Kaori... mais pas le sien. Maintes fois, il l'avait priée d'arrêter avec ce sobriquet, mais elle le taquinait gentiment, comme si c'était insignifiant. Voyant qu'elle ne comprenait pas ce qui le dérangeait, il avait fini par capituler, et ne relevait plus ce tic de langage. Mais en le traitant ainsi, elle avait enterré sa masculinité. Il n'avait plus sa place d'homme.

Pris dans ses pensées, Akio n'avait pas encore répondu.

– C'est compliqué.

Megumi n'aimait pas cette phrase qui n'annonçait rien de bon. Avec sa tendance à envisager le pire, elle anticipa.

– Quelque chose de grave ? Tu as une maladie ?

– Calme-toi, Megumi. Je vais t'expliquer, mais laisse-moi parler.

Le visage de Megumi se crispa. Elle joignit ses mains.

– Non, ce n'est pas ma santé. Mais c'est sérieux.

– Quoi, alors ? Le... travail ?

– Oui. Ça fait déjà plusieurs mois que j'ai du mal à suivre. Avant, j'avais l'esprit vif pour les négociations, je fonçais. Mais depuis quelque temps, j'ai perdu mon entrain. Je ne sais pas ce qui me prend, j'ai des oublis, je n'arrive plus à maîtriser mes dossiers...

– Tu ne fais quand même pas une dépression, j'espère. Il va te falloir du repos. Tu vas remonter la pente, ça va aller, répliqua-t-elle comme pour se convaincre.

– Je n'ai pas terminé... J'ai accumulé les échecs. Une ou deux fois, c'est passé, mais Kato a fini par en avoir assez. Il en a parlé à la direction...

Les mots avaient du mal à franchir ses lèvres.

– ... et j'ai été licencié.

Elle tapa ses mains jointes sur son front, de désespoir.

– Quoi ? Licencié ? Mais qu'est-ce que tu vas faire ?

– Rechercher un emploi. Que veux-tu que je fasse !

– Trouver du travail alors que tu es proche de la quarantaine ? répétait-elle en boucle.

– Écoute, fais-moi confiance. « Pour une fois », faillit-il rajouter, mais il se ravisa. J'ai quand même de l'expérience dans mon domaine.

Sa femme se concentra sur ces dernières paroles. Pour chasser ses craintes, elle lui dit qu'elle avait besoin de s'occuper et elle monta à l'étage se mettre aux tâches ménagères. Akio termina son petit-déjeuner. Puis il s'installa à la table basse. Il attrapa l'annuaire pour établir une liste des entreprises pharmaceutiques de Tokyo. Et s'il le fallait vraiment, il postulerait plus loin. Mais je préférerais Tokyo, songea-t-il. Un bref instant, Emeline traversa son esprit. Se trouvant ridicule, il balaya cette pensée et, pragmatique, continua stratégiquement. Il sortit de son carton une pile monumentale de cartes de visite qu'il commença à classer. Il comptait bien s'appuyer sur le réseau professionnel étendu qu'il avait développé. Vers quatorze heures, il quitta la maison, expliquant à son épouse qu'il voulait se procurer les formulaires standards de curriculum vitae pour mettre son parcours à jour. Megumi fut étonnée en le voyant.

– Et tu as besoin d'être habillé comme si tu allais au bureau pour ça ?

– Oui. Tu comprends, si je sors vêtu d'un jean, j'ai l'impression d'être hors circuit. Il faut que je reste dans le rythme.

Il y avait un peu de ça, mais aussi un bas mensonge. Il voulait arriver pour quinze heures à Kichijoji, et ne pouvait se présenter en tenue négligée devant Emeline, sans quoi il aurait dû lui avouer qu'il ne travaillait plus. Il se rasa et vérifia son image une dernière fois, puis il quitta la maison.

* *
*

Comme précédemment, Emeline sortit du train peu après quinze heures, jetant des coups d'œil furtifs autour d'elle. Il s'approcha.

– Bonjour Emeline.

– Oh ? dit-elle en feignant d'être surprise. Vous ?

Il aurait eu envie de lui dire qu'il avait aimé discuter avec elle, qu'il voulait la connaître mieux, mais jamais il n'aurait pu être aussi direct. Ça ne se faisait pas. À la place, il baissa les yeux, et se lança avec prudence.

– Savez-vous que Kichijoji est réputé pour son nombre impressionnant de bars et de salons de thé ?

Indécise, sentant une pointe de culpabilité tout autant qu'une porte ouverte sur les confidences, elle ne s'opposa pourtant pas.

– C'est vous qui choisissez, alors.

Lui déléguer le choix l'allégeait du poids de cette rencontre.

Ils déambulèrent pour dénicher un repaire proche de la gare. Akio opta pour un café plus classique, moins cosy mais plus aéré. Il ne leur restait guère de temps avant qu'Emeline commence son cours.

– Je pensais que vous seriez au travail à cette heure. Vous êtes déjà sorti ? Pour venir ici ? osa-t-elle.

Il acquiesça. Emeline précisa :

– Oui, les horaires, ce n'est pas toujours fixe, se hasarda-t-elle, même si au fond d'elle, elle connaissait la rigidité des grandes entreprises nippones et trouvait étrange qu'on puisse ainsi se balader en plein milieu de l'après-midi. Elle en profita cependant pour annoncer innocemment que ses heures d'enseignement avaient été modifiées.

– Moi aussi, je suis à la merci des changements, mentit-elle.

Philippe lui avait en effet confirmé que Jean-Pierre acceptait de la remplacer.

– Désormais, je terminerai à dix-huit heures.

Au vu de sa nouvelle situation, Akio aurait préféré la retrouver dans la journée, mais il pourrait toujours expliquer à sa femme qu'il avait rendez-vous avec des connaissances professionnelles.

– Et...

Il hésita, tétanisé à l'idée qu'elle refuse, puis tenta le tout pour le tout.

– Ça vous dirait un restaurant un de ces soirs ?

Elle s'entendit acquiescer. Dans sa tête, ce n'était que confusion. Une autre Emeline semblait avoir pris la parole à sa place, celle qui semait le chaos dans des eaux déjà troubles, mais si elle avait accepté si facilement, c'est parce qu'elle ne le considérait que comme une échappatoire. Il pourrait devenir un ami, un confident. Ce qui était sûr, c'est qu'elle n'éprouvait rien pour lui. Ni physiquement ni émotionnellement. Il était de toute façon bien trop âgé. Elle voulait seulement fuir l'ambiance familiale délétère. Et, s'il fallait être complètement honnête, c'est aussi cette lueur dans les prunelles d'Akio qui l'excitait. En le voyant la considérer comme une femme désirable, elle se métamorphosait à ses propres yeux. Elle aurait souhaité que ce soit Seiji qui la regarde ainsi. Mais pour Seiji, elle n'était plus qu'une maman, et encore, très imparfaite.

Emeline avait honte. Je suis une manipulatrice, s'avoua-t-elle. Ce n'est pas moi ; ça ne me ressemble pas.

Et pourtant, ils se retrouvèrent le jeudi suivant.

7

À LA LUEUR des bougies, les confidences prenaient une autre dimension.

Emeline et Akio étaient installés à une petite table tranquille, qui donnait sur la rue. L'animation à l'extérieur contrastait avec la quiétude à l'intérieur. Seuls des couples étaient présents. Akio commanda un chianti, et quelques antipasti pour commencer.

– C'est drôle que je me sente autant à l'aise avec vous.

– Avec toi, corrigea-t-il. Tu ne m'as pas dit grand-chose de toi.

– J'ai une vie banale.

– Qu'entends-tu par là ?

– C'est assez vite résumé. Je suis arrivée à Tokyo pour des études de japonais. Puis, peu de temps après, j'ai rencontré un homme qui m'a proposé de l'épouser. On s'est mariés et on a eu un bébé.

– Ça, c'est ce qu'on appelle un résumé ! Mais je ne trouve pas ça banal…

– Et j'habite avec ma belle-famille.

Il attendit la suite.

– Mon mari est le fils aîné. Mes beaux-parents ont une boutique de confiseries japonaises. Et mon beau-frère vit avec nous.

– Ça fait pas mal de monde ensemble. Et en ce moment, c'est ta belle-mère qui s'occupe de ton bébé, je suppose.

– Tu devines bien, répondit-elle avec tristesse.

Ayant perçu ce changement sur son visage, il tenta de se rattraper.

– Et c'est un garçon ou une fille ?

– Une jolie petite fille, aux beaux yeux bridés. C'est beau, les yeux bridés, ajouta-t-elle.

– Et les grands yeux comme les tiens aussi…

Cette dernière phrase mit Emeline mal à l'aise. Évidemment, à quoi fallait-il s'attendre en acceptant une invitation avec un homme, le soir ? Elle allait devoir trouver un moyen de lui faire comprendre qu'ils n'avaient pas les mêmes intentions.

– Et ton mari ? osa-t-il.

– Il est très occupé et pas souvent à la maison, mentit-elle, ne souhaitant pas s'attarder sur sa vie conjugale.

Akio, lui, ne se fit pas prier pour partager sa situation. Il lui parla de sa femme, à laquelle il était attaché, mais qui ne l'attirait plus. De sa fille, Kaori, avec qui la distance s'était peu à peu installée. De son travail. Il ne lui avoua pas qu'il l'avait perdu. Plus il buvait, plus il s'aventurait dans les détails de sa sphère intime, où il n'était question que d'usure et de fatigue. La soirée se prolongea sur le même mode et son discours avait déprimé Emeline. Peut-être parce qu'elle se voyait en miroir. Ou qu'il avait été trop volubile. Elle éprouvait un sentiment complexe, fait de culpabilité et d'indécence. Sa place était auprès de sa famille. Elle abrégea rapidement et fila prendre son train.

Akio resta là, un peu inquiet par ce revirement soudain. Il avait peur de lui en avoir trop dit, ou d'avoir été indiscret dans ses questions. Mais il se sentait à l'aise avec elle, ce qu'il ne retrouvait plus chez lui. Il s'en voulut d'être allé trop vite, et espéra qu'il la reverrait.

8

À LA SUITE de sa rencontre avec Akio, Emeline n'était pas sereine. Si la tentation toute platonique de le revoir était présente, elle se sentait tiraillée par cette ébauche de double vie.

En écho à son trouble, son cauchemar récurrent la taraudait. Toujours, il y avait cette grande entaille sinueuse dans la terre déchirée par le séisme. Au milieu, pas de gravats mais ce marécage dont elle était déjà prisonnière. Elle criait, elle tendait les bras pour ne pas suffoquer, mais rien ne se passait. Autour d'elle, on s'affairait pour sauver les blessés de la secousse, mais personne ne l'entendait ni ne la voyait. Elle était devenue transparente.

Elle traînait cette même transparence à la maison, où elle continuait à se battre pour se faire sa place auprès de sa fille. Mais systématiquement, elle était rejetée. Seiji ne la soutenait pas, et la seule oreille attentive était celle d'Akio. Patient, il l'écoutait sans se lasser, et surtout, il répondait à ses questions. Emeline avait mille et une interrogations qui commençaient invariablement par « Toi qui es japonais... » Elle attendait ses explications, sa validation, telle une élève suspendue aux lèvres de son professeur.

Akio ne savait pas trop comment percevoir cet intérêt.

– Tu me prends pour une encyclopédie, lançait-il légèrement, mais derrière cette apparence de boutade, il se demandait quelle place il avait auprès d'Emeline.

Ils avaient l'habitude de se retrouver dans le même café les lundis et jeudis invariablement après les cours. Ça faisait des semaines que cette routine perdurait.

Ce jour-là était un lundi. Elle ne commençait son travail qu'à quinze heures, et Akio, qui ne lui avait pas avoué qu'il n'avait plus d'emploi, lui avait dit qu'il allait prendre congé. Il avait proposé qu'ils profitent d'une journée entière ensemble, au parc Inokashira, proche de l'école, où ils pourraient pique-niquer, se promener et faire un tour en barque. Afin qu'elle puisse s'organiser, il l'avait prévenue bien à l'avance. Emeline avait demandé à sa belle-mère de s'occuper d'Anna le matin. Rien ne changeait au programme de l'après-midi ; depuis qu'elle avait modifié son horaire en le cachant à sa famille pour voir Akio après ses cours, Emeline quittait toujours la maison à quatorze heures, pour arriver à quinze heures, prétextant qu'elle avait besoin d'une heure sur place pour préparer ses leçons et corriger les devoirs des élèves avant son prétendu premier cours de seize heures.

– J'aimerais faire une sortie, lundi dans dix jours. Je pense partir le matin, et j'enchaînerai avec mes cours le soir. Je voulais savoir si vous pourriez garder Anna ?

– Dans dix jours, dites-vous, répondit-elle songeuse, comme si elle avait un agenda qui débordait. Oui, je pourrais m'en occuper, je suppose. Et que comptez-vous faire ?

– Je vais sortir avec Sarah.

– Et où partez-vous en excursion ?

Emeline fut prise au dépourvu. Elle ne s'attendait pas à ce qu'elle la questionne. Généralement, elle était trop heureuse d'avoir la mainmise sur la petite, et ne s'intéressait guère à la vie d'Emeline.

– ... Kamakura.

– Hum, sourcilla-t-elle. Et vous pensez pouvoir revenir à temps pour votre cours ?

– Oui, il y a beaucoup de trains. J'ai le temps jusqu'à mon cours de quinze heures.

– De seize heures.

– Ce n'est pas ce que j'ai dit ? eut-elle le réflexe de rétorquer, pour se reprendre.

– Non. J'ai entendu « quinze heures », répondit-elle d'une voix plus sèche.

Emeline fut pétrifiée. Sa belle-mère qui ne s'intéressait pas à elle semblait avoir assimilé quelques détails plutôt dérangeants.

– C'est-à-dire que si je pouvais arriver à quinze heures comme d'habitude pour préparer ma leçon, ce serait l'idéal, tenta-t-elle de se rattraper maladroitement. C'est à ça que je pensais.

Madame Okada gardait une mine suspecte. Emeline tâcha d'ensevelir sa frayeur, et se concentra sur l'escapade à venir.

* *
*

Une météo favorable était de la partie. L'automne avait fait son retour et les arbres commençaient à se parer de teintes ocre et rouges. Comme convenu, Akio attendait Emeline à la sortie de la gare de Kichijoji. Il l'entraîna vers le parc Inokashira, où ils se promenèrent côte à côte sans se toucher. À midi, ils s'installèrent à proximité du petit lac, où Akio déballa les bentos qu'il avait achetés, pour qu'ils puissent profiter au calme de ces instants à deux. Il avait aussi emporté une bouteille de vin et deux gobelets en plastique.

– À cette journée, trinqua-t-il.

Puis il lui prit le bras pour l'emmener vers l'embarcadère. Emeline fut surprise de ce geste, et le temps qu'elle réagisse, il avait déjà retiré sa main.

L'endroit respirait la quiétude. Le soleil venait caresser l'eau colorée par les feuilles des arbres alentour qui s'y reflétaient. Emeline et Akio louèrent une barque, et il se mit à ramer tandis qu'elle fermait les yeux, se laissant emporter par le bercement rythmé. Derrière ses paupières closes, elle revoyait cette même scène, lorsqu'elle ne fréquentait Seiji que depuis quelques semaines, et qu'il lui avait proposé cette escapade romantique. Ce jour-là, il brillait dans son regard une nuance particulière, dans l'espoir d'un futur commun. Seiji et Emeline se faisaient face, et les fleurs rose pâle de cerisier tournoyaient dans une chute éphémère pour aller effleurer l'eau. Plus loin, quelques immeubles pointaient par-dessus la cime des arbres. Le parc et son étang semblaient avoir été déposés là juste pour les tourtereaux. Quand Emeline revint au présent et rouvrit les yeux, elle s'aperçut qu'Akio l'observait, attendri. Il la regardait langoureusement mais elle ne ressentait rien. La barque était celle de Seiji, de leur histoire. Elle s'efforça de sourire à Akio, avec une pointe d'embarras.

Ils regagnèrent le rivage et Emeline sentit qu'il se rapprochait d'elle, collant son bras au sien. L'escapade avait provoqué un élan qu'elle ne partageait pas. Elle restait figée dans ses pensées, imprégnée de son passé. Elle ne lui laissa pas le temps de poursuivre.

– Ce tour m'a donné mal au cœur. J'ai la nausée. J'aimerais être un peu seule jusqu'à ce que mes cours commencent.

– Tu ne veux pas aller quelque part un moment ? Il faudrait un endroit où tu puisses t'allonger. Un...

– Non, Akio. Pas de ça.

Malade ou pas, il n'y aurait pas de love hotel.

9

SI AKIO était un stratagème pour s'échapper du quotidien, le véritable baume, c'était Anna. Emeline n'avait de répit et de bonheur qu'auprès d'elle. Lorsqu'elle la tenait dans ses bras pour lui donner le biberon, son menu corps chaud contre le sien, ses joues comme deux pêches bien roses qu'on aurait eu envie de croquer, elle sentait qu'elle ne pouvait pas abandonner. La petite, une fois repue, fixait sa maman. Emeline sondait l'intensité de son regard perçant, puis, pour voir les jolis yeux en amande s'étirer et briller, elle lui faisait une mimique à laquelle Anna ne résistait jamais. Telle une carpe, elle avançait sa bouche en forme de « o », comme si elle allait la dévorer, puis se retirait. La petite riait de bon cœur, et Emeline pouvait recommencer indéfiniment : Anna ne se lassait pas.

– Emeline, si vous voulez, je peux sortir avec elle.

– Non, merci. Je vais aller la promener moi-même.

Il fallait toujours insister sur ce qui aurait dû être une évidence. Sa belle-mère avait développé une dépendance et organisait ses journées en fonction de sa petite-fille. Mais Emeline essayait de résister, car il lui semblait que cette ingérence progressait dangereusement.

Emeline aimait porter Anna en écharpe sur son cœur. Elle sentait ses petites mains contre sa poitrine, elle approchait son visage de sa tête et humait le parfum fruité de ses cheveux. Cette fusion corporelle lui apportait une chaleur qui l'envahissait tout entière. Dans ces moments-là, ses forces étaient décuplées et tout lui paraissait possible. Fière de déambuler avec sa fille, elle se redressait alors, avec une estime d'elle-même renouvelée. Elle suivait un tracé identique à celui du jour où elle avait appris qu'elle était enceinte. Elle parlait toujours à son bébé en français.

– Regarde, Anna, ce sont des takoyakis, des boulettes toutes chaudes farcies de poulpe. Délicieux ! Tu verras, quand tu auras l'âge d'en manger. Tu vas adorer. À moins que tu préfères le sucré. Et dans ce cas-là, tu seras au paradis, avec la confiserie de grand-papa. Et les glaces, ma chérie... au thé vert ou au sésame noir, un régal !

Et Emeline continuait, intarissable, sur tout ce que la ville avait à offrir. Comme personne autour d'elle ne comprenait ce qu'elle disait – du moins elle l'espérait, puisqu'avec son visage occidental, on l'abordait en anglais, pensant qu'elle était Américaine –, elle s'en donnait à cœur joie pour commenter les passants en français.

– Regarde celle-ci, Anna, ses cheveux verts, sa minijupe à carreaux et sa blouse à grosses fleurs ! Oh, ma puce, promets-moi de ne pas te fagoter comme ça quand tu seras grande ! Allez, on va faire un tour du côté de la galerie marchande...

Emeline pouvait continuer ainsi son monologue sans se lasser ; les battements du cœur d'Anna contre le sien étaient un carburant d'amour qui ne connaissait pas la panne sèche.

Elle s'arrêtait parfois chez Sarah. Elle pouvait compter sur elle, car sa porte était toujours grande ouverte.

– Alors, tes hommes sont tous sortis ? lança Emeline, tandis que Sarah la faisait entrer.

– La voie est libre. Rentre ! Et comment va mon p'tit bijou, poursuivit-elle à l'intention d'Anna, en faisant des bruits bizarres avec sa bouche et des mimiques que seule peut excuser la présence d'un bambin.

Emeline éclata de rire.

– Qu'est-ce que c'est que cette tête que tu lui fais ?

– Bah, le ridicule ne tue pas et elle ne se souviendra de rien, non ? rigola-t-elle.

Sarah lui prépara un thé vert et sortit des bâtonnets au chocolat.

– Bientôt du changement. L'un des Américains va déménager. Il va falloir qu'on lui trouve un remplaçant. Beau et célibataire, si possible.

Puis plus sérieusement, elle poursuivit :

– Regarde-toi, avec ta petite puce et ta vie rangée. Moi, je vis comme une éternelle adolescente...

– Ça viendra bien assez tôt. Tu as le temps. Tu n'es pas encore un de ce que les hommes appellent des *Christmas cakes* qu'on jette après le vingt-cinq parce qu'ils sont périmés, plaisanta-t-elle.

Le subterfuge marcha et la réplique claqua, comme Emeline s'y attendait.

– Quoi ? Tu ne vas quand même pas utiliser avec moi ce dicton machiste ! Rien que pour les contrarier, je resterai célibataire ! provoqua-t-elle. Mais puisqu'on parle de cœur... Où en es-tu de ce côté ? Tu vois toujours ton gars ?

– Ce n'est pas « mon gars ». C'est juste un ami.

– Qui voudrait être plus que ça ! Emeline, je suis mal placée pour te faire la morale, mais je t'en prie, fais attention. Tu risquerais de mettre en péril ton mariage.

– Je te jure que de mon côté, c'est anodin. Il ne se passera rien.

– Mais que fais-tu à traîner avec lui, alors ? Pour quelle raison le retrouves-tu ?

– Je ne me l'explique pas vraiment. Mais tu vois, il ne me juge pas. J'en ai tellement assez d'entendre des reproches à la maison. Même s'il ne comprend pas tout de ma façon de penser, il m'écoute avec respect.

Songeuse, elle s'arrêta un instant puis précisa :

– Je crois que ce qui me fait le plus de bien, c'est de me remémorer notre première rencontre. Il m'a regardée comme une femme, pas une blanche. Et aussi...

– Aussi « quoi » ?

– Il m'a *vraiment* vue comme une femme. Il y avait autre chose dans ses yeux...

– Mais c'est bien ça le problème, justement ! s'emporta Sarah. C'est facile de dire qu'il n'est qu'un ami, mais c'est un ami masculin. Ça fait toute la différence !

Emeline savait au fond d'elle-même que Sarah avait raison de la mettre en garde. Elle allait bientôt arrêter ces rencontres, mais elle avait encore besoin d'un peu d'insouciance, avant de refermer la porte sur ce qu'elle considérait comme une simple parenthèse.

10

– TU DEVRAIS aller la chercher en voiture quelquefois. Après tout, tu as le temps en ce moment. Elle termine à dix-neuf heures. Vous pourriez même sortir. Ça ne vous arrive pas souvent d'être en amoureux.

Seiji ne comprenait pas pourquoi sa mère se faisait si insistante. Elle n'avait pas pour habitude de se préoccuper du bien-être d'Emeline, et encore moins de leur couple. Mais il ne fallait pas être cynique. Sa proposition laissait espérer qu'elle cherchait à colmater les brèches.

– Oui, pourquoi pas ? J'irai lundi.

Peu avant dix-neuf heures, Seiji attendait en bas de l'école. Il avait l'intention d'emmener Emeline dans un restaurant des environs. Mais les minutes passaient et elle n'était toujours pas descendue. Intrigué, il monta à l'étage. À la réception se tenait un grand gaillard qu'Emeline lui avait précédemment décrit.

– Vous devez être Philippe. Enchanté. Je suis le mari d'Emeline et je me demandais pourquoi elle n'arrivait pas...

– Elle a terminé ses cours il y a une heure. Comme d'habitude.

Seiji parvint à se rattraper.

– Mais oui. Comme je suis bête ! Je me suis encore trompé dans les horaires. S'il vous plaît, ne lui dites surtout pas que je suis passé. Je voudrais lui faire une surprise.

– C'est entendu, promis, répondit Philippe avec un sourire.

Seiji redescendit les escaliers et se posta, incrédule, devant l'école. Où pouvait-elle bien être ? Elle rentrait tous les soirs vers vingt heures, après son dernier cours. Seiji n'y comprenait plus rien. Afin d'arriver avant elle à la maison, il se précipita dans sa voiture et démarra en trombe.

Lorsqu'il pénétra dans l'entrée, sa mère feignit une mine étonnée.

– Vous n'êtes pas sortis ?

Il mentit pour cacher sa déconvenue.

– Non, je suis arrivé juste trop tard. Elle devait déjà être dans le train du retour.

– Tiens..., dit-elle, dubitative.

– Mais ne lui dis rien. Je lui ferai la surprise un de ces jours. De toute façon, elle aurait été fatiguée, après son excursion avec Sarah.

Emeline suivit Seiji de peu et rentra à vingt heures comme à son habitude. Elle courut embrasser sa fille qui était à l'étage, avant de revenir à la cuisine où son mari et sa mère parlaient sur le ton de la confidence. Ils s'arrêtèrent lorsqu'ils remarquèrent sa présence.

– Ouf, je suis épuisée, soupira-t-elle en s'asseyant sur une chaise.

– Une escapade suivie de cours, ça fatigue, n'est-ce pas ? D'autant plus que Kamakura n'est pas la porte à côté. Tout s'est bien passé ?

– Oui, très bien. Et avec Anna, ça a été ?

– Comme d'habitude. Elle est adorable.

La conversation terminée, Emeline se retira pour se glisser avec délice dans le bain bouillant. Elle avait besoin de se retrouver seule pour réfléchir à sa journée. Les épisodes avec Akio étaient agréables, mais cette insouciance avait une face plus sombre qu'elle sous-estimait. Si Akio avait d'autres intentions, les choses allaient vite se compliquer. Et Emeline n'aurait pu affronter des tourments supplémentaires. La vapeur du bain apaisa peu à peu ses pensées, et elle s'en extirpa l'esprit allégé. Seiji s'était retiré dans leur chambre, ses beaux-parents étaient installés au salon et riaient de bon cœur devant une émission télévisée humoristique d'une niaiserie affligeante. Jiro, lui, était sorti. Il allait souvent faire un tour le soir. Personne ne lui posait de questions, chacun semblait indifférent à sa vie. Quelle famille bizarre, se disait parfois Emeline. Et dire que j'en fais partie !

Emeline prit son repas puis monta rejoindre son mari, Anna paisiblement endormie entre eux dans le lit conjugal.

* *
*

Seiji était devenu plus froid à l'égard d'Emeline. Depuis sa visite à l'école, il savait qu'elle lui cachait quelque chose. Il espérait qu'elle lui en parlerait d'elle-même, mais n'imaginait pas qu'elle puisse voir un autre homme. Cette éventualité ne lui avait pas traversé l'esprit. Il pouvait concevoir qu'en raison de la relation compliquée avec sa mère, elle ait besoin de son jardin secret. Il se demandait si elle s'isolait dans un café ou s'accordait une promenade. Mais le doute était là et il aurait voulu découvrir ce qu'elle faisait de cette heure vide.

Dans l'esprit d'Emeline, ce n'étaient que des tergiversations sans fin. Elle ne pouvait pas indéfiniment continuer à voir Akio, mais elle ne prenait pas la décision de renoncer à ces épisodes. Elle était tiraillée, ce qui avait fini par se reporter sur sa santé.

Emeline se réveilla avec un mal de ventre, comme tous les matins depuis quelque temps. Elle s'était d'abord convaincue de ne pas s'apitoyer sur elle-même, et avait tu son malaise. Mais, la douleur devenant récurrente, elle s'en était ouverte à son époux. Pragmatique, et sans afficher la moindre empathie, Seiji lui avait simplement conseillé de consulter. Ce n'est probablement rien d'important, lui avait-il dit, mais autant en avoir le cœur net. Emeline avait alors pris rendez-vous dans un hôpital proche, où on lui avait fait passer un examen puis, ce dernier ne révélant rien de particulier, elle avait dû enchaîner avec d'autres examens pour que le médecin atteste que tout était normal. « La douleur n'a pas une origine physique », lui avait-il asséné en guise de conclusion, suggérant par là même qu'il avait rempli sa part du contrat. Emeline était donc repartie avec la seule certitude d'un diagnostic négatif, sans savoir au juste ce qu'elle avait, bien qu'elle soupçonnât que sa vie familiale n'y fût pas étrangère. Elle était presque honteuse d'annoncer à Seiji qu'elle n'avait rien. Elle craignait que ce qui était en soi positif ne révèle au grand jour la somatisation dont elle était la victime. Son appréhension s'évanouit lorsque Seiji accueillit la nouvelle avec peu d'intérêt. « Je m'en doutais, mais tu as bien fait de vérifier », lui répondit-il, avant de retourner à ses occupations sans pousser la conversation plus loin. Emeline continuait donc à se réveiller chaque matin avec cette douleur persistante, qui devenait plus diffuse au fil de la journée, pour la terrasser parfois. La courbe pointait alors en un pic, corrélation morbide à un énième reproche. Elle sentait dans son ventre ce monstre affamé se cabrer, se nourrir de sa fragilité psychologique, depuis qu'elle se répétait en boucle qu'elle ne voyait pas d'issue. Face à sa famille, et particulièrement sa belle-mère, elle devait sauver les apparences et faire bonne figure ; la faiblesse et les jérémiades étaient difficilement pardonnées.

Déroutée, Emeline appela Sarah. Elles se retrouvèrent dans un restaurant d'un grand magasin, et commandèrent des ramens. Alors que Sarah mangeait ses nouilles précautionneusement, Emeline aspirait bruyamment les siennes.

– Eh, bien, bravo ! rigola Sarah. Tu vas faire de la concurrence aux Japonais ! Moi, je n'ai jamais réussi à les imiter sans m'en mettre partout.

– N'oublie pas que je suis à bonne école, se força-t-elle à plaisanter.

Mais Sarah sentait bien qu'il y avait quelque chose qui tracassait Emeline.

– J'ai un mal de ventre qui ne me quitte jamais. Je n'ai rien de physique. C'est donc psychologique, m'a expliqué en gros le docteur.

– Ça ne m'étonne pas vraiment. Comment veux-tu être sereine dans une situation pareille ? Emeline, je vais te le répéter encore une fois, il va quand même falloir que tu te décides. Tu ne peux pas à la fois fréquenter un autre homme et essayer de recoller les morceaux à la maison...

– Je le sais bien. Mais c'est justement parce que je désespère de retrouver Seiji que je vois Akio. Si Seiji était plus attentif à moi et ne se laissait pas mener par le bout du nez, on n'en serait pas là. Quand je lui ai annoncé que j'avais fait des examens pour diagnostiquer mon mal de ventre, il était totalement détaché.

– Quoi ? Il n'a pas réagi ?

– Non. Il m'a juste dit « tant mieux ». Tu trouves ça normal ?

Sarah était mal à l'aise. Elle ne voulait pas que la situation empire par ses conseils, mais elle était choquée de tant d'indifférence. Elle osa quand même, d'une toute petite voix :

– Évidemment, c'est un peu étonnant...

Cette dernière phrase fit remonter à la surface une rancœur sous-jacente, qui avait fini par prendre toute la place. Emeline savait qu'elle ne pourrait l'étouffer indéfiniment. Elle devait mettre de l'ordre dans sa vie.

11

– SEIJI, je voudrais te parler.

– Laisse-moi le temps, répondit-il sans ménagement. Je vais prendre mon bain d'abord. On discutera tout à l'heure.

Il s'enferma dans la salle de bains plus longuement qu'à l'accoutumée, et ne ressortit qu'au moment où on les attendait pour le repas, qui se déroula dans un silence pesant. La tension était palpable, et personne n'osait dire un mot. Dès que ce fut terminé, Emeline rappela à Seiji qu'elle avait quelque chose à lui dire. Sa belle-mère s'occupait d'Anna, elle était en train de lui mettre son pyjama, et le couple s'isola dans la chambre conjugale à l'étage.

Emeline ne savait par où commencer, tant la liste des griefs était longue, mais elle sentait qu'elle avait nourri une colère qui ne pouvait plus qu'exploser.

– Je ne peux plus vivre ainsi ! J'ai un mal de ventre dont je n'arrive pas à me débarrasser. Entre ta mère qui me harcèle et ma fille qu'elle accapare, je n'ai plus de place. Et toi... toi, tu traînes au pachinko, tu ne fais rien ! Mais quand est-ce que tu vas te décider à devenir un homme, à me défendre et à faire quelque chose de ta vie ? Tu ressembles à un bébé gâté. Tu es là à attendre que la confiserie te tombe dans les bras...

– Arrête de m'insulter. Nous t'avons accueillie ici, ma mère fait tout pour t'aider. Elle te facilite ton quotidien pendant que tu donnes tes cours tranquillement, elle te garde Anna... De quoi te plains-tu ?

– De quoi je me plains ? De ne pas avoir de mari ! Je ne t'ai pas épousé pour avoir un toit et une nounou, mais parce que je t'aime. Enfin..., nuança-t-elle.

La rectification n'échappa pas à Seiji qui commença à crier. Qu'elle pouvait s'en aller, qu'il n'avait pas besoin d'elle dans sa vie. Il s'emportait en proférant des insanités qui dépassaient sa pensée. La querelle était devenue tellement violente qu'elle résonnait dans la maison, et Anna se mit à pleurer. Sa belle-mère intervint sévèrement, les accablant tous deux.

– Mais vous n'avez pas honte de faire peur à votre fille ? Vous êtes fous de crier ainsi ? Arrêtez de vous conduire comme des enfants, conclut-elle sur un ton qui avait rejoint le leur et fit redoubler les pleurs d'Anna.

Exaspérée, elle leva les yeux au ciel et se précipita vers la petite, pour la prendre dans ses bras. Elle la consolait en faisant les cent pas. Le calme une fois revenu, une douce comptine se propagea dans la maison. Anna était en train de s'endormir au son du chant de sa grand-mère, tandis que dans la chambre conjugale, on n'entendait plus un bruit. Chacun se tournait le dos, passant au crible cette dispute sans précédent.

12

LE LENDEMAIN, Emeline était encore toute bouleversée de sa dispute avec Seiji. Il quitta la maison assez tôt pour l'éviter. De son côté, elle attendit avec impatience de revoir Akio. Elle avait besoin d'une épaule rassurante. Dès sa leçon terminée, elle se précipita pour le rejoindre dans leur café habituel. Elle arriva haletante, avec une urgence de se confier. Elle commanda immédiatement une bière, et se lança dans un monologue qu'elle ne pouvait plus maîtriser. Elle lui parlait de son mal de ventre, de Seiji qui l'ignorait, de sa fille qu'on lui subtilisait. De tout ce qu'elle lui avait déjà raconté auparavant, mais cette fois, elle avait atteint un point de non-retour.

Sa chope terminée, elle héla le serveur pour en avoir une autre. Au fur et à mesure qu'elle buvait, elle divaguait de plus en plus. Les paroles se mélangeaient dans un ordre incompréhensible, à travers une amertume qui avait éclaté au grand jour.

– Emeline, calme-toi, finit par lui dire Akio.

Ils se levèrent pour quitter le café, mais comme elle titubait, il la prit par le bras. Sans forces, elle s'appuya sur lui. Puis ils marchèrent un peu et, alors qu'ils passaient devant un love hotel, Akio l'entraîna à l'intérieur. Il s'était dit qu'elle avait besoin de se calmer, qu'elle pourrait reprendre ses esprits, et même se reposer, car il ne l'avait jamais vue bouleversée à ce point. Cependant, une fois arrivé dans la chambre, le confident céda la place à l'homme. Maintes fois, à ses côtés, il avait résisté à la tentation charnelle qui l'avait habité dès qu'il avait posé les yeux sur elle dans son yukata rouge ce fameux soir d'août. Il était parvenu à ne jamais briser leur pacte tacite d'amitié, conscient de la précarité de leur relation. Mais à cet instant-là, à la voir si près et si fragile, il n'avait pu s'empêcher de l'approcher. Elle semblait tellement perdue qu'il voulait la sauver, l'enlacer, être en elle. Dans un mélange de pulsion physique si souvent étouffée et de déferlement sentimental, lentement, il lui enleva ses vêtements.

Emeline était groggy. L'alcool qu'elle avait ingurgité en abondance pour chasser la frustration venait d'anéantir toute volonté. Tout comme à la maison, elle capitula et laissa les derniers fragments de sa vie lui échapper. Elle était fatiguée de lutter sans cesse et c'est avec une impression de vide qu'elle s'abandonna sans réticence aux mains d'Akio qui parcouraient son corps avec ferveur. Il la couvrit de caresses, mais elle aurait rêvé que ce soit Seiji, qui ne voyait plus la femme en elle. C'est lui qu'elle apercevait lorsqu'elle fermait les yeux. Elle se concentrait sur cette image, mais le retour à la réalité la confronta. Akio la pénétra avec douceur, et elle fut prise de stupeur. Dans le miroir au plafond se reflétaient son dos en sueur et la décoration alentour. Des amants enlacés dans une chambre comme de la guimauve. Les rideaux roses, le mobilier aux accents de château de Cendrillon, la moquette bon marché. Un croisement sordide entre un pastiche de conte de fées et un bordel nauséabond. Était-il en train de tomber amoureux ? Une décharge électrique la traversa. Il jouissait, elle s'interrogeait.

Akio se leva et alla s'allumer une cigarette. De l'autre côté de la pièce, il la fixait et semblait rêveur. Emeline reconnut ce regard. Si l'effroi s'était emparé d'elle, c'est parce que ce regard venait de le confirmer : il avait des sentiments. L'impression d'errance fut évincée par un soupçon de lucidité. Elle l'avait jusqu'à présent côtoyé de manière légère, sachant qu'elle jouait avec le feu lorsque, dans son narcissisme, elle se délectait de son admiration et des lueurs de son désir, mais la situation lui revenait comme un boomerang en pleine figure. Elle prit conscience qu'elle s'était empêtrée dans une relation à sens unique dont elle ne voulait pas. Elle profitait de s'appuyer sur lui pour épancher ses tourments, elle en avait fait son allié, mais elle avait couru le risque qu'il s'attache sérieusement à elle, ignorant les mises en garde de Sarah. Et c'était maintenant trop tard.

Dans son esprit où vagabondait la confusion, elle se demandait comment elle en était arrivée là, et qui incriminer. Elle se flagellait, elle avait aussi de la rancœur contre Seiji, mais surtout, à ce moment précis, contre lui ; lui qui l'avait entraînée dans cette chambre. Une urgence de fuir à jamais cet homme s'empara d'elle, en même temps que la colère grandissait.

Paniquée, elle récupéra ses vêtements sur le sol, les tenant contre elle sans s'habiller.

– J'ai longtemps cru que les cigales chantaient.

Surpris, il secoua la tête en signe d'interrogation.

– Mais qu'est-ce que tu racontes ? Qu'est-ce que c'est que cette histoire de cigales ?

– Elles ne chantent pas. Elles pleurent.

– Emeline, dit-il avec une pointe d'ironie, tu sais que j'essaye toujours de te comprendre. Mais là, franchement, je ne vois vraiment pas ce que ça vient faire ici, maintenant, juste après l'amour...

Il ne la prenait pas au sérieux, mais elle poursuivit son monologue qui, au fond, ne s'adressait à personne.

– J'ai longtemps cru qu'elles chantaient parce qu'elles étaient heureuses, et qu'elles se taisaient pour cacher leur bonheur lorsqu'on les approchait. Pour qu'on ne les apprivoise pas, pour protéger ce bonheur – qu'on ne le leur arrache pas.

Indifférente à Akio, elle s'emballa.

– Mais elles pleurent. À l'idée de se taire. Elles anticipent. Elles savent qu'arrivera un moment où elles devront se taire. Sinon, on pourrait les attraper, leur faire du mal. C'est trop dangereux.

Akio était dérouté. Emeline était incohérente, d'autant plus qu'elle avait trop bu. Il acquiesça toutefois, pour qu'elle s'apaise.

– Elles sont tristes de se taire ? ... C'est ça ?

– C'est ça, oui.

Elle planta son regard exaspéré dans le sien.

– Et toi, tu n'en as pas assez de te taire ?

Sa colère explosa.

– Ça ne te dérange pas, tous ces faux-semblants ? Toujours obtempérer, ne jamais pouvoir dire le fond de ta pensée, faire semblant de n'être que mon ami, mentir à ta femme. Tu n'es pas triste de te taire indéfiniment ?

Elle s'emporta de plus belle. Sa voix déraillait.

– Et ça ne te dérange pas que je doive me taire, moi ? Parce qu'au Japon, on ne doit pas faire ci, on ne doit pas faire ça. Ne pas montrer ce qu'on ressent, ne pas dire ce qu'on pense. On doit toujours subir, persévérer. Et quoi que l'on fasse, ça ne va jamais. Ça ne te dérange pas que je crève ? cria-t-elle en lançant rageusement ses vêtements à travers la chambre. Tu n'es pas mieux que les autres. Tu m'as attirée ici. Je ne voulais pas. Je ne veux plus jamais te revoir. C'est fini, Akio.

Là, nue, dans cette chambre extravagante et bigarrée, ornée d'improbables décorations, Emeline ramassa ses affaires sur le sol, se rhabilla précipitamment et partit en claquant la porte.

13

ON DIT dans ces cas-là que le ciel vous tombe sur la tête. Il était pourtant bleu, mais ça n'y changeait rien. L'univers de madame Tanaka venait de s'écrouler comme une construction de cubes en bois. Il avait suffi d'enlever une brique pour que tout l'édifice cède. La première brique avait entraîné en domino les autres piliers de son existence. Son mari avait d'abord perdu son emploi, puis elle avait trouvé dans ses affaires un bout de papier avec l'adresse d'une école de langue française. C'est alors qu'elle s'était remémoré les changements des derniers mois, sa façon de faire le paon, et avait téléphoné pour se renseigner sur les professeurs. On lui avait donné des informations et, au vu des horaires de la seule instructrice féminine, elle avait compris. Ses soupçons se confirmaient. Il fallait avouer qu'il y avait bien longtemps qu'elle s'était éloignée d'Akio. Lui-même semblait indifférent à leur couple et ne cherchait plus à l'approcher. Ce qui la contrariait, plus que la tromperie elle-même, c'était qu'il l'ait prise pour une idiote. Comme si je n'allais pas finir par découvrir le pot aux roses, s'indigna-t-elle. Son ego en avait été écorché.

Mais ce qui décuplait son amertume, c'était sa situation professionnelle. Il était censé être le socle du foyer, qui était devenu bancal. Akio avait bien retrouvé un travail, mais c'était un sous-emploi au salaire moindre, dans lequel il n'était pas valorisé. Et rien de mieux ne se profilait à l'horizon. Décidément, il y mettait de la mauvaise volonté. Elle ruminait son manque de chance lorsque la vraie déflagration la terrassa.

* *
*

Après avoir découvert le papier dans les affaires de son époux, madame Tanaka s'était fermée comme une huître, attendant le moment propice pour l'interroger, si tant est que de tels moments existent. Occupée par ses pensées, elle étendait son linge à l'extérieur et n'avait pas remarqué sa voisine.

– Bonjour, madame Tanaka.

Celle-ci était sur le balcon de sa maison.

– Ah, bonjour, madame Okabe.

– Avec un soleil pareil, ça va vite sécher.

– Oui, en effet, il fait bien chaud.

– Comment allez-vous, ces temps ?

Madame Okabe semblait souhaiter poursuivre la conversation.

– Une fois que vous aurez pendu votre linge, que diriez-vous d'une petite pause ? Une connaissance m'a rapporté des gâteaux de Kyoto qui ont l'air délicieux. Voulez-vous vous joindre à moi pour une tasse de thé ?

D'habitude, madame Tanaka préférait garder une saine distance avec le voisinage. On n'était jamais à l'abri des commérages. Leurs seules conversations se limitaient à quelques banalités sur leur quotidien de ménagère. Quelque peu intriguée cependant, madame Tanaka accepta l'invitation. Sa découverte l'avait passablement perturbée, et babiller lui changerait un peu les idées.

– Je vous remercie. Je termine dans quelques minutes et j'arrive.

La visite étant impromptue, elle n'avait rien à apporter, et s'en excusa platement.

– Je viens comme ça, les mains vides...

– Mais ne vous en faites pas. Je vous en prie, entrez.

Madame Tanaka fut invitée à s'asseoir sur les tatamis autour de la table basse. Sa voisine lui présenta des gâteaux qui, en effet, étaient exquis et se mariaient parfaitement au thé sencha qu'elle lui offrit. Après s'être servie elle-même, elle s'approcha de madame Tanaka, et se mit à parler à voix basse, comme si elle était en mission d'espionnage, et que l'ennemi allait surgir.

– Il paraît... commença-t-elle.

Puis, théâtralement, pour faire durer le suspense, elle fit une pause. D'une voix encore plus inaudible, elle poursuivit :

– Il paraît que la fille de madame Inoue monnaye ses petites culottes.

– Pardon ? répliqua madame Tanaka, dans une stupeur totale.

– J'ai entendu dire qu'elle vend ses sous-vêtements usagés pour se faire de l'argent. Dégoûtant !

Elle marqua une pause pour jauger l'effet de la bombe qu'elle venait de lancer.

– Non, mais est-ce que vous imaginez ? Dire que nos maris se saignent honnêtement pour faire tourner la famille, et voilà qu'il y a des filles qui font ça. Pauvres parents...

Madame Tanaka était devenue livide, ce que sa voisine ne releva pas, obnubilée par l'urgence de raconter la suite. En un instant, elle venait de se remémorer une conversation avec Akio à ce propos. Bien que n'étant pas une passionnée de mode, madame Tanaka s'était rendu compte que, graduellement, des vêtements de marque étaient apparus dans l'armoire de Kaori. Et dernièrement, elle s'était acheté un sac à main bien trop onéreux pour son maigre salaire. C'est le logo qui lui avait mis la puce à l'oreille. Elle en avait immédiatement parlé à son mari. Les filles qui se faisaient de l'argent facile à travers un business peu recommandable essaimaient. D'ailleurs, il n'y avait qu'à regarder les cabines téléphoniques tapissées de ces photos de demoiselles aux poses provocantes, assorties d'un petit mot et de leurs coordonnées, pour s'en convaincre. Mais Akio lui avait presque ri au nez, lui disant qu'elle avait trop d'imagination. Il était même allé jusqu'à en parler à Emeline, qui, contrairement à ce à quoi il s'attendait, lui avait asséné un discours moralisateur sur la débauche et la cupidité de ces jeunes filles « qui se prostituaient ». L'échange avait failli tourner à la dispute et Emeline avait finalement abrégé en suggérant que les craintes de sa femme n'étaient pas si farfelues que ça.

Madame Okabe enchaîna avec aplomb :

– Heureusement, vous avez de la chance, vous. Kaori est quelqu'un de bien.

Intarissable, et toujours sur le ton du secret, elle poursuivit :

– Mais attendez, ce n'est pas tout.

Madame Tanaka n'était pas sûre qu'elle pourrait en entendre plus. Mais elle ne pouvait s'échapper maintenant. Il fallait faire bonne figure.

– Parce que vendre des petites culottes, ça ne paie pas assez pour la collection de chaussures qu'elle a. Moi, je ne m'y connais pas trop, mais il paraît que ce sont des chaussures de marque, qui coûtent des fortunes. Pas le genre que je porte, si vous voyez ce que je veux dire.

– Oui, je vois, répondit d'une voix étouffée madame Tanaka, sous le coup de ce qu'elle venait d'entendre.

– Et en plus... ne le répétez à personne, mais il semblerait qu'elle s'acoquine avec des hommes contre de l'argent.

– C'est-à-dire qu'elle...

– Non, non. Je ne sais pas si elle couche. J'ai lu dans un magazine que certaines le font, mais pas la majorité.

– Que font-elles, alors ? questionna madame Tanaka, au risque de paraître naïve, mais surtout dans l'espoir que la réponse infirme ses suppositions.

– Difficile à dire, au juste. Mais on peut l'imaginer. Ça ne doit pas être très propre.

– Et quel est ce magazine ? demanda madame Tanaka, avide de précisions.

– Vous n'avez pas besoin de l'acheter ! Tenez, je vous le prête, dit-elle en se levant et en piochant dans une pile qui jouxtait la télévision. Vous me le rendrez à l'occasion. En tout cas, si j'en crois ce qui est écrit, c'est presque devenu banal. Imaginer que des jeunes filles peuvent faire ça pour de l'argent... je me demande vraiment où on va.

Madame Tanaka sentit un haut-le-cœur. Elle ne pouvait pas rester plus longtemps.

– Madame Okabe, je vous remercie pour le thé, conclut-elle avec un sourire forcé. Passez une bonne journée.

– Vous de même, madame Tanaka. Ne le répétez pas, surtout.

14

SIDÉRÉE, madame Tanaka rentra chez elle en catastrophe, et ouvrit fébrilement le magazine. Il y était en effet question d'un article où l'on expliquait qu'il s'agissait là d'un phénomène qui prenait de l'ampleur. Une combinaison de frustration de jeunes femmes dans des emplois sous-payés et victimes de misogynie, et un marketing toujours croissant faisant miroiter le bonheur en brandissant de la maroquinerie de marque avaient gangrené une partie de la société, qui désormais faisait fi des tabous et de la morale, pour acquérir les objets de son désir. Elle relut obstinément l'article jusqu'à s'en étourdir, comme si elle cherchait à l'assimiler. Mais elle ne pouvait pas. Pire, elle chassait résolument la vision de Kaori prise dans cet engrenage ; sa fille ne pouvait quand même pas avoir un lien avec ce répugnant marché.

Toute la journée, elle tourna en rond. Elle essayait d'avancer dans les tâches ménagères, mais chaque fois, un tourbillon d'images venait brouiller son esprit. Elle avait hâte de revenir à ses séries télévisées, celles où tout finit par un baiser et où le bien triomphe du mal, mais c'est vers la chambre de Kaori qu'elle se dirigea.

Sa fille lui avait demandé de respecter son intimité, et madame Tanaka avait interdiction d'y entrer. Mais ce jour-là, elle se permit une transgression. Précautionneusement, mais fébrilement, elle fouilla à la recherche d'un indice, quelque chose qui confirmerait ou démentirait ses craintes. En tremblant, elle vérifia le tiroir des sous-vêtements. Mais il n'y avait rien de spécial. Enfouissant son sentiment de culpabilité, elle poursuivit. Un roman traînait sur la table de nuit, et quelques revues étaient au sol. Il y avait une jupe qui n'avait pas été rangée. Sur son petit bureau, quelques autocollants *purikura* avec Mariko, son amie. Elle se hasarda à chercher dans le premier tiroir. Là, il y avait un cahier. Peut-être était-ce un journal. Si c'était bien le cas, il lui apporterait probablement une réponse. Elle oscillait, honteuse de s'immiscer ainsi dans les secrets de Kaori. Hésitante, elle l'ouvrit cependant. Il ne s'agissait pas d'un journal, il n'y avait pas de texte, mais des photos. Des coupures de magazines représentant des vêtements de marque, des sacs à main onéreux, des chaussures à talons, qu'elle avait collées minutieusement. À côté de chaque article, Kaori avait inscrit le prix. Sa gorge se noua. Jusqu'à récemment, elle n'avait pas soupçonné sa fille d'avoir une attirance pour le luxe. Un tiers du cahier était rempli de photos, puis il n'y avait plus rien, mais par réflexe, madame Tanaka le feuilleta jusqu'à la fin. Elle s'arrêta net sur les deux dernières pages. Kaori y avait dessiné un tableau quadrillé. Dans la première colonne, un nom et un numéro de téléphone. Dans la deuxième, une date. Puis une somme. En bas, elle avait additionné au crayon le montant total qu'elle gommait et rectifiait, car on voyait qu'il avait été maintes fois modifié. Enfin, la dernière colonne laissa madame Tanaka livide. « Ne couche pas. Souhaite qu'on danse nue avec des talons aiguilles. » « Fantasme sur les femmes vêtues seulement d'un slip sous un tablier de cuisine. » « Est en pleine séparation. Ne demande rien de sexuel. Soigner son ego. »

Madame Tanaka s'écroula sur le lit de Kaori.

« Je vis avec une étrangère. » Elle ne connaissait pas sa propre fille. « Et avec un étranger. »

15

– IL FAUT que je te parle.

Cette simple phrase ne présageait rien de bon. Elle était généralement suivie d'une détonation pouvant faire basculer une vie en un instant. Un prélude aux ennuis assuré.

Akio se figea. Avait-elle découvert sa liaison avec Emeline ? Ou, de son côté, cachait-elle quelque chose ? Était-ce en rapport avec Kaori ?

La dernière fois qu'elle avait fait une annonce de ce genre, c'était pour l'informer que Kaori avait échoué à ses examens scolaires. S'il s'agissait certes d'une déception, le tsunami n'en était toutefois que modéré. Mais maintenant que Kaori avait un travail... Au fur et à mesure que les pensées se bousculaient à une cadence insoutenable, Akio comprit que son pressentiment devait être le bon...

– Je sais ce qu'il se passe.

Ça se confirmait.

Maintenant qu'il allait falloir s'expliquer, il s'accrocha à un infime espoir qu'il puisse être question d'autre chose, et, comme un gamin pris en faute, il tenta d'esquiver :

– De quoi parles-tu ?

– Tu n'en as pas la moindre idée ?

Akio sentait la transpiration le gagner. Il suait sous son mensonge. Naïvement, il avait cru qu'il pourrait poursuivre ses rencontres avec Emeline sans que sa femme s'en doute. Il la présumait trop indifférente pour détecter son regard dans le vide lors des repas, son inattention quand on lui posait une question et qu'il vous faisait répéter, trop détachée pour remarquer ses tenues vestimentaires, qu'il soignait plus que d'ordinaire, et même, parfois, ses effluves de parfum masculin alors qu'il n'en portait jamais auparavant. Cependant, avec sa testostérone en bataille et son cœur d'artichaut qui fondait pour Emeline, il avait négligé ce qu'un homme a tendance à sous-estimer : l'intuition féminine. Car c'est bien ainsi que les soupçons de son épouse avaient peu à peu grandi, et que l'adresse de l'école avait achevé de l'intriguer.

– Es-tu sûr que tu ne sais pas de quoi il s'agit ? insista-t-elle, et, devant sa mine déconfite, elle comprit qu'elle avait vu juste.

Devant son silence embarrassé, elle tenta le tout pour le tout, et poursuivit :

– Je te parle de ta liaison.

Akio se figea. Il bredouillait. S'excusait. « Pardonne-moi ! » Expliquait que ce n'était qu'une amie. Qu'une fois seulement, ça avait dérapé. Que c'était terminé. De toute façon, c'était fini.

S'il ne sauvait pas son mariage, il n'aurait plus rien.

Il s'attendait à ce qu'elle devienne hystérique, qu'elle l'insulte, hurle, ou même casse la vaisselle. Sa réaction était étrangement modérée. Peut-être parce que la conversation n'était pas achevée.

– Il faut que tu arrêtes de la voir. Tu nous délaisses, Akio. Et surtout...

Les mots s'étranglèrent.

– On a besoin de toi. Kaori a besoin de toi.

Elle lui raconta ce qu'elle avait découvert de Kaori en sanglotant. Leur fille leur avait échappé comme une poignée de sable qui vous file entre les doigts. Quelques larmes coulèrent sur ses joues. Akio comprit qu'il n'était pas seulement en train de perdre sa femme. Il perdait aussi sa fille.

Ses absences et son ébauche de liaison lui revenaient comme un boomerang en pleine figure. L'addition était salée.

16

EN CLAQUANT la porte du love hotel, Emeline savait que la rupture serait définitive. Au sentiment d'avoir perdu un ami se mélangeait un indicible soulagement. Le dénouement de cette nuit-là lui avait enfin permis de prendre une décision qu'elle avait maintes fois reportée. Les deux parties d'elle-même qui avaient été séparées commençaient à se recoller. Délestée de la trahison et du mensonge, elle pourrait à nouveau se regarder en face. Redevenir fière. Par instants, elle se surprenait même à espérer pouvoir retrouver la relation d'avant avec son mari. Resserrer le lien avec sa fille et apaiser l'hostilité de sa belle-mère.

Elle brûlait d'envie de tourner la page et d'écrire un nouveau chapitre.

Emeline traîna ainsi dans les rues avec ces pensées qui virevoltaient dans sa tête. Elle s'arrêta à un temple de quartier où elle versa solennellement sur ses mains de l'eau purificatrice. Elle avait besoin de se laver de ce passé, de se sentir neuve. Arrivée à la maison, elle fut accueillie par sa belle-mère avec froideur. Récemment, cette dernière affichait un air pincé lorsque sa belle-fille rentrait. Emeline s'était même demandé si elle pouvait se douter de quelque chose. De toute façon, maintenant que c'était terminé avec Akio, il n'y avait plus rien à craindre.

Ce soir-là, lorsque Seiji revint du pachinko, elle l'entraîna dans la chambre.

– Viens, on sort.

Seiji eut un tic nerveux, tant la proposition était saugrenue. Plusieurs semaines s'étaient écoulées depuis leur violente dispute, mais un revirement lui avait paru improbable.

– Où va-t-on ?

– Ne pose pas de questions, lui dit-elle en se rapprochant de lui sans équivoque, lui répondant par là même.

Seiji en était tout étonné. Emeline lui faisait du charme, ce qui n'était plus arrivé depuis très longtemps. Entre les bouleversements hormonaux, ses humeurs en dents de scie et l'ambiance délétère, les relations intimes entre eux s'étaient espacées, pour s'arrêter complètement. Emeline s'était apprêtée pour l'occasion, et maquillée. Comme en pèlerinage, elle l'entraîna au dernier étage du Prince Hotel, où elle lui avait annoncé qu'elle était enceinte. Pas de nouvelle de ce genre, cette fois-ci. Ils auraient voulu s'asseoir dans les mêmes canapés que précédemment, mais ils étaient occupés. Ils trouvèrent une autre place offrant une vue féerique sur la ville. La tour de Tokyo affichait son immuable manteau rouge, et le Rainbow Bridge s'immisçait dans leurs souvenirs. Leurs retrouvailles arrosées de cocktails étaient les prémices d'une suite plus piquante encore. Ils s'enfoncèrent dans la nuit sous le ciel d'encre où scintillaient quelques étoiles, pour s'engouffrer dans le premier love hotel venu. Devant les photos des chambres, Emeline s'esclaffa. Elles n'avaient d'égal que leur fantaisie.

– Tu choisis ! Peu importe laquelle, déclara-t-elle en se rapprochant de lui.

Ils étaient tous deux passablement éméchés et Seiji ferma les yeux en riant à son tour pour pointer au hasard leur sélection. Dans les tons orange et brun, avec des motifs asymétriques, elle semblait tout droit sortie des années soixante-dix. Ce qui en était le thème.

– Ça tombe bien ; on revient en arrière, non ? plaisanta Emeline.

Ils prirent la clé pour ce voyage dans le temps et renouèrent avec la fougue des balbutiements de leur rencontre. Emeline était indifférente au décor kitsch. Seules comptaient les caresses de Seiji, ce corps enfin retrouvé. Sous les néons colorés, Seiji lui aussi savourait l'ivresse du moment. Ils décidèrent de ne pas rentrer et restèrent jusqu'au matin.

Lorsqu'ils arrivèrent à la maison, madame Okada les accueillit d'un air sévère. Ses lèvres crispées se détendirent, mais uniquement pour les fustiger.

– Où étiez-vous donc passés ? Ça ne vous dérange pas de me laisser la petite sur les bras sans prévenir ?

Emeline et Seiji se tenaient là, comme deux enfants pris en faute. La réconciliation à laquelle Emeline aspirait semblait plutôt compromise. Pour couronner le tout, Anna se mit à hurler de toutes ses forces, ce qui conforta madame Okada dans ses remontrances.

– Voilà ce que ça donne, de l'abandonner la nuit. Mais quand est-ce que vous allez grandir ? les sermonna-t-elle. Ne sachant plus à qui s'en prendre, elle pointa même la chambre de Jiro, qui n'avait aucun rapport avec tout ça. Et celui-là qui végète ici. Décidément, dans cette famille, je ne suis pas vernie. Et toi, tais-toi ! poursuivit-elle à l'adresse d'Anna qui continuait à crier, avec une violence qu'Emeline ne lui avait jamais connue jusque-là.

Exaspérée, elle quitta la pièce comme une furie.

17

SI EMELINE avait pris des précautions après ses ébats avec Akio afin de ne plus le revoir, lui de son côté souhaitait lui parler une dernière fois. Il était conscient qu'il n'y avait pas d'espoir de relation amoureuse et était revenu à la réalité lorsqu'il s'était rendu compte qu'il aurait pu perdre sa femme. Mais il ne pouvait pas clore leur histoire sur une porte claquée dans la fureur, et avait besoin de lui dire adieu.

Après l'épisode du love hotel, Emeline, elle, s'était absentée quelque temps de son travail, prétextant qu'elle était malade. Elle avait dû ruser à la maison aussi. Puis elle avait demandé à Philippe de changer ses cours du soir pour des leçons le matin, afin de ne pas risquer de croiser Akio. Quelque peu irrité par la versatilité d'Emeline, il avait pourtant obtempéré. Elle avait alors précisé qu'il ne fallait jamais qu'il donne ses coordonnées à qui que ce soit, « surtout pas à un homme ». « C'est extrêmement important. Jamais ! », l'avait-elle imploré sur un ton qui empestait l'intrigue. Philippe s'était plié à sa demande pour la garder.

Le personnage était parfois bourru, mais elle devait lui reconnaître un côté conciliant. Bon gré mal gré, il finissait toujours par l'arranger.

* *
*

Ce dernier avait donné une consigne stricte de confidentialité à la réceptionniste. Mais invariablement, Akio se présentait à l'école pour tenter d'obtenir les coordonnées d'Emeline. Il était persévérant et la jeune femme, pour s'en débarrasser, lui avait déclaré qu'Emeline ne travaillait plus chez eux. Mais l'homme ne voulait pas abandonner et revenait, opiniâtre. La réceptionniste, hautaine et facilement dédaigneuse, s'était alors moquée de lui auprès de Philippe, avec des paroles méprisantes. Philippe n'avait pas supporté le ton employé et l'avait réprimandée sur-le-champ, sans discrétion et de telle façon qu'elle s'était sentie humiliée. Pour se venger, elle avait divulgué à cet inconnu les nouveaux horaires d'Emeline.

* *
*

Comme la première fois, Akio attendait l'arrivée d'Emeline devant la gare de Kichijoji.

Il était nerveux et espérait qu'elle ne s'enfuirait pas. Emeline sursauta. Elle eut tout d'abord un mouvement de recul, puis se reprit.

– Bonjour Emeline.

– Akio...

– Je ne sais pas par où commencer. Est-ce qu'on pourrait aller quelque part pour discuter tranquillement ?

Elle hésita. Elle avait pensé ne plus jamais le revoir, mais puisqu'il était là, c'était l'occasion de lui expliquer en face que leurs rencontres étaient terminées. Ils se dirigèrent vers le Sakura café, l'endroit *girly* où elle l'avait emmené la première fois.

Emeline n'imaginait pas qu'Akio la devancerait. Elle se préparait à lui faire part de son intention lorsqu'il lui dit sans hésiter :

– N'aie pas peur, Emeline, je ne suis pas venu pour que l'on continue à se voir.

Déconcertée, elle attendit la suite.

– Je ne voulais pas que tout se termine sur ce qui s'est passé au love hotel. J'ai bien compris que tu es retournée auprès de ton mari. Tu as raison. On a failli tout perdre ; moi aussi, je suis revenu auprès de ma femme. On ne se reverra plus, mais il faut que tu saches... je n'ai jamais voulu te mettre dans un état pareil, je regrette d'être allé trop loin. Sur le moment, je ne sais pas... je n'ai pas pu... je suis désolé. Je préfère que tu entendes les cigales chanter, plutôt que pleurer.

Elle afficha un sourire triste. Il se leva et se dirigea vers la sortie, puis revint sur ses pas, et, sans oser la regarder, lui dit doucement :

– Tu étais tellement belle dans ce kimono rouge.

18

– JE TE promets que je ne la reverrai plus.

Depuis qu'elle avait découvert la liaison de son mari, Megumi mettait plus de soin à son apparence. Sa maîtresse devait être une belle femme, pour qu'il prenne le risque de tout perdre, et sa fierté féminine ne l'autorisait pas à faire pâle figure à côté d'une amante de passage. Akio s'en était aperçu et petit à petit, il retrouvait des fragments de leurs jeunes années.

– Il faut que l'on parle à Kaori. Elle ne peut pas continuer ainsi. Pourquoi a-t-elle fait ça ? Elle ne manque pourtant de rien...

L'un comme l'autre avait du mal à comprendre la cupidité de leur fille, qu'ils estimaient être un simple attrait du luxe. Mais ils étaient désormais soudés pour tout reconstruire.

* *
*

– Kaori, ne te fâche pas, lui dit sa mère en posant sur la table le cahier qu'elle avait trouvé.

Akio et sa femme avaient annoncé à Kaori qu'ils voulaient lui parler sérieusement. Médusée, Kaori se leva pour quitter la pièce, mais son père lui bloqua la sortie. Le regard traqué, elle accepta à contrecœur de se rasseoir.

– Tu as fouillé dans mes affaires ! Tu n'avais pas le droit ! cria-t-elle.

Puis, honteuse, elle baissa la tête et se tut.

– Je me demande où est passée ma petite fille. Qu'est-ce qui t'est arrivé, Kaori ?

Reprenant de l'assurance, elle rétorqua :

– Ta petite fille ? Ça fait bien longtemps que vous ne vous souciez plus de moi. D'ailleurs, moi non plus je ne sais plus rien de vous. On vit chacun de notre côté, alors que veux-tu que je te raconte ?

– On aimerait comprendre...

– Je m'embête du matin au soir dans un job inintéressant. À part classer des papiers, faire deux, trois courriers, et servir du thé à ces messieurs, je ne fais rien. Je suis traitée comme si je ne valais rien. Est-ce que vous savez que je n'ai même pas mon bureau avec les autres ? Nous sommes quelques petites mains à être à part, derrière une vitre. On se croirait dans un aquarium !

Akio et Megumi étaient interdits. Ils découvraient leur fille.

– Et ma vie amoureuse... le désert. Il y a celles qui ont quelqu'un, celles qui ont des projets. Moi, je n'ai rien.

– À part la mauvaise influence de Mariko...

Cette parole lui avait échappé et Kaori se leva, furieuse. Elle allait s'en aller, mais sa mère se reprit.

– Pardon, ce n'est pas ce que je voulais dire, mais je ne te reconnais plus. Il n'y a donc plus rien qui t'intéresse, sinon t'acheter des vêtements et des sacs hors de prix ? Et pour ça, de...

Megumi ne trouvait pas ses mots.

– C'est bon, je sais ce que tu penses de moi, poursuivit Kaori.

– Non, ce que je voudrais comprendre, c'est... tu n'as pas d'ambition, de rêve, quelque chose qui te plairait ?

Kaori faillit lui retourner la question, puis elle se ravisa. Serrée dans un étau de culpabilité, elle avait pris les devants et s'était défendue avec véhémence pour ne pas être accablée. Elle s'apaisa enfin.

– Si, répondit-elle doucement. J'ai un rêve. Moi aussi, je voudrais dessiner des sacs. Associer les couleurs, les matériaux. Proposer de nouvelles formes, continua-t-elle, passionnée, oubliant l'amertume de la conversation qu'ils venaient d'avoir. Depuis longtemps, j'aimerais tellement pouvoir entrer dans une école de design, mais je sais que ça coûte...

C'était donc ça, son rêve. Megumi et son époux l'ignoraient. Ils le découvraient à l'instant. Ils échangèrent un regard entendu, puis Akio prit la parole.

– On va réfléchir à tout ça. Il y a des bourses d'études, on pourrait demander à mes parents un soutien... Laisse-moi trouver une solution, on va t'aider.

Ils proposèrent à Kaori de quitter son emploi où elle se sentait dénigrée. Elle passerait quelque temps chez ses grands-parents, à

Nagano, pour se ressourcer et profiter de la nature. Ils seraient heureux de l'accueillir.

Déterminé, Akio se promit de reprendre sa vie en main et de se battre pour sa famille.

19

L'ÉCART avec Akio semblait déjà loin derrière, et après leur nuit au love hotel, Emeline et Seiji avaient vécu une suite paisible, à tel point que le mal de ventre commençait à s'estomper, et les cauchemars du tremblement de terre à se faire rares. Mais, tel un loup qui rôde, sa belle-mère n'en finissait pas de se nourrir de maints reproches, pour tout, et bien souvent pour rien. Ces attaques eurent raison de l'euphorie d'Emeline, et les douleurs pointèrent à nouveau. Il était inutile de retourner chez le même médecin qui ne ferait que lui répéter que les investigations médicales n'avaient apporté aucune réponse. Elle fut cependant prise d'un doute sur l'origine de ces maux. Elle n'avait pas eu ses règles depuis sa nuit avec Seiji. Ne voulant pas lui faire de fausse joie, elle préféra être prudente et prit rendez-vous à son insu.

La salle de consultation était d'un blanc immaculé. Seules quelques photos de poupons joufflus accrochées au mur rompaient avec la monotonie de la pièce. Le gynécologue sortit le résultat des analyses de sang et annonça avec panache :

– Félicitations, chère madame. Vous allez agrandir la famille.

Emeline tressauta d'excitation.

– Nous allons faire une échographie pour voir tout ça, enchaîna-t-il avec un sourire.

Il la fit s'installer, et passa la sonde sur son ventre. À l'écran apparut un être en formation, et lorsque le son s'ajouta à l'image, les battements du petit cœur mirent les larmes aux yeux d'Emeline. Tout en continuant son auscultation, le médecin poursuivit :

– D'après la date de vos dernières règles et l'échographie, on en est à sept semaines.

L'excitation s'éteignit d'un seul coup, et elle se figea.

– Combien ?

– Sept semaines. Ce qui veut dire que la conception a eu lieu autour du...

Elle n'avait pas besoin de date exacte. Elle bredouilla.

– En êtes-vous sûr ? Parce que je suis tombée enceinte à une période du mois où ce n'était pas possible...

– Ah, madame. Vous n'êtes pas la première que j'entends dire ça. À Dame Nature, rien n'est impossible. Parfois, on peut ovuler plus tôt, parfois plus tard. Ce n'est pas une science exacte. Vous avez simplement eu de la chance ! poursuivit-il joyeux, ne remarquant pas le regard traqué d'Emeline.

De la chance...

Il avait suffi d'un faux pas, un seul, pour que tout tourne au cauchemar. Les espoirs de reconstruire une famille solide venaient de s'effondrer. Si ça faisait sept semaines, c'était le bébé d'Akio. La nouvelle n'était pas crédible ; un tel hasard ne pouvait être possible. Abasourdie, elle manqua de s'évanouir quand elle quitta l'établissement. Qu'allait-elle faire de tout ça ? Les échographies estimaient une date probable d'accouchement. En remontant dans le temps, le calcul serait vite fait. Seiji comprendrait alors que ce n'était pas le fruit de leur nuit torride. Pourtant, « ce n'est pas une science exacte », comme le docteur le lui avait rappelé. Il faudrait mentir à quelqu'un. Et Seiji n'avait pas de raison de douter d'elle. Elle n'allait jamais revoir Akio, ils s'étaient dit adieu et il ne connaîtrait jamais la vérité. Elle ne voulait plus de lui dans sa vie. À présent, les avertissements de Sarah l'exhortant à renoncer lui revenaient en tête. Elle aurait dû l'écouter. C'était trop tard maintenant. Complètement bouleversée par l'annonce de sa grossesse, c'est encore vers elle qu'elle se tourna. Tout comme Emeline, Sarah fut dans l'incrédulité la plus totale.

– Ce n'est pas possible, voyons ! On ne tombe pas enceinte comme ça, en une seule fois ! Il faudrait vraiment que tu aies une poisse inimaginable !

Tout en martelant haut et fort que les chances étaient proches de zéro, elle ne pouvait s'empêcher de penser, au fond d'elle, que la proximité du zéro n'annihile pas le risque d'une insupportable malédiction.

– Il est bien, ce gynécologue ? Je veux dire, tu crois qu'il est sûr de son affaire ? Ce n'est pas parce qu'il a mis Anna au monde qu'il ne peut pas se tromper. Tu devrais peut-être consulter quelqu'un d'autre...

Emeline avait été paralysée jusque-là, mais finit par réagir à la perspective d'un diagnostic contraire.

– Tu as raison. Je ne peux quand même pas accepter un diagnostic qui engage ma vie sans avoir de certitude. Il faut que je me renseigne ailleurs.

C'est par le bouche-à-oreille, Sarah s'étant impliquée dans les recherches, que l'on conseilla à Emeline un hôpital dit « international », où des médecins étrangers, principalement anglophones, pratiquaient. Emeline put obtenir un rendez-vous rapidement avec l'un d'eux.

– Ce sera plus facile ainsi, la conforta Sarah. Avec un Américain, tu pourras parler franchement, d'autant plus qu'il ne connaît pas Seiji.

La nuit, cependant, le tremblement de terre était revenu ; Emeline s'enfonçait dans le marécage. Elle continuait à crier et à tendre la main pour qu'on la sorte de là, mais personne ne l'entendait. Peut-être le gynécologue, lui, volerait-il à son secours.

20

C'ÉTAIT un grand établissement aux murs blancs et au design épuré. Emeline se présenta à la réception pour s'annoncer afin qu'on lui indique où se rendre. Elle était tellement anxieuse qu'elle était arrivée bien avant l'heure prévue. Elle prit l'ascenseur pour le deuxième étage, où elle rejoignit la salle d'attente des consultations gynécologiques. Des chaises vert pâle étaient installées, quelques magazines principalement en anglais traînaient sur une table basse et des photos en noir et blanc tapissaient les murs. On y voyait des mamans épanouies avec leur nourrisson lové dans leurs bras. Seule une patiente était présente, qui la salua avec entrain comme si elles se connaissaient depuis toujours. La jeune femme lui lança un « *Hi !* » très familier, suivi d'un sourire franc dévoilant de grandes dents blanches alignées à la perfection. Ses mimiques étaient extravagantes et théâtrales, mais cette exubérance même suscitait la sympathie, car l'on sentait que les codes de bienséance étaient le moindre de ses soucis. Dans un anglais à l'accent très appuyé, elle lui déversa des bribes de sa vie avec une logorrhée d'une telle cadence qu'en quelques minutes à peine, elle devait en avoir beaucoup raconté, sauf qu'Emeline n'avait rien écouté. Tout ce qu'elle voyait était la joie dans ses yeux qui semblaient ricaner de sa propre détresse. Le flot de paroles fut interrompu par le gynécologue qui apparut à la porte. Il l'appela et la jeune femme le suivit comme une gazelle. Emeline resta seule. Elle se mordillait les ongles puis pianotait d'une main dans la paume de l'autre, envieuse du bonheur que cette patiente affichait. Elle se sentait aux antipodes de cet état d'esprit là, et priait pour que le gynécologue lui annonce une erreur de calcul.

La porte s'ouvrit sur la jeune femme qui la salua avant de disparaître. C'était au tour d'Emeline.

– Madame Okada, asseyez-vous, lui proposa le médecin en lui désignant une chaise, dans un anglais plutôt standard, sur lequel elle ne buterait pas. Qu'est-ce qui vous amène ici ?

Emeline lui confessa que ce bébé n'était pas attendu, qu'elle doutait de la conception exacte et qu'elle souhaitait en avoir le cœur net. Le gynécologue devina le nœud du problème, d'autant plus qu'elle était venue sans homme, et que l'angoisse se lisait dans ses yeux. Il reprit précautionneusement tous les éléments. La date de ses dernières règles, la période d'ovulation et celle de fécondation. Ces éléments mis ensemble, le premier diagnostic se confirmait. Emeline continuait cependant à être dans l'incrédulité.

– Mais puisque la période d'ovulation peut varier, celle de conception aussi, n'est-ce pas ? Il peut y avoir une marge d'erreur ?

– Oui, bien sûr, il y a toujours une marge, mais là, nous avons un battement entre le premier rapport et le deuxième dont vous m'avez parlé. C'est donc bien le fruit du premier rapport. De toute façon, l'ordinateur va nous calculer une date d'accouchement, et par ricochet, on connaîtra celle de la conception. Pourriez-vous vous allonger, s'il vous plaît ?

À l'écran apparut une ébauche de petit être, et lorsque le gynécologue mit le son, Emeline se retrouva émue comme précédemment. Plus encore que l'image, les battements du cœur matérialisaient sa présence. Ses yeux piquaient douloureusement. Seiji n'était donc pas le père ?

– Je comprends que ce n'est peut-être pas la réponse que vous attendiez, mais je ne peux que confirmer.

Ayant guetté sa réaction, le médecin lui expliqua l'avortement. Légalement, elle devait avoir la signature de son mari, ou du moins du géniteur, sur un document officiel prévu à cet effet. Sans cela, la seule option était de se tourner vers la France. Afin d'être sûr que sa patiente mesure tous les enjeux de la procédure, il poursuivit avec des détails qu'elle n'entendait déjà plus. Je suis maudite, ce n'est pas possible, se répétait-elle. Les quelques millimètres de cet embryon qui commençait à prendre forme étaient devenus menaçants. Tout minuscule qu'il était, il était bien installé. Il allait falloir choisir.

* *
*

Bouleversée, elle se précipita chez Sarah qui l'attendait, impatiente de connaître le résultat de la consultation. Emeline, qui avait retenu ses larmes jusque-là, put enfin se libérer. Il n'y avait plus à la questionner. La réponse coulait en flots continus.

– Oh, non, Emeline, pas ça ! Qu'est-ce que tu vas faire ?

Puis toutes deux se turent. Entre deux sanglots, elle lui avoua :

– Je n'en sais rien. Absolument rien. Laisse-moi le temps d'encaisser la nouvelle.

Sarah la prit dans ses bras en silence. Il n'y avait rien à faire, sinon lui montrer son amitié. Qu'elle comprenne qu'elle pouvait s'appuyer sur elle. Qu'elle serait toujours là.

21

EMELINE avait passé des nuits blanches et retourné les options dans tous les sens. L'image d'Akio et de Seiji s'était peu à peu estompée, de même que celle du formulaire d'approbation qu'elle n'aurait pu obtenir ni de l'un ni de l'autre. N'était resté que ce petit cœur qui battait dans son corps et qui avait étouffé toutes les interrogations : au fond d'elle, elle ne voulait pas avorter. Elle se prépara pour son rendez-vous, et regarda son ventre.

– Ne t'inquiète pas, bébé, murmura-t-elle. Je t'aime déjà. C'est compliqué, mais on va s'en sortir.

Emeline pressa le pas en descendant du train. Indifférente aux passants qu'elle croisait, elle n'avait qu'une obsession, voir et entendre son bébé. Tout lui paraissait encore si abstrait qu'il fallait qu'elle s'en convainque. Elle retourna vers le gynécologue qui avait mis Anna au monde. Ce dernier ne se départait pas de sa bonne humeur. Chaque future naissance semblait être un trophée personnel. Tandis qu'Emeline se déshabillait, les poupons joufflus au mur lui souriaient. Emeline s'allongea sur la table d'auscultation alors qu'il allumait son écran. Elle ne sentait plus que le froid de la sonde échographique sur son ventre, et attendait avec impatience. Au moment où il mit le son et qu'elle entendit une nouvelle fois les battements cardiaques, sa détermination se confirma. Elle allait faire face.

* *
*

Arrivée à la maison, elle proposa à Seiji une balade après le dîner. Il se demanda si sa femme était d'humeur coquine pour un nouveau rendez-vous galant, mais voyant qu'Emeline n'était pas apprêtée pour une sortie en amoureux, il en conclut qu'elle désirait juste prendre un peu l'air. Elle suggéra d'aller dans un parc des environs, pour éviter les myriades de noctambules qui envahissaient la ville dès la nuit tombée. Ils s'installèrent sous un arbre majestueux, qui masquait la lune de ses branches. Emeline aurait voulu avoir un ton plus jovial, mais à l'idée de trahir Seiji, elle suffoquait de honte. Elle dut se concentrer pour ne pas flancher.

– J'ai une bonne nouvelle.

– Dis-moi vite, demanda-t-il enthousiaste.

– Tu es prêt ? ... On va avoir un autre enfant, lui répondit-elle, avec un sourire timide.

Seiji la prit dans ses bras de surprise, puis, remarquant sa retenue, s'inquiéta.

– Tu es heureuse, Emeline ? Tout va bien ?

– Bien sûr, mais je suis un peu anxieuse. Je préférerais que tu n'informes pas ta famille maintenant. Le gynécologue m'a dit qu'il vaut mieux être prudent.

– Promis, j'attends le troisième mois. Ça date de... notre nuit au love hotel ? Un bébé des années soixante-dix, plaisanta-t-il, en référence à la décoration de leur chambre ce soir-là. Qu'est-ce que ça peut bien donner ?

Elle dut faire un effort considérable pour simuler l'enjouement.

– Il va naître avec des pattes d'eph !

Seiji anticipait déjà.

– Il va falloir qu'on s'organise, poursuivit-il. À quatre dans une pièce, ça va être juste. Quoiqu'avec le bébé au milieu de nous deux, on aurait la place de caser un petit lit pour Anna à côté...

– On a le temps, Seiji, ne t'inquiète pas.

– Tu crois que ce sera un garçon ou une fille ?

Seiji était excité comme un gamin à l'approche de Noël. Emeline, elle, avait compris qu'elle ne se le pardonnerait pas. Et qu'on ne lui pardonnerait rien.

Elle n'osait pas se projeter dans l'avenir.

22

SEIJI eut du mal à tenir sa langue.

– Emeline, je n'ai pas pu m'empêcher de le dire... désolé.

Elle le réprimanda doucement :

– Tu m'avais promis... Et comment ont-ils réagi ?

– Tu connais mon père et mon frère. Heureux, mais pas très bavards !

– Et ta mère ?

– Un peu bizarre. Je pensais qu'elle allait sauter de joie, mais elle a fait une drôle de tête...

– Elle devait être surprise ! Elle ne s'attendait pas à un deuxième si tôt.

– Elle avait l'air inquiète. Elle m'a demandé à quel mois tu en étais. Elle doit avoir peur d'une fausse couche.

– Et as-tu pu la rassurer ? s'enquit Emeline, troublée par la tournure de la conversation.

– J'espère. Je lui ai dit que la grossesse se passait bien.

Mais l'interrogation de sa belle-mère la perturba. Elle n'eut pas le temps d'y réfléchir plus longuement. En fin de journée, cette dernière l'appela.

– Emeline, puisque vous n'avez pas de cours, si nous prenions un thé, lui proposa-t-elle, sur un ton doucereux.

Puisque Emeline était dans la maison et n'avait rien de particulier à faire, il était délicat de refuser, d'autant plus qu'elle était intriguée. Elle acquiesça et s'installa à la cuisine.

Sa belle-mère lui servit du thé en tremblant. Puis posa des photos sur la table. Sa main continuait à trembler. De colère. Seul cet égarement la trahissait ; pour le reste, elle affichait les apparences d'un calme olympien. Emeline blêmit. Sur la première, elle entrait dans un love hotel, aux côtés d'Akio. Puis madame Okada aligna les autres photos une à une, en éventail, comme dans une partie de cartes ; ils sortaient d'un café, ils se promenaient. Mais Emeline n'avait pas de joker. La partie était perdue et elle attendait la sentence.

Les mains encore flageolantes, mais la voix toujours maîtrisée, sa belle-mère la toisa. Les dernières traces d'humanité venaient de se disloquer, de s'éteindre dans ses yeux. Ne restaient que deux billes implacables qui la fixaient avec mépris. Le venin coula de sa bouche ; elle bavait sa verve assassine.

Effrayée, Emeline détourna le regard.

– De qui est ce bébé ?

– Comment ça ?

– Qui est le père ?

– Mais Seiji, bien sûr !

Elle n'avait d'autre option que le mensonge.

– Vous en êtes sûre ? insista-t-elle avec malice. Et Seiji, vous pensez qu'il vous croira ? ajouta-t-elle en pointant les clichés, mais à cet instant, le glissement de la porte coulissante se fit entendre et elle s'arrêta net. On en reparlera, murmura-t-elle en les reprenant brusquement. Jiro venait de rentrer.

Emeline se figea. Akio et elle avaient été suivis. Cette fois, l'étau se resserrait et il n'y avait pas d'échappatoire.

* *
*

– Écoutez, je ne vais pas y aller par quatre chemins.

Emeline était recroquevillée sur sa chaise, les yeux baissés. Sa belle-mère tenait le couteau par le manche.

– Il n'y a pas trente-six solutions. J'ai bien réfléchi, poursuivit-elle avec confiance, comme s'il s'agissait de sa propre vie. Ce qu'il y a de mieux à faire, c'est que vous disparaissiez.

– Qu'est-ce que vous racontez ?

– Ne jouez pas les saintes-nitouches, Emeline. Cet enfant n'est pas de Seiji.

Cette fois, ce n'était plus la peine de prétendre. Avec ses photos, elle tenait dans ses mains une semi-preuve. Si elle en parlait à Seiji, il ne lui resterait plus qu'à faire un rapide calcul, ou se fier aux échographies qui la trahiraient. Les pensées d'Emeline s'entrechoquaient dans son cerveau à une vitesse terrifiante, mais aucune n'émergeait concrètement.

– Quittez le pays. Disparaissez, et rentrez chez vous faire naître ce bâtard.

Son mépris avait atteint des sommets.

– Mais vous êtes complètement folle ! Et Anna ! J'ai une fille, jamais je ne l'abandonnerai ! hurla-t-elle.

Indifférente à la détresse d'Emeline, sa belle-mère enchaîna, avec plus de cruauté encore.

– Il est bien temps de vous soucier d'Anna maintenant. Il fallait y penser avant. Nous n'accueillerons pas d'enfant bâtard sous notre toit. Est-ce que c'est bien clair ?

Emeline se mit à sangloter. Madame Okada reprit, plus calme.

– Écoutez. Je vous demande d'y réfléchir à tête reposée. D'une façon ou d'une autre, vous quitterez cette famille. Mieux vaut que vous disparaissiez sans faire d'histoires. Je m'occuperai d'organiser ça avec Seiji. Nous financerons votre retour. Anna est entre de bonnes mains avec moi.

Elle n'avait même pas dit « nous ». Anna serait entre *ses* mains, elle tirerait les ficelles à elle seule. Emeline n'en croyait pas ses oreilles. Sa belle-mère était en train de marchander leurs vies. Elle-même n'était guère plus qu'un élément dont il fallait se débarrasser. Emeline retrouva sa détermination à la pensée de sa fille dont on voulait la séparer, et tenta encore une fois d'attirer l'empathie de sa belle-mère.

– Vous êtes maman vous-même. Vous comprenez bien que c'est la pire chose qui puisse m'arriver, qu'on me prive de ma fille.

Mais elle restait imperméable à toute supplique. L'implacabilité dépassait l'imagination.

– Je crois que vous ne saisissez pas les enjeux, Emeline. Il est trop tard pour brandir l'étendard de l'amour maternel. D'une façon ou d'une autre, vous avez perdu Anna. Seiji saura que l'enfant n'est pas de lui. Si vous partez, vous pouvez recommencer à zéro chez vous. Mais si vous vous entêtez, vous n'aurez qu'une vie de misère ici. Seiji demandera le divorce, et au regard de la loi japonaise, vous n'aurez pas gain de cause.

– Vous êtes maman vous-même, répéta-t-elle en désespoir de cause. Laissez-moi emmener mes deux enfants. Nous recommencerons ailleurs. Mes parents et ma sœur m'aideront.

– Mais enfin, de quoi parlez-vous ? Je vous rappelle qu'Anna est aussi la fille de Seiji. Elle mérite un entourage stable et une bonne éducation. Et vous ne pouvez pas les lui offrir... Bref, réfléchissez. Que vous partiez du Japon ou non, vous aurez quitté cette maison après l'accouchement. Je veux bien vous abriter jusque-là, mais pas plus. Et pour le reste, ce n'est pas à moi de décider. Mais la loi nous donnera raison. Vous n'aurez pas la garde d'Anna.

Emeline était à bout de forces. À bout d'arguments aussi. Elle monta dans sa chambre, et se cacha sous son édredon. Elle sanglota sans discontinuer jusqu'à ce qu'elle finisse par s'endormir d'épuisement.

23

– COMMENT as-tu pu me faire ça ? Et vouloir me faire croire que j'étais le père, en plus !

Il criait de toutes ses forces. Il lui avait proposé d'aller se promener, pour qu'Anna ne soit pas à nouveau traumatisée par leurs disputes. Ils étaient au beau milieu d'un parc, quasi désert à cette heure-là. Seiji répétait la phrase en boucle, sans attendre de réponse. Une fois sa colère bruyamment évacuée, le ton de sa voix baissa. Ils s'assirent près d'un cerisier.

– J'ai toujours su que c'était difficile pour toi, Emeline. Mais j'ai essayé de t'aider. On avait une famille. Regarde ce que tu as fait de nous.

À l'amertume de Seiji se mêlait une infinie tristesse, qu'elle ressentait également. Même si, sous l'effet de la colère, il l'accusait comme si elle avait tous les torts, il savait comme elle qu'ils avaient atteint un point de non-retour, où l'on ne peut que constater l'épilogue d'un mécanisme engrangé dès le départ, où chacun détient une part de responsabilité, une part de bonne volonté aussi. Il n'était plus temps de faire les comptes, mais de ramasser les morceaux et d'essayer d'en faire quelque chose, ailleurs.

Emeline avait porté le coup de canif final, et c'est pourquoi Seiji déversait sa déception. Mais elle sentait la patte dangereuse de sa belle-mère.

– Je suis désolé, Emeline, mais je vais demander le divorce. Tu vas devoir partir. On ne peut pas te garder avec ton gosse, lança-t-il.

– Et Anna ?

– Ce n'est pas moi qui jugerai. Mais nous avons toutes les cartes en main pour avoir sa garde.

– Seiji, je ne te reconnais plus, dit-elle, vidée.

– Moi non plus, Emeline, je ne sais plus qui tu es. Je ne peux pas accepter l'enfant d'un autre. Je n'aurai plus jamais confiance en toi. Ma mère m'a dit que tu t'entêtes à vouloir rester pour Anna. Le jugement sera en notre faveur, je n'en ai aucun doute. Nous n'en sommes plus aux sentiments. Tu aimerais qu'elle soit auprès de toi, mais elle est ma fille aussi. Pense à son avenir. Tu n'arriverais pas à t'en sortir, seule ici.

Ravalant un soupçon d'empathie, il poursuivit :

– J'ai demandé à Jiro qu'il se trouve un logement provisoire jusqu'à l'accouchement. Il me cédera sa chambre. Tu peux dormir avec Anna. Organise-toi pour la suite.

Il se leva et partit. Emeline resta là, assise, à décortiquer chaque mot de leur conversation. Il s'était rangé du côté de sa mère. D'ailleurs, qu'aurait eu Emeline à lui proposer ? L'enfant d'un autre ? Tout ce qu'elle aurait souhaité, c'est qu'il la laisse reprendre Anna.

Elle s'arrêta en chemin dans un bar, où elle commanda une limonade. Quelques employés de bureau chantaient au karaoké de leur voix discordante. Pathétique, seule avec son ventre où battait la vie, elle ne pouvait même pas boire pour oublier. Elle n'avait pas la force d'aller jusque chez Sarah. Elle finit par rentrer. Elle vit depuis l'entrée que la famille était devant la télévision, sans Seiji. Il avait traîné, lui aussi. Ils l'ignorèrent délibérément, sauf Jiro qui tourna brièvement la tête de son côté. Cette hostilité était pesante.

Jiro n'avait pas encore trouvé de logement, et en attendant, Emeline et Seiji devraient continuer à partager le même lit. Elle monta à l'étage, mit sa chemise de nuit et regarda son profil dans le miroir pour voir si son ventre poussait, puis se brossa les dents en observant son visage. Elle avait mauvaise mine. Cette grossesse était plus pénible que celle d'Anna. Elle vomissait beaucoup, elle était extrêmement fatiguée, et les menaces de sa belle-mère avaient porté le coup de grâce. Maintenant que Seiji savait lui aussi, les cernes noirs n'allaient aller qu'en s'amplifiant.

Ce dernier finit par rentrer. Lorsqu'elle entendit ses pas dans l'escalier, elle fit semblant de dormir. Il se prépara rapidement, puis, une fois la lumière éteinte, elle put enfin rouvrir les yeux. Ils s'habituèrent peu à peu à l'obscurité ; Emeline resta longtemps ainsi à fixer le plafond. Il n'y avait ni pieuvre ni décor rocambolesque. Juste un grand pan blanc.

24

LES MENACES avaient été mises à exécution. Ce n'était que la suite logique et implacable de l'histoire. Encouragé par sa mère, Seiji avait demandé le divorce. Emeline s'était tournée vers Sarah pour du soutien. Elle ne voyait pas d'autre issue pour leur couple, mais voulait se battre pour garder Anna. Les deux femmes avaient fait front commun pour collecter un maximum d'informations relatives aux lois japonaises en matière de divorce et de garde parentale. Elles s'étaient rendues dans des bibliothèques, mais la spécificité du langage juridique était difficile à comprendre. C'est auprès des ambassades qu'elles avaient pu obtenir des clarifications. Emeline avait aussi contacté un avocat anglophone spécialisé dans ce domaine, notamment pour les couples mixtes, à qui elle avait laissé une bonne partie de son salaire, et avait à présent une idée plus précise de ce qu'elle pouvait espérer : rien, ou presque.

Assises dans la cuisine, chez Sarah, elles faisaient le bilan de leurs recherches qui les plongeaient dans une consternation totale. Sarah d'habitude si optimiste, qui aimait répéter à qui mieux mieux qu'à chaque problème, sa solution, n'osait pas se prononcer, cette fois.

– J'ignorais que la garde partagée n'existe pas au Japon. Et surtout, que le parent qui n'obtient rien ne revoit plus son enfant, dans la majorité des cas.

– Je n'arrive pas à comprendre comment une loi peut séparer ainsi un parent de la chair de sa chair. Ça dépasse mon entendement, murmura Emeline, attristée.

– Qu'est-ce qu'il faudrait faire ? On doit être pragmatique. Étudier toutes les options.

– Je pourrais m'opposer au divorce. Mais dans ce cas, ça remontera au tribunal. Ils auront la carte de l'infidélité à brandir.

– Pas tout à fait. Ton avocat t'a dit qu'il faut que l'adultère ait eu lieu au moins deux fois pour être déclaré comme tel. Vous n'êtes allés au love hotel qu'une seule fois.

– ... Mais il a aussi relevé qu'il s'agissait d'un cas spécial, car il a entraîné une grossesse. Et qu'au vu de cette particularité, ça risquait de ne pas passer. Sans compter que ma belle-mère a d'autres photos. Même s'il n'y a pas eu de deuxième fois, elle a suffisamment de clichés nous montrant ensemble. Ils auront vite fait d'arguer que c'était une liaison en continu.

Des larmes se mirent à couler sur les joues d'Emeline. Sarah l'encercla de ses bras et lui demanda doucement :

– Veux-tu qu'on reprenne plus tard ?

– Non, répondit-elle en sanglotant. Il va bien falloir que je me positionne.

Sarah lui fit un thé et sortit de la glace au sésame noir.

– Je sais que tu l'adores.

C'était tout ce qu'elle pouvait lui offrir comme consolation, outre sa présence. Qui était plus précieuse que tout.

– C'est toi que j'adore. Je ne sais pas ce que je ferais sans toi.

Telle une professionnelle du barreau, Sarah remit ses lunettes pour lire ses notes.

– Ce serait dangereux de s'opposer. On risque de tout perdre. Je suis désolée de te dire ça, mais tu le comprends... on n'est pas dans une bonne situation. Il va falloir choisir la voie où tu laisses le moins de plumes.

– Tu veux dire que je suis les conseils de mon avocat et je ne m'oppose pas... ?

– Oui, c'est probablement le plus prudent. Si tu t'opposes au divorce, l'infidélité entre en ligne de compte. En revanche, si tu ne le fais pas, l'adultère n'est en principe pas directement pertinent pour la détermination de la garde. Ce n'est pas ce critère qui tranchera la question.

Certes, mais elle était quand même enceinte.

– Au vu des aspects qui pèseront dans la balance, mes chances sont proches de zéro, c'est ça ?

Sarah faisait semblant de relire ses notes, pour éviter une réponse dévastatrice. Elle finit par la prendre dans ses bras, et lui murmura à l'oreille :

– Je suis désolée, Emeline. Je serai là pour toi.

Sans surprise, la garde exclusive d'Anna fut attribuée à Seiji. Tous les arguments considérés étaient en sa faveur. En demeurant chez son père et ses grands-parents, le milieu de vie de l'enfant n'en serait pas chamboulé et cette stabilité contribuerait à son bien-être et à son équilibre ; l'autre élément majeur était la situation financière. Seiji et sa famille avaient une maison, un magasin dont le chiffre d'affaires permettait le confort matériel, ils n'auraient aucune difficulté à garantir à Anna un avenir et une assise émotionnelle. Face au clan, Emeline n'était plus qu'une femme bientôt divorcée et enceinte, sans travail suffisamment consistant pour subvenir aux besoins de trois personnes, sans logement, adultérine et étrangère.

Il ne restait plus que la question du droit de visite à trancher. Emeline savait que bien des parents ne l'obtenaient pas du tout, mais c'était généralement dans la situation inverse, lorsqu'il s'agissait d'un homme. Emeline gardait l'infime espoir que dans une société où la mère est la figure de référence, on lui accorderait ce droit. Son avocat lui avait raconté le cas d'étrangers à qui l'on n'avait concédé que quelques heures par mois. S'il fallait se battre, même pour quelques heures, elle le ferait. Mais sur ce point aussi, Seiji et sa mère firent valoir leurs avantages. Si la petite était retirée de son environnement pour passer quelques heures avec « une dame » qui lui parlerait français et lui présenterait une demi-sœur ou un demi-frère, son équilibre psychologique en serait lourdement menacé. Leurs arguments firent mouche. Elle eut l'interdiction de l'approcher.

À aucun moment, il ne fut question d'amour.

Elle perdit tout. Emeline Okada n'était plus. On lui arrachait sa fille. Son cœur de maman saignait.

25

EMELINE passa la majeure partie du reste de sa grossesse à dormir. Pas seulement parce qu'elle était épuisée et déprimée, mais aussi parce que l'ambiance était tellement lourde qu'elle craignait de se retrouver en présence d'un membre de la famille. Elle profitait de ses derniers instants avec Anna, en sortant avec elle dans le quartier, mais un voile permanent couvrait leurs câlins. Il était inconcevable de ne plus pouvoir la tenir dans ses bras, alors elle la serrait fort, fort à l'étouffer, si bien que la petite, parfois, protestait.

Avec ses maigres économies, Emeline avait acheté quelques vêtements pour sa fille. Certains pour l'immédiat, mais également des robes pour l'anniversaire des deux, trois et quatre ans. Tels des cailloux qu'on sème. Un doudou aussi, un éléphant vert tilleul. Ce serait la trace qu'elle laisserait.

Dans les méandres de cette désintégration, Sarah était son unique soutien. Elle percevait la détresse d'Emeline et avait peur qu'elle ne fasse une dépression. Elle tentait parfois l'humour pour alléger son fardeau.

– Comme si ça ne te suffisait pas de bientôt squatter mon château, maintenant, tu me prends pour ton conjoint !

Sarah et Emeline venaient de pousser la porte du gynécologue. Pour l'échographie précédente, elle s'était rendue seule à la consultation et avait brièvement expliqué que le papa ne serait pas présent à l'accouchement. Il n'avait pas posé de questions. Cette fois, elle allait pouvoir connaître le sexe du bébé, et elle voulait partager cet instant magique.

– Ah, madame… Pas d'erreur ! Vous voyez ça ?

D'une échographie à l'autre, le petit corps se dessinait plus nettement, et là, en effet, le doute n'était plus permis.

– Un garçon ! cria-t-elle de joie.

– Emeline, génial, un p'tit mec ! renchérit Sarah.

Dès lors, Emeline avait redoublé d'intérêt pour les boutiques. Lorsqu'elle s'arrêtait aux vêtements, elle guignait à présent les habits de nouveau-nés. Mais elle avait déjà suffisamment dépensé pour Anna, et n'avait pas les moyens de faire plus de folies. Cependant, traîner dans ces rayons l'aidait à se projeter. La situation s'était retournée en si peu de temps qu'elle avait encore du mal à anticiper la suite. Plonger dans ces rêveries aigres-douces la préparait.

* *
*

Jiro s'était provisoirement retiré dans une résidence à la semaine pour céder sa chambre à Seiji, qui s'y était installé. Il prenait des précautions afin de ne pas la croiser. Elle était comme en prison ; madame Okada lui préparait son repas sur un plateau qu'elle lui apportait. Il vaut mieux éviter les situations embarrassantes, lui avait-elle dit pour la dissuader de rejoindre la table familiale. Elle n'en aurait pas eu envie de toute façon. La confrontation pour la garde d'Anna avait été trop violente. Elle ne faisait que passer sans s'attarder dans les pièces communes.

Elle vécut le reste de sa grossesse dans le même isolement. Lorsqu'elle perdit les eaux, elle sentit son corps se déchirer. Ce n'était pas seulement la poche qui s'était rompue, l'ensemble de sa personne venait de se briser en deux. Il y avait Anna, là, innocente, ignorante de cet adieu ; et son petit garçon prêt pour la rencontre. Un départ et une arrivée.

Emeline serra si fort Anna dans ses bras qu'elle manqua de l'étouffer. Une chape d'une tristesse infinie s'était abattue sur elle, et les larmes coulaient sans discontinuer.

« N'oublie jamais que je t'aime plus que tout », lui murmura-t-elle.

Seiji lui appela un taxi pour la maternité. Il engouffra dans le coffre ses bagages. Comme le jour où il était venu la chercher pour emménager dans la demeure familiale, ils étaient bien légers. Quelques babioles en plus, c'était tout. Sa vie tenait dans deux valises.

26

LE LOGEMENT était modeste. Une petite chambre où Emeline dormirait avec Noé, et le reste de l'appartement qu'il faudrait partager. Si Sarah ne lui avait pas proposé d'emménager dans cette pièce que son colocataire avait quittée, elle n'aurait eu nulle part où aller. Et, si elle lui était d'une reconnaissance infinie pour cet accueil, elle était cependant mal à l'aise de devoir leur imposer un nourrisson qui les réveillerait la nuit par ses pleurs.

– Emeline, ta situation est déjà assez difficile comme ça, sans que tu te rajoutes du stress. On va se débrouiller.

Sarah lui témoignait un soutien indéfectible. Elle était celle vers qui elle s'était tournée dans les petits soucis ou les grands chaos de sa vie nippone. Emeline remerciait Sarah d'avoir toujours été présente, ce à quoi elle répondait, pragmatique :

– Si j'étais partie au moindre obstacle, je n'aurais pas été une amie, non ?

L'accouchement s'était déroulé sans accroc, et sans césarienne, cette fois. Ce qui avait permis à Emeline de récupérer plus vite. Elle emménageait à présent chez Sarah avec sa « crapouille de bonhomme », comme elle appelait ce petit bébé dont on lui avait dit qu'il n'y avait pas à s'inquiéter. « Madame, c'est un poupon solide ! »

Emeline posa ses affaires dans sa minuscule chambre, et plia méthodiquement les vêtements pour les ranger dans le placard. Elle n'avait que peu de tenues pour Noé, et comptait sur de la seconde main pour suivre le rythme de ce corps fluet qui allait vite grandir ces prochains mois. Noé dormirait à côté d'elle dans le futon, et elle utiliserait la table de la cuisine pour lui changer ses couches. Elle l'allaitait, mais elle avait emporté un chauffe-biberon qui servirait lorsqu'elle s'absenterait et qu'il devrait être nourri au lait en poudre.

Emeline s'inquiétait à présent de la façon de subvenir à leurs besoins matériels. Elle continuait à enseigner, et avait demandé à Philippe de lui donner plus d'heures de cours. Il avait fait de son mieux et avait ajouté quelques leçons hebdomadaires. Mais ce n'était pas suffisant face aux dépenses.

Assise à la table de la cuisine, Emeline avait ouvert le *Japan Times* et épluchait les annonces.

– Je pourrais enseigner l'anglais aussi, si ce sont des débutants.

– À ta place, je miserais sur le français. Il y a tellement d'Américains et d'Australiens qu'ils préféreront quelqu'un de langue maternelle. De toute façon, ça revient à peu près au même pour le salaire.

Et en effet, que ce soit l'une ou l'autre langue, la rémunération était problématique. Si celle de l'École de Paris n'était déjà pas mirobolante, ce n'était rien en comparaison des grandes chaînes qui payaient au lance-pierre. Mais faute de mieux, Emeline se résolut à se présenter dans l'une de ces écoles dont l'enseigne accroche le regard à la sortie des principales gares de Tokyo. Elle fut engagée facilement, pour un salaire indécent. Mais elle n'avait pas l'option de faire la fine bouche. Il s'agissait d'assurer le quotidien de son fils.

Il fallait cependant trouver une solution de garde pour Noé. Comme toujours, Sarah lui répéta avec entrain « qu'elles allaient bien se débrouiller ». Elle lui dit qu'elle s'occuperait de Noé quand elle était disponible. Sarah avait terminé ses études, mais déclarait vouloir prendre son temps « avant de commencer une carrière ». En attendant, elle vivotait, en alignant des petits boulots peu payés, mais dont elle pouvait facilement se libérer et qui lui suffisaient pour la vie qu'elle menait. Elle clamait qu'elle refusait d'être prisonnière d'un emploi. Pas encore, ajoutait-elle.

– J'ai trouvé une solution, annonça-t-elle un soir triomphalement.

Elle s'était tournée du côté d'étudiants universitaires qui cherchaient à se faire un peu d'argent de poche.

– Une perle pour garder Noé. Elle est en dernière année, sérieuse, avec une sœur de dix ans sa cadette, dont elle s'est souvent occupée. Ah, tu peux être fière de moi ! rigola-t-elle.

Emeline était touchée.

– Sarah... Je ne sais pas comment te remercier...

Par pudeur, Sarah cacha ses émotions. Elle fit diversion et lui répondit simplement :

– J'ai une idée, dis à ton p'tit gars qu'il garde ses pleurs pour l'étudiante, mais qu'avec moi, il doit être sage comme une image !

27

COMME Emeline l'avait craint, la tolérance envers cette nouvelle situation ne s'était pas étendue aux colocataires, qui pestaient tous deux de cette intrusion dans leur tranquillité. Les pleurs de Noé, l'odeur des couches sales, les boîtes de lait en poudre, le chauffe-biberon qui occupait trop de place, ils se sentaient envahis et ne manquaient pas de le faire savoir. Mais Sarah, imperturbable, s'en tenait à sa devise selon laquelle on trouverait bien une solution. Finalement, puisqu'elle était signataire du bail et lassée de leurs plaintes, elle prit les devants et leur demanda sans trop de diplomatie d'aller se chercher un autre logement.

– Mais Sarah, comment est-ce qu'on va faire ? Ça va nous doubler le prix du loyer. Je ne gagne pas beaucoup.

Incorrigible optimiste, Sarah relativisa.

– Ne t'inquiète pas trop, je vais faire des heures sup. Tu penses bien que dans les petits jobs, ce ne sont pas les places qui manquent. Je mettrai le poing dans la poche ! On va s'en sortir.

Si Emeline acquiesça, lui demander de ne pas s'angoisser était bien au-dessus de ses forces. Elle utilisait son argent avec parcimonie, mais même ainsi, elle peinait à joindre les deux bouts. Elle n'arriverait pas à honorer le loyer si elle ne trouvait pas rapidement un complément financier. Elle continua à chercher un poste d'enseignement avec une meilleure rémunération, mais les écoles étaient solidaires pour tirer les salaires vers le bas. La langue française était à peu près tout ce qu'elle pouvait faire valoir, n'étant pas spécialisée dans un domaine particulier. Le soir, lorsque Noé, repu, était tranquillement auprès d'elle dans le futon, elle considérait les options pour gagner plus.

*   *
*

Le quartier de Sarah, celui des ambassades et repaire des expatriés, était très animé. Parfois, le bruit extérieur pénétrait jusque dans la chambre, ce qui l'empêchait de trouver le calme. Les maisons étaient presque collées les unes aux autres, et devant sa fenêtre passait l'escalier de l'immeuble d'à côté. La vitre translucide lui permettait de garder son intimité, mais les rires des fêtards qui rentraient se coucher l'incommodaient. Ce soir-là, il était encore tôt et comme à son habitude, Emeline spéculait sur les moyens d'améliorer sa situation financière. Noé était paisiblement endormi, et elle était déjà allongée, en pyjama, mais le brouhaha de la ville s'intensifiant, elle décida qu'il était préférable de s'y mêler plutôt que de le subir entre quatre murs.

Elle passa la tête dans l'entrebâillement de la porte et aperçut de la lumière dans la chambre de Sarah. Elle l'appela doucement :

– Sarah, tu es réveillée ?

– Bien sûr ! Tu as vu l'heure ? Je ne vais quand même pas me coucher avec Noé !

– Peux-tu me rendre un service ? J'aimerais aller me promener un peu. Ça ne te dérangerait pas de me garder Noé ? Il dort bien, mais s'il a faim, tu peux lui donner du lait en poudre.

– C'est entendu. Profite de ta soirée.

* *
*

Emeline s'habilla et sortit dans le quartier. Il y avait pléthore de bars, et elle n'eut que l'embarras du choix. Elle se délectait de l'animation pour s'extirper de ses soucis. Elle entra au Juniso, où la majorité était des Occidentaux ; la plupart d'entre eux devaient être des expatriés, employés d'ambassades environnantes, ou cadres dans des multinationales. Le prix des boissons s'alignait sur le train de vie des clients, et Emeline ne put se permettre qu'un seul cocktail. Le dernier remontait à l'époque du Prince Hotel avec Seiji ; elle n'était pas ressortie en soirée depuis. Elle commanda un mojito et s'installa dans un confortable fauteuil. La lumière était tamisée, et l'on entendait des bribes de conversations en anglais de toutes parts, couverts par de la musique jazzy. Emeline se sentait bien, et ferma les yeux. Elle n'avait plus bu d'alcool depuis longtemps, mais après tout ce qu'elle avait vécu, cette parenthèse était plus que bienvenue. Au jazz succéda un air pop, sur lequel elle aurait eu envie de danser. Mais il n'y avait pas de piste. Elle se contenta de taper le rythme sur son verre presque vide, et observa la salle. Il y avait très peu de Japonais, mais un couple mixte au bar attira son attention. L'homme était Japonais, et la femme occidentale. Il avait l'air d'avoir la quarantaine, complet classique, bleu marine, et une cravate qu'il avait défaite. Juchée sur un tabouret en face de lui, la femme, beaucoup plus jeune, portait une jupe qui dévoilait ses longues jambes, jusqu'à mi-cuisses. Ils étaient mal assortis et elle prenait des poses provocantes en lui envoyant des regards enjoliveurs, tandis qu'il essayait de se rapprocher. Mais tout à coup, il lui effleura la main et elle eut un subtil mouvement de recul. Elle se retira avec un sourire entendu, et sembla négocier quelque chose. Il insistait et elle faisait non de la tête. Finalement, à l'issue d'une ultime proposition, elle s'arrêta pour réfléchir, descendit langoureusement de son tabouret et l'entraîna à l'extérieur en soignant sa démarche du haut de ses talons aiguilles. Un éclair passa devant les yeux d'Emeline. Elle venait de se remémorer la conversation qu'elle avait eue avec Akio, lorsqu'il lui avait parlé de sa fille que son épouse soupçonnait de vendre ses petites culottes et de monnayer sa personne. Ce marchandage des corps était un secret de polichinelle. Outre les cabines téléphoniques où les jeunes filles ne se cachaient pas en placardant ostensiblement des autocollants avec leurs coordonnées, il était presque de notoriété publique que certains endroits de la ville étaient des points de rencontre, et qu'il existait des filières dans les bars. L'Occidentale était entrée dans l'engrenage.

Emeline rentra à la maison, pensive. Elle remercia Sarah de s'être occupée de Noé, puis se glissa dans son futon. Elle avait envie d'embrasser jusqu'au matin ce petit corps si paisible, si fragile. Elle voulait lui donner ce qu'il y avait de mieux.

28

– OÙ vas-tu encore, avec cette jupe trop courte ? Tu as rencontré quelqu'un ?

Emeline avait demandé à Sarah de lui garder Noé pour la soirée, une fois de plus. Ça faisait maintenant quelque temps qu'elle sortait régulièrement. Elle s'était même mise à porter des talons, ce qui n'était pas dans ses habitudes. Elle retournait dans le bar où elle avait observé le couple dépareillé. Emeline ne mentionnait plus ses soucis d'argent et pourtant, Sarah la voyait maigrir. Elle avait mauvaise mine et quelque chose la tracassait. Parfois, elle s'engouffrait précipitamment dans les toilettes, et Sarah l'entendait vomir. Lorsqu'elle demandait à Emeline ce qu'elle avait, cette dernière restait très vague. Mais Sarah avait l'impression de la perdre. Elle ne pouvait plus attendre qu'Emeline veuille bien lui parler, et elle la brusqua pour provoquer les confidences.

– Je commence à en avoir assez, Emeline. Je ne vais pas te garder indéfiniment Noé le soir pendant que tu sors sans que je sache ce que tu fais ! J'ai toujours été là pour toi et je le serai encore, mais tu dois jouer franc jeu avec moi.

Emeline avait la tête baissée.

– Sarah, je suis honteuse...

– Tu sais que tu peux me parler. Allez, raconte.

Emeline mit du temps à se décider. Sarah se leva pour leur faire un thé, puis sortit des biscuits à la cannelle dont les expatriés américains raffolaient, qu'elle achetait dans une boutique du coin.

– Vas-y, sers-toi. Les meilleurs de Tokyo. Et raconte.

Emeline ébaucha une mimique contrite. Elle avait peur de perdre l'amitié de Sarah. Elle était tout ce qui lui restait lorsque le sol se dérobait.

– Il y a longtemps, Akio m'avait parlé de sa fille. Elle s'achetait des produits de luxe et sa femme se demandait avec quel argent. Ils avaient découvert qu'elle avait des rendez-vous avec des hommes, et que c'est comme ça qu'elle finançait ses dépenses. La première fois que je suis allée dans ce bar, j'ai vu un couple qui m'avait l'air de négocier. J'ai compris. Puis je suis rentrée. Noé était si paisible... Je l'aime tellement...

– Emeline, non ! Non ! Ne me dis pas ça !

Sarah serrait les poings.

– Sarah, écoute-moi. Je ne vais jamais jusqu'au bout. Je refuse catégoriquement. J'ai honte, je n'osais pas t'en parler. Je ne peux plus me regarder dans le miroir, mais je dois faire vivre Noé. Il faut que j'assume les dépenses. J'ai bien essayé de trouver un emploi qui paie, mais je n'ai pas réussi. Ne me juge pas, je t'en prie. Je me dégoûte assez comme ça.

– Je ne te juge pas, mais je ne peux pas te laisser faire. Je t'ai entendue vomir ; tu maigris. Tu ne peux pas monnayer ta personne au nom de l'amour que tu portes à Noé. Il a besoin d'une maman, pas...

– Pas d'une pute ?

– Non, Emeline, je n'aurais jamais dit ça. Il a besoin d'une maman, pas d'une femme qui s'écroule. Il lui faut une maman qui soit fière d'elle-même. Redresse-toi, et pense à ce que tu as surmonté. Je veux que tu puisses te regarder dans le miroir. Arrête immédiatement ! Je te promets qu'on va se débrouiller. Mais toi, tu dois stopper.

Sans pouvoir prononcer un mot, Emeline lui fit un signe entendu de la tête.

29

SARAH ne perdit pas de temps. Le lendemain matin déjà, elle était sur le pied de guerre. Elle consultait les offres d'emploi du *Japan Times* en sirotant son café au lait. Emeline la rejoignit, avec Noé dans les bras qui gazouillait. Il tenait sa tête bien droite maintenant, et répondait aux sourires qu'on lui faisait. Lorsque ses petites lèvres s'étiraient et que des fossettes se dessinaient, Emeline fondait. Par chance, il avait hérité des traits de sa mère, et en dépit de ses yeux très légèrement en amande, on ne pouvait deviner ses origines, ce qui lui faciliterait la vie. Il aurait été délicat d'avoir un visage asiatique, sans père. Elle le trouvait beau et s'attendrissait à la moindre mimique. Sarah lui disait qu'elle devenait gâteuse, et qu'elle avait bien raison. Le seul homme à qui je ne résiste pas, plaisantait-elle.

– Un café ?

– Oui, volontiers.

– Qu'est-ce que tu cherches ? Tu veux changer de boulot ?

– Changer de boulot ? Je n'en ai pas vraiment un. Maintenant, il me faudrait un vrai travail, tu vois ? Un poste dans lequel je puisse être reconnue. Servir des hamburgers ou des pancakes pour un salaire de misère... il est temps que j'arrête.

– Sarah, je sais que ce n'était pas dans tes projets... Je t'en prie, ne me mets pas plus mal à l'aise. Tu n'es pas obligée de faire ça pour moi.

– Écoute, ma belle, commença-t-elle, son expression favorite pour annoncer qu'elle ne voulait pas être contredite, tu m'aides simplement à précipiter les choses. Il est temps que j'aie une vie un peu plus stable.

Une fois son petit-déjeuner terminé, elle continua à éplucher le journal, puis Emeline en fit de même lorsque Sarah quitta la table. Cette dernière avait une formation dans le marketing, ce qui était un net avantage. Mais il ne fallait pas baisser les bras.

Sarah réapparut toute pimpante.

– Eh bien... on croirait que tu as déjà un travail ! plaisanta-t-elle.

– Non, mais si j'en veux un, autant déployer les grands moyens.

– Où vas-tu ?

– À l'Alliance française. Rien de tel que le bouche-à-oreille et les rencontres en personne. À plus tard !

La sociabilité était inscrite dans ses gènes, et c'est avec beaucoup de facilité qu'elle se fit des contacts sur place. Elle fréquentait le café de l'Alliance, sa bibliothèque, et engageait aisément la conversation avec les professeurs. Elle s'était renseignée sur de potentiels postes d'enseignement, ce qu'Emeline avait fait avant elle, et il n'y avait effectivement rien pour l'instant. Elle cherchait aussi une opportunité de mettre à profit ses connaissances de marketing ; là non plus, il n'y avait pas de piste. Mais Sarah ne lâchait pas l'affaire, et il lui en aurait fallu plus pour se décourager.

Chaque soir, elle faisait un compte rendu à Emeline, comme s'il s'agissait de la pêche du jour.

– Rien aujourd'hui. Mais attends demain.

Sa résilience finit par payer. Elle entendit parler en primeur d'un poste qui venait de s'ouvrir dans une société chargée de la diffusion de magazines français au Japon. Ils cherchaient à étendre leur influence et souhaitaient engager une personne avec des connaissances en marketing. Sarah n'avait pas besoin d'en savoir davantage.

– Ce poste est pour moi. Je l'aurai, déclara-t-elle confiante à Emeline.

Elle se présenta avec la même assurance à l'entretien d'embauche, ce qui sans aucun doute joua en sa faveur. S'il s'agissait de vendre un produit, encore fallait-il déjà pouvoir se vendre soi-même. Elle fit valoir ses connaissances en marketing, son intégration culturelle et ses aptitudes linguistiques pour convaincre sans trop de difficulté ses interlocuteurs. Y allant au culot, elle négocia sans flancher un bon salaire, et rentra euphorique à la maison.

– Emeline, j'ai appelé la baby-sitter. On sort !

– Que se passe-t-il ?

– J'ai été engagée. On va fêter ! À nous, les margaritas ! jubila-t-elle, sous le regard heureux d'Emeline.

30

CE RETOURNEMENT de situation donna à Emeline le courage de persévérer. Ses recherches ne furent pas aussi fructueuses que celles de son amie, mais elle finit par décrocher un emploi en complément de ses plages d'enseignement. Ce n'était qu'un poste sans grand intérêt, mais au moins plus lucratif. Elle travaillait dans un bureau deux jours par semaine, ce qui lui permettait de vivre décemment, sans faire d'excès. Ainsi, elle n'avait plus à se demander si elle pourrait payer le loyer. Elle avait peu à peu retrouvé sa fierté, et dormait elle aussi paisiblement auprès de Noé.

Le garçonnet venait d'avoir un an. Sarah avait organisé une petite fête pour l'occasion, juste les trois, et avait acheté un gâteau plein de crème, dont il s'était allègrement barbouillé le visage. La situation aurait été parfaite, si Emeline ne continuait pas à faire des cauchemars. Si elle n'avait jamais beaucoup parlé d'Anna jusqu'alors, sujet trop douloureux pour elle, son image la hantait en permanence. Dans son sommeil, les entrailles de Kobe et le marécage où elle s'enlisait avaient cédé la place à une même scène qui revenait, récurrente. On lui arrachait sa fille des bras. Elle la voyait emportée dans une spirale, et une fois qu'elle avait disparu, seuls résonnaient des cris déchirants. « Maman, maman ! » Elle se réveillait en sursaut, puis ne pouvait plus se rendormir. Anna avait maintenant deux ans et demi. Elle aurait voulu qu'elle fête l'anniversaire de Noé avec eux. Emeline avait envoyé Sarah l'espionner, quelquefois. Elle lui avait suggéré de se cacher à l'angle de la rue pour l'observer, et de lui décrire sa fille. Sarah était revenue avec le récit d'une jolie petite poupée.

Six mois plus tôt, Emeline avait aussi acheté un gâteau, surmonté de deux bougies. Sarah s'était jointe à elle. Elles avaient bu une coupe de champagne, puis Emeline avait soufflé les bougies. « Je t'aime, Anna », avait-elle murmuré. « Joyeux anniversaire ! »

Sarah lui avait tenu la main, puis elles avaient dévoré le gâteau jusqu'à s'en rendre malades. Elles se resservaient verre sur verre. Éméchée, Emeline criait sa douleur.

– Quand je pense qu'il m'a attrapée avec une histoire de rizière. Mais pourquoi ai-je accepté de le revoir ?

– C'est facile à dire rétrospectivement, mais à l'époque, tu te sentais très délaissée. C'était catastrophique avec ta belle mère, et la relation avec Seiji t'avait plongée dans un grand désarroi...

– Je m'en veux. Tu ne peux pas savoir à quel point. Elle me manque tellement, sanglota-t-elle en tapotant sur la bouteille pour en faire sortir la dernière goutte.

31

LE MANQUE d'Anna allait croissant. Au fur et à mesure que Noé évoluait, Emeline ressentait le besoin de les réunir. Elle aurait souhaité qu'ils se rencontrent, et que la grande sœur joue avec lui. Elle-même aurait voulu partager avec sa fille les tendres moments du quotidien. Elle se demandait comment les journées d'Anna se déroulaient, si madame Okada était bienveillante avec elle, si Seiji s'en occupait bien, et, surtout, si elle recevait de l'attention. Elle ne pouvait pas concevoir qu'une enfant s'épanouisse sans câlins, mais au vu de ce qu'elle avait observé dans sa belle-famille, le doute était permis.

– Je me demande si ma fille est heureuse, répétait-elle sans cesse à Sarah.

Sarah avait remarqué que les derniers temps, Anna était devenue le centre des conversations. Ça allait faire dix-huit mois qu'Emeline avait accouché de Noé et quitté la maison. Il y avait eu toute une période où elle ne la mentionnait même pas, comme anesthésiée et encore incrédule. Peut-être nourrissait-elle un infime espoir au fond d'elle-même. Mais la routine s'était bien installée, et avec elle la certitude qu'il n'y aurait pas de revirement. C'est là qu'Emeline avait pleinement réalisé qu'Anna ne réintégrerait pas sa vie, et qu'il avait fallu la faire vivre autrement : en parlant d'elle.

– Elle va bientôt avoir trois ans, tu imagines ? Ce qui veut dire qu'elle va commencer le jardin d'enfants en avril prochain. Comme le temps file !

Fréquemment, Emeline envoyait Sarah épier Anna près de la maison familiale. Sarah s'était prêtée à l'exercice sans protester, au départ, mais les demandes devenant plus rapprochées, elle avait sermonné Emeline.

– Tu te fais du mal, à rêver à la vie que tu aurais pu avoir avec elle. Tu dois te concentrer sur Noé et la réalité.

– Mais ça ne m'empêche pas de m'occuper de lui ! rétorqua-t-elle.

– Écoute, Emeline, je vais te parler franchement. Ça devient obsessionnel, cette volonté de savoir comment elle est, ce qu'elle fait. Il va bien falloir que tu abandonnes.

– Tu ne peux pas comprendre, tu n'es pas...

– Je ne suis pas maman. C'est ça, Emeline ?

– Je suis désolée, Sarah. Pardonne-moi.

Sarah s'était sentie blessée de cette remarque. Car, même si elle avait encore le temps, elle n'en était pas moins célibataire et sans enfant, et avait la perception d'une vie par procuration dans sa relation à Noé.

– Cette situation n'est pas facile pour moi non plus, tu sais, et me met dans un rôle qui n'est pas le mien...

Emeline avait honte de cette parole qui lui avait échappé. Prise dans sa propre souffrance, elle ne s'était pas rendu compte que Sarah portait elle aussi son fardeau. Elle se résolut à ne plus l'impliquer dans ses manigances.

32

LES CERISIERS en fleur étaient de retour, et avec eux le renouveau de la nature. C'était une période de l'année où Emeline se sentait revivre. La sève montait en elle comme celle des arbres, couplée à un sentiment d'invincibilité. Anna, qu'elle n'avait pas revue depuis presque deux ans, avait dû commencer le jardin d'enfants, et elle n'y résista pas plus longtemps.

Emeline s'était ainsi cachée à un angle où elle pourrait l'entrevoir. Elle devait faire attention à ne pas être repérée. Lorsqu'elle vivait dans sa belle-famille, elle avait remarqué le bus scolaire qui passait dans le quartier. D'où elle était postée, elle apercevait les parents accompagner leur progéniture. Elle s'attendait à madame Okada, mais c'est Jiro qu'elle distingua, aux côtés d'une fillette aux nattes jusqu'aux épaules attachées d'un ruban rouge et vêtue d'un uniforme bleu marine, de chaussettes blanches, et de souliers vernis. Anna ; cette magnifique petite demoiselle était sa fille. Emeline avait envie de courir et de la prendre dans ses bras, de lui dire qu'elle était sa maman, et elle dut faire un effort considérable pour rester là, impuissante, à rêver à la chaleur de retrouvailles. Le bus arriva et les enfants montèrent sagement un à un. Jiro fit à sa nièce un petit signe de la main qu'elle lui rendit, puis tourna les talons pour retourner à la maison. Le bus démarra et passa juste devant Emeline. Sa fille regardait à travers la vitre. Un instant, elle se demanda si elle l'avait vue. Elle aurait espéré qu'elle la reconnaisse, mais Anna n'avait qu'un an et demi lorsque sa mère avait dû l'abandonner. Elle ne se souvenait pas.

Emeline devint dépendante de ces moments volés. Elle s'organisa pour aller régulièrement épier Anna. Ce seul lien virtuel et fragile qu'elle conservait avec sa fille était maintenant inébranlable. Sarah avait raison : c'était obsessionnel, et par définition, on ne se détache pas si facilement d'une obsession.

*   *
*

Les épreuves qu'elle avait traversées l'avaient peu à peu façonnée. Emeline avait retrouvé son occidentalité. Dans l'état d'esprit qui l'animait, elle voulait se reconstruire. Elle ignorait comment, mais quand elle guignait ainsi le bus scolaire qui passait devant ses yeux, terrée à un coin de rue, elle avait l'impression qu'elle touchait sa vie du bout des doigts. Alors qu'elle était perdue dans ce dédale de sentiments, elle ne remarqua pas Jiro qui l'observait. Elle sentit tout à coup une présence derrière elle. Elle se retourna et poussa un cri d'effroi. Il se tenait là. Son beau-frère l'avait repérée. Dans sa tête défilèrent à toute allure l'interdiction d'approcher sa fille et ce qui s'ensuivrait comme conséquences. Elle risquait d'être expulsée du pays. Paniquée, elle aurait pu s'enfuir en courant, mais son amour maternel lui insuffla une force qu'elle n'aurait pas soupçonnée.

– Que faites-vous ici ?

– Je vous en prie, ne me dénoncez pas !

– Et pourquoi ne le ferais-je pas ? Vous enfreignez la loi.

Il semblait pourtant perturbé par cette rencontre insolite, et hésitant quant à la suite à donner. Bien qu'à la merci de son beau-frère, Emeline avait remarqué qu'il se frottait les mains nerveusement. En quelques occasions, lorsqu'ils vivaient sous le même toit, elle avait repéré ce tic qui le trahissait.

Profitant du trouble qu'elle avait décelé, Emeline sentit une résolution venue du fond de ses entrailles. Une assurance soudaine s'était emparée d'elle, et les mots, incarnation de ce qu'elle avait observé des mois durant, coulèrent tout naturellement.

– Vous ne me dénoncerez pas parce que vous et moi, nous sommes pareils.

Jiro, d'un tempérament placide et peu bavard, fut cependant titillé par cette remarque dont il ne saisissait pas le sens. Intrigué, il l'interrogea.

– Mais que racontez-vous ? Nous n'avons rien à voir, vous et moi.

– Détrompez-vous, nous nous ressemblons ! Vous aussi, vous êtes manipulé et vous comptez moins que Seiji.

Sentant une colère refoulée monter en elle, elle poursuivit :

– Nous sommes des pantins. Vous comme moi. Que vous l'admettiez ou non, votre mère vous mène par le bout du nez.

Il resta médusé, incapable de répartie, comme si la gifle qu'il venait de recevoir était la réponse à ce qu'il avait toujours perçu, sans avoir pu y mettre les mots exacts. Le voyant sous le coup de l'émotion, Emeline en profita pour insister.

– Vous ne gagnerez rien à me dénoncer. Vous ne serez jamais que Jiro le second. Vous n'obtiendrez ni reconnaissance ni quoi que ce soit en faisant ça. Voilà pourquoi vous ne direz rien.

La situation s'était complètement renversée. Emeline, forte de son explication, fut la première à tourner les talons. Paralysé, Jiro resta là sur le trottoir, les bras ballants, à la regarder s'éloigner d'un pas assuré.

* *
*

Fébrile, Emeline rentra sans tarder à la maison. Sarah lui gardait Noé. Elle n'avait pas perdu son habitude de lui faire des mimiques qui étaient suivies de grands éclats de rire. Et plus il rigolait, plus la jeune femme était attendrie par sa bouille bien ronde et les légères fossettes qui caressaient ses joues. Cette complicité se poursuivait jusqu'à ce que quelque chose d'autre vienne attirer l'attention du chérubin. Sarah et Noé étaient ainsi pris dans l'un de ces moments lorsqu'Emeline passa le seuil de la porte. Sarah, qui connaissait son amie par cœur, perçut immédiatement un voile dans son regard.

Emeline posa son sac à main à terre et s'avachit sur une chaise.

– Est-ce que ça va ? On dirait qu'il y a quelque chose...

Afin de pouvoir discuter dans le calme, Sarah proposa à Noé de s'installer dans la chambre avec une boîte de cubes en bois. Le petit garçon acquiesça et les laissa seules.

– Oui, il y a quelque chose, répliqua Emeline, qui se sentait vidée et dont l'assurance s'était à présent évanouie.

Elle se remémorait la scène avec Jiro et s'en voulait de sa témérité. Au fur et à mesure qu'elle repassait ses propres paroles en boucle, elle entrevoyait l'éventail des funestes conséquences qui pourraient découler de son arrogance.

Sarah était suspendue à ses lèvres.

– Je suis allée épier Anna...

– Emeline ! Encore ? Tu m'avais promis !

– Je sais. Mais je n'arrive pas à aller contre cette pulsion...

Elle baissa les yeux.

– Je me suis fait attraper par Jiro...

– Quoi ? Il t'a vue ? Et que s'est-il passé ?

– Écoute, ne te fâche pas...

– Tu m'inquiètes ; raconte-moi vite.

– Je ne sais pas ce qui m'a pris, mais au lieu de m'enfuir, je l'ai confronté.

– Tu as « quoi » ?!

– Je lui ai lancé à la figure qu'il n'allait pas me dénoncer parce que nous étions tous deux des marionnettes face à sa mère, qu'il ne comptait pas et qu'il n'allait rien gagner à être le bon Jiro qui fait son devoir une fois de plus.

– Tu n'as quand même pas osé ?

Sarah se tapa le front avec la paume de la main, puis se leva pour tourner fébrilement autour de la table de la cuisine.

– Mais tu n'es pas bien ! s'emporta-t-elle. Comme si ça ne suffisait pas que tu prennes le risque de t'approcher de la maison familiale, tu lui as parlé comme ça ? Que vas-tu faire s'il te dénonce ? Tu aurais au moins pu rester dans tes petits souliers. Franchement, tu me déçois.

Cette dernière remarque blessa Emeline. Pourtant, elle savait que son amie avait raison. Elle risquait gros. Pour la première fois, Sarah ne la soutenait pas. Elle se leva pour se retirer dans sa chambre. À sa suite, Emeline en fit de même et se réfugia entre ses quatre murs, d'où elle n'osait plus sortir. Elle se fit discrète lorsqu'il fut l'heure de manger et préféra s'éclipser avec son fils pour l'emmener dans l'un de ces restaurants de sushis à plateau tournant. Perdue dans ses pensées et l'estomac noué, Emeline en picora quelques-uns, tandis que Noé s'en donnait à cœur joie, contemplant son œuvre, une pile d'assiettes vides sur laquelle trônait son doudou, un ourson brun dont le postérieur trempait à présent dans des restes de sauce soja.

33

LES JOURS et semaines qui suivirent, Emeline ouvrit quotidiennement le courrier avec appréhension, et sursautait dès que le téléphone sonnait. Elle s'attendait à une sommation de quitter le pays. Mais rien ne se passait, si bien qu'Emeline commença à se demander si ses paroles avaient eu une résonance auprès de Jiro.

Mais ce qu'Emeline ignorait, c'est que Sarah était allée à sa rescousse. Se remémorant la complicité naissante qu'elle avait eue avec Jiro au mariage d'Emeline, Sarah se décida à intervenir. Jiro avait à cette occasion montré un intérêt manifeste envers sa personne, et, si Sarah était honnête avec elle-même, il ne lui était pas non plus totalement indifférent. Cependant, fréquentant à l'époque son colocataire australien, elle n'avait pas cherché à donner suite à cette rencontre. Jiro, de son côté, n'avait pas non plus osé lui proposer de se revoir. L'amorce d'une relation avait ainsi avorté et ils s'étaient quittés « en tout bien tout honneur », le colocataire pourtant absent des réjouissances ayant joué son rôle de garde-fou.

Sarah avait décidé de parler à Jiro pour le dissuader de dénoncer Emeline. En prévision de son plaidoyer, elle s'apprêta avec application, s'assurant de ne pas cacher ses charmes. Elle avait opté pour une robe bleu marine sur laquelle étaient imprimées des fleurs safran et mauve, dont le décolleté révélait un physique fin mais sculpté. Elle avait bouclé ses cheveux blonds qui retombaient souplement sur ses épaules. Ce n'était certes pas là un moyen très honorable de le persuader, mais elle estimait que la gravité de la situation l'absolvait de cet artifice tout féminin. Il fallait tout faire pour que Jiro accepte de l'écouter.

Sarah se rendit sur place en fonction des horaires du bus scolaire d'Anna. Cachée à l'angle de la rue, elle attendait discrètement que Jiro soit seul. Une fois que le bus eut démarré, Sarah l'interpella, alors qu'il se dirigeait déjà vers la maison.

– Jiro !

Surpris, il se retourna pour chercher d'où venait cette voix. Il s'immobilisa en apercevant Sarah, ne comprenant pas ce qu'elle faisait là. Il ne l'avait pas revue depuis leur rencontre au mariage, mais sa beauté était égale à ce jour-là. Impressionné tout autant qu'intrigué, il semblait se recroqueviller. Ses épaules s'affaissèrent et il ne bougea plus. C'est Sarah qui l'approcha. Si, malgré tout, elle parvenait à garder une contenance pour donner le change, intérieurement, elle était anxieuse.

– Bonjour, Jiro.

Il répondit par un bonjour presque inaudible. En lui se mélangeaient des sentiments contradictoires. Il était hypnotisé par sa beauté, par ce qu'il percevait comme de l'assurance, tandis que de son côté, sa personnalité avait repris ses droits. Timide, cherchant maladroitement ce qu'il allait bien pouvoir lui dire, il ne se sentait pas à la hauteur. Au mariage, le contexte et l'alcool l'avaient aidé, mais aujourd'hui, il était brusquement plongé dans une réalité crue : il était nu.

– Vous devez être surpris de me voir, commença-t-elle en tâtonnant.

– Oui. En effet.

– Je vous prie de m'excuser d'être venue comme ça, sans vous prévenir, mais je n'ai pas trouvé d'autre moyen de vous aborder.

Il continuait à l'écouter, sans mot dire. Elle ne lisait aucune expression sur son visage, sinon de l'incrédulité. Elle ignorait ce que ce mutisme cachait. Contrainte de poursuivre par un monologue, elle alla droit au but :

– Jiro, j'aimerais vous parler.

Il leva un sourcil en signe d'interrogation puis, enfin, prit la parole.

– Ce n'est pas possible ici. Pas comme ça dans la rue. D'ailleurs, vous êtes dans mon quartier et c'est mon voisinage. Je connais des gens et nous ne sommes pas loin de la maison et de la confiserie. Je ne peux pas risquer d'être vu en votre compagnie.

Obsédée par la volonté d'argumenter en faveur d'Emeline, Sarah avait négligé cet aspect. Elle avait eu la naïveté de se présenter sur le terrain de Jiro, qui avait une réputation à maintenir. Il y avait l'honneur, le sien propre, mais aussi celui de sa famille. La confiserie était proche, et des rumeurs avaient certainement circulé parmi les clients et le voisinage, puisqu'Emeline avait subitement disparu du clan Okada, sans sa fille mais emmenant un nourrisson. Elle allait s'excuser de sa désinvolture, mais il ne lui en laissa pas le temps.

– Écoutez, si vous voulez que l'on se parle, il faudra que ce soit ailleurs.

Il réfléchit quelques instants et lui indiqua un café dans le quartier d'Omotesando, où ils seraient à l'abri des regards indiscrets. Ils convinrent de se retrouver le lundi suivant, et se séparèrent ainsi, Jiro encore perturbé de cette rencontre, et Sarah avec un sentiment de petite victoire. Au moins, il n'avait pas refusé. Le premier pas était fait.

* *
*

Ne souhaitant pas donner à Emeline de faux espoirs, Sarah se résolut à lui taire sa démarche. Seule la conversation qu'elle aurait avec le jeune homme serait une ébauche de réponse aux inquiétudes légitimes qui avaient pris possession des deux amies.

Lorsqu'elle rentra à la maison, Emeline était présente, enfermée dans sa chambre. Dans l'intimité de cet antre protecteur, elle puisait souvent dans ses photos reliques. Celles d'Anna, jolie petite poupée, posant candidement devant l'appareil. Des clichés de Seiji aussi, fragments d'une époque révolue, épilogue d'une romance qui avait sombré. Elle aurait voulu avoir le courage de les jeter, mais quand elle envisageait de s'en débarrasser, elle ne pouvait s'y résigner. En dépit des écueils, son histoire sentimentale était intimement liée à sa passion pour le pays, qu'elle maudissait parfois, mais dont elle ne pouvait se détacher. Elle avait aimé Seiji, malgré la douleur, tout autant qu'elle le détestait ; elle avait aimé le Japon, elle l'avait détesté aussi, puis était retombée dans ses filets. Ce pays lui collait à la peau et elle traînait continuellement dans son sillage cette étrange ambivalence.

Maintenant qu'elle ne pouvait plus se risquer à aller épier Anna, ces photos étaient son seul lien avec sa fille.

Sarah l'interrompit en toquant doucement à la porte.

– Emeline ?

Elle lui ouvrit. La trace de son chagrin se lisait dans ses yeux embrasés. Sarah fit mine de n'avoir rien remarqué.

– Tu viens ? Je suis passée acheter des pâtisseries.

Emeline ébaucha un sourire. Elles s'installèrent à table.

Sarah amorça la conversation avec entrain pour détendre l'atmosphère. Noé se joignit à elles et se barbouilla le visage avec la crème de son gâteau. Mais il n'avait pas deux ans et l'indulgence était de mise, y compris pour ses habits où le coulis de fraise et la vanille s'étaient panachés en un motif très graphique, et surtout très collant.

– Ah, vivement qu'il mange proprement ! soupira Emeline. Je n'en ai pas terminé avec les lessives. Tu verras quand ce sera ton tour, lui dit-elle spontanément.

– Je ne sais pas si j'aurai des enfants, même si j'aimerais...

– Ça viendra. À chaque problème, sa solution, non ? C'est bien ce que tu me répètes toujours ?

– Oui, on verra bien ce que l'avenir me réserve...

L'ambiance était maintenant plus légère. Sarah se leva pour resservir du thé et Noé retourna à ses petites voitures. Des « vroum vroum » résonnèrent dans l'appartement, bien plus joyeux que les tristes sanglots d'Emeline.

34

OMOTESANDO, c'étaient l'élégance et le luxe, sur lesquels soufflait un petit vent occidental. Baptisée les Champs-Élysées de Tokyo, l'avenue bordée d'arbres qui se déployait dans une surenchère de boutiques, de cafés à la mode et de restaurants gourmets attirait les foules. L'endroit si vert en cette saison avait aussi gagné ses lettres de noblesse pour sa métamorphose l'hiver venu. Sarah était particulièrement sensible à l'atmosphère de ce quartier à l'approche de Noël, lorsque les rangées d'arbres s'habillaient de mille lumières qui scintillaient la nuit tombée, conférant au lieu une magie abritant les retrouvailles de tourtereaux et les serments d'amour toujours.

Mais c'était le grand jour pour Sarah et l'heure était au pragmatisme ; en ce moment précis, elle était indifférente à toute ambiance, se préparant mentalement à sa rencontre avec Jiro. Il lui avait donné rendez-vous dans un café réputé. L'établissement s'était emparé du redoux du printemps pour agencer sa terrasse, qui était pleine. L'entrée était délimitée par d'imposants bacs de plantes. Des chaises en rotin étaient disposées autour de petites tables rondes et des parasols crème avaient été installés. Sarah était en avance ; il aurait été mal vu de ne pas être ponctuelle, mais, culture oblige, Jiro l'avait devancée. Elle balaya du regard les clients de la terrasse mais, comme elle s'y attendait, en dépit du peu de probabilité d'être aperçu, il s'était retiré à l'intérieur. Ainsi calfeutrés dans une intimité comme destinée à recevoir les confidences, ils pourraient plus aisément baisser la garde. Sarah s'avança vers lui et il l'accueillit en inclinant la tête. Elle lui rendit son salut et s'installa dans ce décor aux airs parisiens. Elle trouvait étonnant que Jiro lui ait proposé un tel endroit.

Une serveuse s'approcha pour prendre la commande. Le temps qu'elle revienne avec les boissons, Sarah et Jiro restèrent plongés dans un silence gêné. Puis Jiro, fixant sa tasse, se mit à touiller fébrilement dans son café. Il se demandait pour quelle raison Sarah tenait à lui parler. De son côté, elle était tétanisée à l'idée de ne pas trouver les bons mots. Elle avait en face d'elle un inconnu. Emeline lui avait une fois avoué qu'elle était perturbée par le regard dérangeant de Jiro qu'elle ne parvenait pas à déchiffrer, et dont elle ne savait pas s'il exprimait de la condescendance, du mépris ou un tout autre sentiment. Il était tout aussi opaque aux yeux de Sarah. Celui qu'elle avait rencontré au mariage était enjoué, avec un quelque chose dans les yeux qui respirait la joie. Là, il semblait s'être éteint, ce qui ne fit que renforcer l'embarras de Sarah. Elle triturait son verre de soda, en proie à la nervosité.

– Je vous remercie d'avoir accepté de me revoir, Jiro.

Pour toute réponse, il hocha la tête.

– Savez-vous que je vis avec Emeline, maintenant ?

– Non, je l'ignorais.

– Nous habitons dans le quartier de Hiroo.

– Ah ? Le quartier des expatriés... très cher !

– Nous partageons un appartement, les frais, tout, en somme..., se justifia-t-elle. Mais ça reste difficile, enchaîna-t-elle.

Il ne voyait pas où elle voulait en venir, se demandant si elle était là pour des questions matérielles et ce qu'elle attendait au juste de lui. Il sortit enfin de sa réserve.

– Vous savez que je l'ai surprise près de chez nous, n'est-ce pas ? J'ignorais qu'elle était encore là. J'ai cru qu'elle allait rentrer en France avec son enfant.

– Non, elle s'est installée chez moi directement après son accouchement, avec Noé.

– Elle a donc eu un garçon ?

– Ah oui... c'est vrai... Vous n'étiez même pas au courant...

– Non. Depuis qu'elle a dû partir, nous n'avons rien su. Ce qui est normal, après tout. C'est la loi qui a tranché. Ma mère a pris les rênes et s'occupe de l'éducation d'Anna. Seiji, lui, s'est peu à peu détaché de sa fille.

Puis tout à coup, Jiro se tut.

– Mais ça ne vous regarde pas. Ce sont nos affaires, se justifia-t-il, pour rattraper ces bribes personnelles dévoilées sans réfléchir.

Pendant le silence qui suivit, dans la tête de Jiro, les pensées se bousculaient. Il était inconvenant de révéler l'intimité familiale. Or il n'était pas tout à fait le même face à Sarah. Au mariage déjà, il s'était surpris à être plus ouvert que d'habitude. Comme si elle l'autorisait à casser les codes.

Sarah reprit :

– Jiro, je ne vais pas vous le cacher, Emeline va mal. Elle ne se pardonnera jamais d'avoir trompé Seiji, et elle est bien consciente que ça ne peut être rattrapé. Mais elle est maman. Et elle souffre de ne pas pouvoir voir sa fille.

À présent, Jiro la regardait dans les yeux. C'était culturellement étonnant, il fallait qu'il soit particulièrement avide d'entendre la suite.

– C'est pourquoi vous l'avez trouvée en train d'épier Anna. C'est tout ce qui lui reste, Jiro. Je vous en prie, ne la dénoncez pas. Elle ne lui a pas fait de mal, elle voulait juste la voir. S'il vous plaît.

En une autre occasion, Jiro se serait moqué de ce discours larmoyant. Mais en face, il y avait Sarah. Ses cheveux blonds, ses grands yeux verts, sa façon de parler, une petite faute de japonais qui s'était glissée et avait teinté ses propos d'un charme tout occidental. Il y avait tout ça. Et ce qu'Emeline lui avait envoyé à la figure, sa mère qui les contrôlait, ce frère préféré. Il y avait Anna, fillette sans maman. Et il y avait les vexations. Seiji se moquait, jaloux peut-être du lien qu'il avait tissé avec sa nièce. Submergé par ce tourbillon de pensées, Jiro ferma les yeux puis se prit la tête entre les mains.

– Jiro, vous n'allez pas bien ?

Il revint à la réalité. Sarah avait posé sur lui un regard inquiet. Cette belle femme se souciait de lui. Ne fut-ce qu'une seule seconde. Il se sentit alors apaisé et enfin, son expression changea. Soulagée, Sarah lui sourit.

– Écoutez, Sarah, je ne vous veux pas de mal. Ni à vous ni à Emeline. Je ne dirai rien.

– Merci, murmura-t-elle.

Elle avait réussi ! Emeline ne serait pas expulsée du Japon. Son objectif était atteint ; elle aurait dû s'en contenter et rentrer chez elle sans jamais revoir Jiro, mais elle ressentait quelque chose d'inachevé. Un bref instant, elle crut déceler autre chose dans ses yeux.

– Vous avez choisi un bel endroit pour cette rencontre. Merci d'avoir accepté de m'écouter.

– Sarah...

– Oui ?

Elle espérait qu'ils seraient au diapason.

– Pourrait-on se revoir ?

Sarah n'hésita pas pour acquiescer.

35

CETTE fois, Sarah et Jiro étaient délivrés de leur anxiété. Ils s'étaient donné rendez-vous près du bureau de Sarah, à la sortie de son travail, et se mirent immédiatement à babiller sur un ton léger.

– Je suis chargée de la diffusion de magazines français. J'aime mon poste, qui représente un sacré défi. Il faut dire que ce n'est pas simple de devoir sans cesse communiquer dans une langue qui n'est pas la sienne. Mais je ne veux pas vous ennuyer avec ça... Nous, les expatriés, nous nous plaignons beaucoup, n'est-ce pas ? poursuivit-elle dans un sourire.

– Non, au contraire. C'est intéressant. Je n'imaginais pas à quel point cette différence linguistique et culturelle pouvait être un fardeau. Vous savez, enchaîna-t-il, presque honteux, moi j'ai toujours vécu ici. Je n'ai aucune idée de ce que ça représente d'être dans un autre contexte. L'arrivée d'Emeline dans notre famille a été un grand bouleversement pour moi. Et Seiji, lui, a étudié à l'étranger. J'ai été privé de ce monde-là, et j'ignorais même comment aborder Emeline. Je ne connais que mon quartier, mes habitudes.

Sous cet angle-là, Sarah aurait pu le trouver bien insipide, mais il y avait une faille en lui qui la touchait. On sentait des émotions enfouies qui ne demandaient qu'à s'exprimer. Forte tête, elle avait enchaîné les conquêtes superficielles, s'entichant d'hommes de diverses nationalités. Il y avait eu ce colocataire australien, avec qui elle écumait les bars et les soirées, mais leur liaison n'avait que peu de consistance, hors des bons moments passés à s'amuser. Il y avait aussi eu ce compatriote qui l'agaçait avec sa liste interminable de griefs contre le Japon. Puis il y en avait eu un autre, mais chaque relation s'était soldée par de bouillantes disputes. Sa forte personnalité se heurtait à des tempéraments en miroir. Chacun voulait avoir le dessus, ce qui rendait en bout de chaîne la séparation inévitable. Jiro, lui, était différent. Son calme et sa retenue apaisaient Sarah.

– Ce n'est pas un problème de n'avoir rien connu d'autre. Juste un chemin de vie. Et il n'est jamais trop tard.

– Racontez-moi la France, Sarah.

– Ah... j'en aurais pour des jours...

Les épaules de Jiro s'étaient redressées, il acquérait une confiance, celle d'oser. Oser parler, interroger. Le carcan social se fissurait ; avec Sarah, il avait le droit d'être lui-même.

– Quand bien même ! J'ai tout mon temps. Rien ne nous empêche de nous revoir, proposa-t-il.

Sarah sourit puis poursuivit son explication.

– La France... eh bien... il y a mille France. Il y a Paris, bien sûr, et je n'entends parler que de ça, mais ce n'est pas différent d'ici, chaque région a ses paysages et sa mentalité. Moi qui ai grandi à la campagne, ça n'a rien à voir avec la capitale. Je viens d'un petit village et lorsque je suis arrivée à Paris pour mes études, j'avais l'impression d'être dans un autre monde. Tout est tellement plus rapide, plus anonyme.

– Ah, Paris...

– Et voilà, plaisanta-t-elle. Je me tue à t'expliquer qu'il n'y a pas que Paris, et tu ne m'écoutes pas !

Tout naturellement, elle était enfin passée du vouvoiement au tutoiement.

– Ce n'est pas ce que tu crois. Il y a tout cet imaginaire, mais le quotidien, ce ne sont pas la tour Eiffel et le romantisme. C'est bien plus nuancé que ça. Mais il y a surtout une liberté que j'ai perdue ici.

Voyant qu'il était suspendu à ses lèvres, elle poursuivit.

– Jiro, je peux te faire une confidence ?

Il hocha la tête.

– Ne le prends pas personnellement, mais je dois t'avouer que ton pays est très dur. J'y suis venue par passion, tout comme Emeline, mais ça n'empêche pas la difficulté. Ici, je ne me sens pas libre. Tout est tellement codifié. Et ne jamais pouvoir dire ce qu'on ressent, contenir tout à l'intérieur... ne te moque pas, mais j'en ai même des douleurs parfois. J'ai des tensions dans mon corps, mes cervicales, lorsque je dois faire trop d'efforts.

Jiro fronça les sourcils. Il était perdu.

– Oui, je sais, poursuivit-elle. Je vois la tête que tu fais ; ce que je te dis est incompréhensible. Je souffre de ne pas pouvoir être moi-même. Et toi...

– Quoi, moi ?

– Toi... j'aimerais tellement te briser la carapace !

36

LE QUOTIDIEN de Jiro était régulé par les horaires d'Anna. À sa sortie de l'université, il avait trouvé un emploi, mais ne l'avait pas gardé bien longtemps. On lui reprochait son manque d'expérience, une fibre créative défaillante. Arguant qu'il n'était pas le bon candidat pour le poste, on l'avait vite remercié. Jiro se sentait comme un incapable, tel qu'il apparaissait aux yeux de sa mère. Son rôle se cantonnait à celui d'oncle, pour lequel il s'impliquait avec un soin particulier. Il se voyait en miroir dans cette enfant victime de sa malléabilité, et essayait de compenser l'affection dont elle manquait. Anna était étouffée par sa grand-mère, dont la résolution d'en faire une véritable Japonaise n'avait d'égal que son autorité. Sans cesse, elle la remettait sur une sorte de droit chemin, une adhésion irrécusable aux principes d'une éducation qui ne tolérait pas d'écarts, mais laissait la petite fille en proie à une carence enfouie. Elle n'avait pas les mots pour le dire, mais elle souffrait de solitude et d'abandon. Abandonnée par sa mère, dont on avait gommé l'existence, et délaissée au sein de sa propre famille. Malgré une bataille juridique implacable, il y avait comme une démission. Hormis une éducation rigide, sa grand-mère n'avait rien d'autre à lui donner ; quant à son grand-père, il y avait bien longtemps que son intérêt se limitait à l'enceinte de la confiserie. Hors de là, il n'était qu'une ombre. Seiji, lui, aidait occasionnellement au magasin, mais ses efforts n'allaient pas plus loin. Il n'essayait pas de s'impliquer davantage ni ne cherchait un emploi à l'extérieur. Il était indifférent à sa fille, qu'il semblait avoir rayée de son existence. Il se complaisait dans la médiocrité, et s'était laissé emporter dans une spirale. Il passait de plus en plus de temps au pachinko, pour lequel il avait fini par développer une addiction. Il était vampirisé par ces machines à sous, attirance chronophage et abrutissante qui l'avait insidieusement plongé dans un monde parallèle. La situation s'était encore péjorée lorsqu'à la dépendance au jeu était venue s'en greffer une autre, sournoise : quand il rentrait, son haleine empestait l'alcool et si sa mère le lui faisait remarquer, il niait et devenait agressif. Petit à petit, personne n'osa plus aborder le sujet, de peur que les échanges ne dégénèrent. Chacun se terrait dans son silence, voyant les choses se dégrader, dans l'impuissance.

Ce soir-là, Seiji était comme très souvent revenu alcoolisé. Jiro était dans sa chambre et lisait tranquillement. Depuis sa rencontre avec Sarah, il fréquentait la bibliothèque où il empruntait des livres sur la France. Il voulait pouvoir donner le change face à cette femme qui exerçait sur lui une certaine fascination. Anna était en bas avec sa grand-mère, qui lui avait permis exceptionnellement de regarder la télévision un peu plus tard que d'habitude. C'était un vendredi soir et elle n'avait pas à se lever pour aller au jardin d'enfants le lendemain. On entendait depuis l'étage la musique du générique d'un dessin animé dont la petite était férue. Madame Okada ordonna à Anna d'aller se coucher, mais cette dernière réclama un autre épisode. Sa grand-mère ne céda pas et Anna d'habitude si sage se mit à faire une crise, tapant du pied et criant de toutes ses forces. Elle était rouge de colère et il était impossible de la raisonner. Soudain, la porte d'entrée glissa dans un mouvement brusque, et Seiji pénétra dans la maison en se parlant à lui-même dans un discours incompréhensible et passablement remonté. Ivre, il s'avança en titubant dans le salon, où la fillette ne s'était pas apaisée. Ce mélange de cris et d'agitation inquiéta Jiro qui descendit en trombe les escaliers, mais il était déjà trop tard. Dans sa fureur, Seiji qui ne supportait plus le bruit s'était rué sur sa fille, et la giflait en continu de toutes ses forces. Jiro s'apprêtait à fondre sur lui, mais madame Okada intervint en le giflant à son tour pour le rappeler à la réalité, et craignant que la situation ne s'aggrave, elle fit signe de l'autre main à son cadet de ne pas se mêler de ça. Soumis, Jiro retourna hâtivement à l'étage, où il attendit avec anxiété que sa mère monte avec Anna. L'enfant était pétrifiée ; lorsqu'elle pénétra dans la chambre et vit son oncle, elle se précipita dans ses bras. Ses joues étaient écarlates, et la frayeur voilait ses yeux. Madame Okada laissa à son fils le soin de l'apaiser, tandis qu'elle redescendait sermonner Seiji qui, comme sorti de lui-même, n'avait qu'une semi-conscience de ce qui venait de se passer, et n'avait pas remarqué que Jiro avait été témoin de la scène.

Anna tremblait. Jiro, tout aussi choqué, l'aida à mettre son pyjama, puis, pour qu'elle oublie la violence de son père, ne serait-ce qu'un instant, il puisa dans la bibliothèque et lui lut des histoires de princesse, jusqu'à ce qu'elle se détende et qu'elle s'endorme, dans le réconfort de son éléphant vert qu'elle serrait dans ses bras.

37

CETTE fois, c'est Sarah qui avait choisi le lieu de rencontre. Elle lui proposa de profiter de la belle saison au parc du sanctuaire Meiji-jingu, îlot bucolique de verdure et de tranquillité niché au cœur de la capitale, contrastant avec l'agitation de la ville. C'était l'époque de l'année où des centaines d'iris offraient des tapis colorés de violet, de lilas et de blanc, rivalisant avec les nymphéas délicatement éclos qui exposaient au soleil leurs gracieux atours. Sarah aimait ce lieu tant pour la fraîcheur de la nature que pour le cocon qu'il lui inspirait. Si Emeline avait été le sujet principal de leurs précédents échanges, Sarah devait bien s'avouer que ce jour-là, la jeune femme n'était que le lointain prétexte d'un rendez-vous aux résonances sentimentales.

Ils se retrouvèrent à la sortie de la gare et Jiro, impatient de revoir cette belle femme dont il admirait autant le physique exotique que la personnalité marquée, avait de l'avance. Son visage s'éclaira d'un grand sourire lorsqu'elle apparut.

– Bonjour, Sarah, comment vas-tu ?

– Bonjour, Jiro. Très bien, merci.

– Très bonne idée de balade...

– Oui, je pense qu'on va bien en profiter.

Enjoués, ils déambulèrent tout en contemplant la floraison. Jiro était particulièrement loquace, ses épaules n'étaient plus affaissées et il était fier d'être en compagnie de Sarah, se disant qu'on devait sûrement l'envier. D'un accord tacite, ils se turent sur les aléas de leur quotidien pour ne partager que ce qui les faisait vibrer. Sarah lui contait la France, ses voyages, mais également les endroits de la mégalopole tokyoïte qu'elle affectionnait, bars, restaurants, galeries d'art, quartiers, tandis qu'il venait ajouter sa pierre à l'édifice.

– Tu es déjà allée voir le déchargement des poissons au marché de Tsukiji ?

– Eh bien... je n'ai jamais réussi à me lever au milieu de la nuit pour y assister...

– ... ou te coucher tard. Y aller après une sortie nocturne est aussi une option, sourit-il. La fébrilité de la vente aux enchères du thon, le grouillement des pêcheurs qui installent leurs poissons, la diversité de leurs prises... C'est coloré et hypnotisant, une ambiance très particulière.

Sarah était conquise par l'enthousiasme avec lequel Jiro lui contait tout cela. Elle le sentait proche, de plus en plus vivant.

– Ça a l'air d'une expérience intéressante. C'est dommage que j'aie manqué tout ça.

Il la regarda en soulevant les sourcils en guise de taquinerie.

– Je me rappelle avoir entendu une jeune femme qui me disait que ce n'est jamais trop tard...

– Oui, ça devait être moi, plaisanta-t-elle en retour.

– Donc, Sarah, et pour le marché et pour le reste... ce n'est jamais trop tard.

Sarah avait du mal à y croire. Il semblait avoir repris à son propre compte ce qu'elle lui avait soufflé. Il était toujours temps de bifurquer et elle en était persuadée ; il fallait se battre pour ne rien regretter. Si le marché aux poissons n'était qu'anecdotique, « le reste », comme il l'avait défini, pouvait même laisser entendre qu'il était prêt à donner un nouveau tournant à sa vie.

Sur l'ambivalence de cette dernière phrase, ils poursuivirent leur promenade en direction du parc de Yoyogi, très fréquenté pour ses vastes pelouses invitant à la détente. Sarah déplia une couverture qu'ils installèrent sur l'herbe, et sortit le pique-nique qu'elle avait préparé.

– Tu veux mieux connaître la France ? Alors la voici ! déclara-t-elle dans un clin d'œil, en lui présentant une baguette, du jambon et une bouteille de vin rouge. Caricatural, certes !

Elle n'avait pas eu de peine à dénicher du pain bien frais, les étals de type occidental pullulant dans le quartier des ambassades où elle demeurait. Elle sortit un couteau, entailla la baguette pour y glisser le jambon, puis lui tendit un gobelet en plastique pour le vin.

– Bien sûr, le vin là-dedans, ce n'est pas terrible, mais ça fera l'affaire pour l'instant !

Sarah et Jiro trinquèrent joyeusement à leur journée, et, silencieusement, à leur ébauche de relation qui prenait graduellement un autre tour.

38

– SARAH, tu me caches quelque chose. Pourquoi ne me dis-tu pas qui tu retrouves ?

Bien sûr, il aurait été difficile de nier qu'elle avait un rendez-vous, pour lequel elle s'était apprêtée. Mais elle demeura élusive.

– Toi qui d'habitude me racontais tout...

– C'est encore un peu tôt pour t'en parler, mais c'est quelqu'un de bien. Quelqu'un avec qui je pourrais...

– Vraiment ? l'interrompit Emeline, sans avoir besoin d'explication. C'est sérieux, alors ?

– Allez, je ne t'en dis pas plus pour l'instant ! Bonne soirée, trancha Sarah en se faufilant rapidement à l'extérieur.

Ils se retrouvaient désormais régulièrement depuis un certain temps et ce soir-là, Jiro lui avait proposé de l'emmener dans un endroit qu'il affectionnait particulièrement. C'est comme une seconde maison, une sorte de repaire secret, lui avait-il avoué. Sarah avait revêtu une petite robe noire tombant juste au-dessus du genou, et un collier argenté, et s'était soigneusement maquillée. Jiro ne put retenir un sourire lorsqu'il la vit dans cette tenue qui la mettait en valeur.

– Viens, je vais te faire découvrir ma cachette !

Il l'emmena dans un quartier qui donnait l'impression d'un labyrinthe. Ils circulèrent le long de passages étriqués qui dévoilaient de minuscules bars, alignés tels des dominos, qui dégageaient tous un sentiment d'intimité. Jiro l'attira dans celui dont il était familier. Ce dernier n'avait rien de ces bars glamours contemporains, et l'élégance de Sarah détonnait presque avec la simplicité du lieu. L'endroit avait plutôt l'allure d'un cabanon. L'encadrement de la porte, peint en vert lichen, était affublé d'une vitre en son centre sur laquelle ressortait en lettres blanches le nom de l'enseigne, « Bistro d'arbre », écrit en alphabet et en français, ou du moins ce qui essayait d'y ressembler, comme s'il était prédestiné à accueillir Sarah. À l'intérieur, sous le bar en bois vieilli s'alignaient cinq ou six tabourets hauts du même style. L'endroit ne pouvait guère contenir plus de monde, au maximum quelques personnes qui se tiendraient debout. Une fois les clients assis, il ne restait plus qu'un maigre espace jusqu'à la paroi de lambris ; cette dernière pouvait tout aussi bien faire office de dossier. Au fond avait été placardé un article de journal vantant l'un des sakés proposés. Quelques casseroles étaient accrochées à des clous au mur, à côté de piles d'assiettes sans fioritures déposées sur une étagère vieillotte. La patronne l'accueillit chaleureusement, comme s'il se fut agi de son propre fils.

– Jiro-chan, comment vas-tu ? Tu n'es pas seul ce soir, ajouta-t-elle à l'intention de Sarah, à qui elle sourit sans savoir si elle pouvait s'aventurer en japonais, ou si elle allait devoir déterrer de sa mémoire le peu d'anglais qu'elle avait péniblement assimilé sur les bancs scolaires.

Cette femme d'un âge respectable était l'incarnation même de la « mama-san », sorte de maman de substitution qui accueille les clients comme s'ils étaient de la famille, et offre une oreille attentive à des hommes qui ne peuvent s'épancher qu'à l'extérieur. Comme toujours dans ce genre d'endroit, derrière la tenancière trônaient les bouteilles des fidèles de l'établissement. Whisky, saké, alcool de prune, toutes portaient l'étiquette de leur propriétaire.

La mama-san déposa sur le bar son whisky attitré, et Sarah commanda une bière. En arrière-fond, le karaoké leur susurrait des chansons d'amour. Sarah se sentait bien en présence de Jiro. Elle sirotait sa boisson en silence, l'observant. Lui parvenait à soutenir son regard de temps à autre, tandis que par instants, il se retournait du côté de l'écran pour esquiver une intimité trop forte. Sarah commanda une autre bière, Jiro se servit un deuxième verre. Tous deux désinhibés, ils s'engagèrent sur le chemin des confidences. La conversation s'orienta d'abord vers Emeline.

– Tu sais, depuis le début de sa relation avec Seiji, je l'ai toujours vue être sous le contrôle de ma mère. Dès la première rencontre, j'ai senti qu'elle avait tout fait pour trouver grâce à ses yeux. Elle est arrivée candide, en faisant de son mieux, mais elle était rabrouée en permanence. Les motifs sont nombreux lorsqu'on veut tourmenter quelqu'un. Elle ne cuisinait pas assez bien, elle ne parlait pas correctement. Elle ne s'occupait pas de sa fille de la bonne façon. Rien n'allait, quoi ! Parce que le seul qui est parfait dans le tableau, c'est Seiji. Non pas qu'il le soit en réalité, mais c'est l'aîné.

Sarah l'écoutait en silence. Ce que Jiro lui révélait ressemblait tristement à ce qu'Emeline lui avait elle-même rapporté.

Soudain, l'alcool aidant, Jiro commença à s'emporter. Pourtant toujours si placide, il sortit de ses gonds.

– Le fils aîné par-ci, le fils aîné par-là, la confiserie par-ci, la confiserie par-là. Tu crois peut-être que je ne comprends pas ce qu'elle a ressenti ?

Il se dégageait de son discours une souffrance sincère. Elle était stupéfaite.

– Je suis désolée, Jiro. J'ignorais que c'était pareil pour toi...

Elle ne savait pas grand-chose, au fond ; Emeline n'avait pas deviné non plus. La façon dont elle l'avait décrit n'avait pas laissé soupçonner une telle amertume. Malgré leurs nombreuses conversations et la confiance qu'il accordait à Sarah, Jiro ne s'était pas encore complètement ouvert de ses tourments et de sa rancune. Et à présent, toute sa frustration remontait à la surface. Il but une autre gorgée avant de poursuivre.

– Seiji a pu étudier dans une université privée, puis partir à l'étranger. Mes parents se sont saignés pour qu'il ait la meilleure éducation possible. Et pour quoi ? Pour reprendre la confiserie ? Tandis que moi, j'étais la dernière roue de la charrette. Je suis allé dans un établissement public, pour devenir un employé lambda, sans grande ambition, sans vraiment avoir devant moi quelque chose de brillant.

– Jiro, jamais je n'aurais pensé ça, intervint-elle d'une voix douce, pour accueillir ses confidences.

– Aujourd'hui, j'ai perdu mon travail. Je tourne en rond comme un raté. Aux yeux de ma mère, je ne suis pas mieux qu'Emeline. Il n'y a que mon père qui porte sur moi un regard bienveillant, mais il plie face à elle. Elle est trop forte pour lui ; il m'aime à sa façon, seul dans son coin. Emeline et moi, nous sommes semblables. Elle avait raison de me lancer ça en pleine figure. On a cessé d'exister. Elle aussi, elle s'est battue, puis elle a rendu les armes. On s'est laissé détruire.

Jamais Sarah n'aurait imaginé, ne serait-ce qu'une seconde, que Jiro portait ce fardeau. Elle comprenait d'autant mieux ce qu'Emeline avait enduré elle aussi.

Le jeune homme se resservit un whisky.

– Jiro, tu devrais peut-être t'arrêter là... tu as beaucoup bu...

Il resta silencieux un instant. La tête baissée, il fixait son verre. Puis lentement, il la releva. Il avait un regard dur et ses traits étaient crispés.

– Ils ne valent rien, cette famille. Dire que Seiji a osé...

Puis il stoppa net.

– Qu'a-t-il osé ?

La colère reprit le dessus et il ne put se retenir plus longtemps.

– Il a... frappé Anna ! Il l'a giflée tellement fort. La gamine était traumatisée. Elle tremblait. Il a fait ça, ce bon à rien.

– Quoi ? Mais qu'est-ce que tu racontes... que Seiji a levé la main sur Anna ? Es-tu sérieux ?

– J'aimerais ne pas l'être, mais c'est pourtant ce qui s'est passé.

À son tour, Sarah s'emporta.

– Mais il faut l'extraire de cette famille de fous ! Elle est malheureuse là-bas ! Et elle n'a pas sa maman. Jiro, je t'en prie, sors-la de là ! hurla-t-elle de désespoir.

Tétanisée par le cri, la mama-san avait lâché l'assiette qu'elle était en train d'essuyer, qui s'écrasa sur le sol avec fracas. Les conversations s'étaient interrompues, et le chanteur de karaoké avait déposé son micro. Hormis la mélodie, on n'entendait plus un bruit. Jiro régla précipitamment l'addition en se confondant en excuses. Il prit Sarah par la main et ils s'éclipsèrent la tête baissée.

* *
*

– Il faut que je marche un peu. Cette révélation m'a assommée.

– Je t'accompagne.

Sarah et Jiro errèrent aux alentours sans trop savoir où aller. Jiro titubait. Il avait ingurgité tellement de boisson qu'il n'était plus tout à fait lui-même. Leurs pas les menèrent près d'un parc de jeux pour enfants où ils décidèrent de s'arrêter. Assis sur un banc, chacun repassait la conversation de la soirée en boucle.

– Jiro, je suis sérieuse. On ne peut pas la laisser là-bas. Anna doit retrouver sa mère. Aide-nous ! implora-t-elle.

– Mais le jugement...

– Je me fiche du jugement ! cria-t-elle. C'est sa sécurité qui est en jeu. Il faut qu'on trouve une issue. On va la trouver ensemble, Jiro.

Puis elle s'apaisa, et Jiro avec elle. Il y a tellement de choses que j'aime en toi, susurra-t-il, mais surtout... tu es tellement combative, et tu sembles avoir une solution à tout.

– Presque tout ! Mais on doit unir nos forces pour ça...

Jiro s'était approché et l'embrassa. Malgré la proximité naissante des derniers temps, Sarah fut prise au dépourvu. Lorsqu'il desserra son étreinte, elle le regarda comme si elle ne le reconnaissait plus. Décidément, il y avait bien des surprises sous l'eau dormante. Cette fois, la carapace était brisée.

39

DEPUIS leur discussion au bar quelques semaines plus tôt, des pistes avaient germé dans l'esprit de Sarah. Tout baignait encore dans le flou, mais l'intention s'était ancrée.

Sarah savait qu'elle pouvait faire confiance à Jiro et qu'il ne la trahirait pas. Cette fois, elle était déterminée à passer à l'action. Elle lui avait donné rendez-vous dans leur café favori. Installée à la table du fond, elle l'attendait avec une grande résolution. Leur idylle avait pris un tour sérieux, et elle se voyait continuer son chemin avec lui. Jiro, de son côté, en avait fini de subir sa vie, et semblait prêt pour un nouvel élan ; il était très amoureux de Sarah. Le temps était venu de s'allier afin de sortir Emeline et Anna de l'impasse. La petite aurait un meilleur avenir ailleurs. Et cet « ailleurs » étant devenu concret dans l'esprit de Sarah, elle présenta son projet sans sourciller.

– J'ai beaucoup réfléchi ces derniers temps, Jiro. Ici, Anna n'aura jamais les mêmes chances qu'en France. Elle sera manipulée par sa grand-mère, voire maltraitée par son père. Et toi, quel avenir as-tu ?

Jiro demeura silencieux et baissa la tête. Lui aussi s'était beaucoup interrogé les dernières semaines, et il savait qu'elle disait juste. L'horizon semblait bouché mais Sarah, elle, avait apporté un nouveau souffle à sa vie. Sa question étant restée sans réponse, elle poursuivit :

– De mon côté, je ne compte pas m'éterniser. Ça fait déjà quelque temps que je suis en discussion avec mon employeur pour la création d'un bureau en France. Les choses commencent à se mettre en place.

Jiro ne comprenait plus rien.

– Tu veux dire que tu vas quitter le Japon ?

– À court terme, oui.

Sans la moindre hésitation, elle poursuivit :
– Et je te propose de partir avec moi.
Il se demanda s'il avait bien entendu.
– Qu'est-ce que tu racontes ? Tu es devenue folle ?
– Non, pas du tout. Ici, nous sommes enfermés dans notre propre piège. Là-bas, tu pourrais recommencer à zéro.
– Est-ce que je comprends bien ce que tu veux me dire ?
– Ce que je t'explique, c'est que je crois qu'on a tous un avenir, mais pas ici. Et...
– Et quoi ?
Elle hésita, puis se lança. À quoi bon esquiver ?
– Et il faut que je te dise... j'ai des sentiments pour toi. Jiro, je nous vois continuer la route ensemble.
Elle vérifia l'expression sur son visage. Il était complètement figé. Une déclaration d'amour. Il n'osa rien dire en retour. Pour contrebalancer sa nervosité face au silence, elle enchaîna :
– ... Et j'ai une amie qui s'enlise, dont la petite fille est privée de sa maman. Il faut qu'on emmène Anna avec nous et qu'on commence une vie en France.
Jiro resta bouche bée. D'interminables minutes passèrent avant qu'il prenne la parole.
– Mais on est dans la réalité, Sarah. Pas dans un film. Ce que tu proposes est insensé.
– Pas tant que ça. Pas tant que ça, répéta-t-elle. Écoute Jiro, j'ai déjà longuement réfléchi. Prends ton temps, et on en reparlera.
Et sans flancher, Sarah se leva et poussa la porte de l'établissement. Hagard, Jiro la suivit des yeux, jusqu'à ce que sa silhouette se fonde parmi la foule du macadam.

* *
*

Jiro avait passé des nuits blanches, se demandant si Sarah était vraiment celle qu'il avait fréquentée des semaines durant, et surtout, si elle était saine d'esprit. Peut-être valait-il mieux reprendre le rôle du Jiro soumis qu'il avait toujours été, mais lorsque cette évocation le traversait, son estomac se nouait. Le nouvel homme en devenir choisit de laisser une chance à celle qui avait fait son nid dans son cœur.

Lorsqu'ils se retrouvèrent, ce n'était plus Sarah la romantique, mais une femme très pragmatique, qui s'était manifestement renseignée sur les options et les risques. Sans hésitation, elle lui présenta son plan pour sortir Anna du Japon.

– En tant qu'oncle, et avec le même patronyme, tu n'auras pas de mal à passer la frontière avec elle. Il faut mettre la main sur son passeport japonais. Je sais qu'elle en a un, car Emeline s'en était occupée à sa naissance, dans l'idée de voyager. On a aussi besoin de ses papiers français pour son établissement, mais à ne surtout pas utiliser pour passer la douane, bien sûr. Ça doit ressembler à du tourisme.

Jiro était impressionné par la détermination de Sarah, qui pourtant ne parvenait pas à calmer la nervosité qui s'emparait de lui à l'évocation de ce tournant de sa vie. Il s'était rallié à Sarah et concevait qu'il y avait urgence à extraire Anna d'une ambiance familiale toxique, mais ce qu'elle lui demandait était un grand saut dans le vide, qui l'angoissait. Il n'avait jamais quitté son pays, lui Jiro qui ne connaissait ni d'autres langues, sinon l'anglais scolaire, ni d'autres cultures. L'étranger, ce serait lui, cette fois, et il ignorait s'il était à la hauteur pour assumer ce rôle.

– Mais... comment vais-je pouvoir me débrouiller sur place ?

– Je serai là. Donne-moi un peu de temps, et je te rejoindrai. Si tout se passe comme prévu, j'aurai ce poste en France, et un salaire qui nous permettra de tourner. Je sais que tout ça te paraît fou, mais fais-moi confiance. D'ici là, nous aurons le soutien de ma famille et de la sœur d'Emeline.

– Et... le risque d'extradition ?

– Pour Emeline et moi, il n'y en a pas ; notre pays n'extrade pas ses citoyens. Et pour toi, il faudrait que le délit soit punissable des deux côtés. Il y a un certain flou juridique autour de la question, mais je doute que la loi française s'engage dans une extradition où une mère, ressortissante du pays qui plus est, a été complètement privée de sa fille, au nom de la garde exclusive appliquée au Japon... Non, je n'ai pas peur de ça. En revanche..., avança-t-elle précautionneusement.

Jiro se prit la tête entre les mains. Tout cela le dépassait. Sarah était allée jusqu'à se renseigner précisément.

– ... le risque est de se faire attraper avant de quitter le Japon. Il faudra être extrêmement prudent. Mais j'ai confiance en toi.

C'est peut-être cette dernière parole qui fit mouche. Ça devait être la première fois qu'il l'entendait. Cette femme qu'il connaissait si peu il y a encore quelque temps était prête à miser sur lui et leur avenir. Avec la pudeur qui lui collait à la peau, il n'y eut pas de grandes effusions. Il prit sur lui pour soutenir son regard, et lentement, il inclina la tête en signe d'approbation. Sarah, soulagée, lui sourit. Ce simple hochement de tête était la plus belle déclaration d'amour qu'elle ne pourrait jamais recevoir.

40

PLUSIEURS mois avaient passé depuis qu'Emeline s'était fait attraper par Jiro, mais elle était loin d'imaginer qu'il était celui pour qui Sarah se pomponnait lors de ses virées nocturnes. Puisque Jiro s'était rallié au projet de fuite, il fallait maintenant informer Emeline de ce qui s'était tramé à son insu. Sarah attendait son retour en sirotant un thé, quand des bruits joyeux résonnèrent dans l'escalier. Noé chantonnait en tapant sur un tambourin. Emeline poussa la porte. Elle rangea dans le réfrigérateur les provisions qu'elle venait de faire, et laissa à l'extérieur des nouilles de sarrasin, des carottes et du chou.

– Yakisoba au menu !

Elle allait se mettre à cuisiner, mais Sarah l'arrêta.

– Emeline, il faut que je te parle. C'est important.

Voyant le regard grave de son amie, Emeline cessa de s'affairer et s'assit en face d'elle, attentive.

– Tu n'imagines pas à quel point je me sens coupable. Depuis ta rencontre avec Seiji, à chaque décision que tu as dû prendre, à chaque tourment, je m'estimais responsable. Je m'en suis tellement voulu de te l'avoir présenté. Et lorsque tu m'as dit que tu voyais des hommes contre de l'argent, j'ai touché le fond avec toi. J'étais à l'origine de cette déchéance.

– Non, ce n'est pas ta faute. Tu me l'as présenté, mais c'est moi qui ai décidé de le fréquenter. Tu ne m'as pas forcé la main. Dès le départ, depuis cette histoire d'algues, puis de riz, quand sa mère m'a crié dessus, me traitant en étrangère, j'aurais dû le savoir. J'aurais dû comprendre que le mariage n'allait pas tenir dans ces conditions et m'enfuir au lieu de faire un enfant...

– Laisse-moi continuer, Emeline, s'il te plaît, dit-elle doucement. À de nombreuses reprises, je me suis immiscée dans ton intimité. Comme si j'étais toi ! Puis j'ai eu honte. On n'a pas de conseils à donner, car on ne vit pas la vie des autres. J'ai ignoré tes appels au secours, quand tu me disais que tu avais des doutes sur ta belle-mère et que tu avais peur parce qu'il était l'aîné. Je t'ai recommandé de suivre ton cœur, j'ai suggéré que ça allait s'arranger...

Une larme coula sur sa joue.

– La vérité, c'est qu'on n'en sait rien. Je regrette sincèrement de t'avoir influencée et d'avoir été intrusive.

Sarah prit une grande respiration.

– Mais j'ai essayé de me rattraper.

– Comment ça ?

Elle se racla la gorge.

– Le courant était bien passé avec Jiro, au mariage.

– Et... ? demanda Emeline intriguée.

– Et lorsque tu m'as dit que tu t'étais fait prendre en espionnant Anna, j'ai décidé d'intervenir.

Emeline était stupéfaite.

– Il a accepté de me rencontrer. On se voit régulièrement depuis un certain temps déjà.

– Quoi ? C'est donc lui que tu retrouves lorsque tu sors ?

– Oui, avoua-t-elle. Je l'ai découvert, petit à petit, et j'en suis tombée amoureuse. C'est devenu sérieux et je veux faire ma vie avec lui. Il n'est pas celui que tu observais dans la famille. Il est conscient de ta détresse, du manque de ta fille, mais aussi des perspectives hors du pays, pour toi, pour Anna... et pour lui... lui avec moi. Il me demande souvent de lui raconter la France. Et il a fini par s'imaginer un avenir. Maintenant, il est décidé à partir.

– Mais... attends... Je ne comprends rien à ce que tu es en train de me dire. Comment ça, « partir » ?

– Reste calme, Emeline. Surtout, laisse-moi t'expliquer.

Sarah dévoila à Emeline, complètement abasourdie, le projet d'emmener Anna vivre en France. Emeline en était tellement choquée qu'elle était devenue mutique. Tout se bousculait dans son esprit, mais aucun son ne passait sa bouche pour poser les questions qui l'assaillaient. Sarah poursuivait avec assurance, anticipant la réticence d'Emeline, lui exposant qu'elle avait minutieusement discuté avec Jiro, et qu'ils étaient persuadés que leur plan était réalisable. Après de longues minutes sans réagir, elle prit finalement la parole :

– Tu veux dire que Jiro est d'accord avec tout ça ?

Sarah acquiesça d'un signe de tête.

– Fais-nous confiance ! Tu retrouveras Anna.

* *
*

Ce scénario était utopique et Emeline ne l'aurait jamais imaginé, même dans ses rêves les plus fantasques. Elle se leva, hagarde, et sortit prendre l'air. Marcher l'avait toujours aidée à faire le tri dans ses pensées. Elle se rendit dans le quartier de Harajuku, célèbre pour son grain de folie, en écho à ce que Sarah venait de lui proposer : une pure folie ! Elle déambula dans ce temple de la culture vestimentaire décalée, des lolitas aux tenues chamarrées, au visage transfiguré par un maquillage à outrance, avec des cheveux tutoyant une palette de couleurs improbable, du violet à l'argenté, en passant par le bleu et le rose, assemblés en couette ou en chignon. En temps normal, Emeline se délectait de cette ruche bouillonnante, mais aujourd'hui, elle nageait dans un arrière-fond cotonneux. Elle avait le sentiment d'avoir quitté la réalité ; elle ne faisait que ressasser les paroles de Sarah, en toute incrédulité. Ses pas finirent par la porter au sanctuaire Meiji-jingu, en retrait du chaos de la *street fashion*, où la verdure offrait une ombre bienvenue. Elle se dirigea vers un arbre et encercla le tronc de ses bras, une reconnexion avec la nature qui l'apaisait dans des moments d'anxiété. D'habitude, elle achetait une prédiction. Là, elle ne pouvait pas. L'enjeu était trop important. Elle s'assit sous le feuillage, recroquevillée, la tête sur les genoux. Et resta longtemps figée. En dépit de la douleur dont elle ne pouvait se défaire, elle avait dû assimiler le fait qu'Anna était sortie de sa vie. Elle s'estimait chanceuse de ne pas avoir été dénoncée par Jiro et elle en était venue à la conclusion que son quotidien se poursuivrait ainsi, sans contact avec sa fille, en rêvant à ce qui aurait pu être. Il n'y avait pas d'issue, jusqu'à cette conversation. Ce que Sarah lui proposait était dangereux, mais pouvait faire basculer le cours des choses. Petit à petit, une ébauche d'horizon se dessina. Tout n'était peut-être pas fini.

41

IL Y AVAIT eu la peur de se faire prendre et la crainte de ne pas être une mère à la hauteur, mais ces doutes avaient été balayés par l'amour qu'elle portait à sa fille. Cet amour surpassait tout et maintenant, elle ne vivait plus que pour l'instant où elle pourrait serrer Anna dans ses bras.

Emeline avait demandé à voir Jiro en tête à tête avant la concrétisation du départ. C'est Sarah qui avait organisé la rencontre et elle les avait laissés tous les deux dans l'appartement.

Face à cet homme avec qui elle avait cohabité mais qu'elle ne connaissait que si peu, Emeline se sentait mal à l'aise. Mais elle mourait d'envie d'en savoir plus sur sa fille et il était le seul à pouvoir répondre à ses questions.

– Bonjour, Jiro. Je vous en prie, asseyez-vous. Voulez-vous que je vous prépare un thé ?

Elle n'arrivait pas encore à passer au tutoiement.

Il acquiesça. Tout en mettant l'eau à bouillir, Emeline entama la conversation, sans lui faire face, perturbée par cette soudaine proximité.

– Jiro... lorsque vous m'avez surprise à épier Anna... je suis désolée. Je vous ai dit des choses que je n'aurais pas dû...

– Vous n'aviez pas tort...

Il ne s'attarda pas sur ses excuses et Emeline fut rassurée qu'il ne lui en veuille pas. Elle osa entrer dans le vif du sujet.

– Jiro, Anna ne se souvient pas de moi et ça m'angoisse. Comment pourra-t-on lui expliquer que je ne me suis pas enfuie ? Je ne comprends pas comment votre mère et Seiji ont pu lui faire croire que je l'avais abandonnée de mon plein gré.

– Ah, vous êtes donc au courant ? Sarah vous l'a répété, poursuivit-il sans attendre de réponse. Un jour à la fois, Emeline. On le lui dira avec des mots simples. Elle vous découvrira progressivement. Il faut donner du temps au temps.

Emeline regarda dans le vide. Elle resta silencieuse, puis après lui avoir servi du thé, elle s'installa finalement face à lui.

– Parlez-moi d'elle, Jiro. Elle a beaucoup changé, n'est-ce pas ?

– Oh, oui ! Et dire qu'elle aura quatre ans dans quelques mois !

Jiro s'était tout à coup emballé. Sa voix était joyeuse, et Emeline ne l'avait jamais connu si enthousiaste. Il lui conta leurs escapades, et combien la petite était heureuse lorsqu'ils sortaient. Savoir qu'il y avait un membre de la famille qui s'en était occupée avec bienveillance soulageait son cœur de maman.

– Et est-ce qu'elle aime les cigales ? poursuivit-elle inopinément.

– Les cigales ? répéta-t-il, étonné par la question. Comme beaucoup d'enfants qui veulent les attraper, oui, s'amusa-t-il.

– Parce que moi, je les aime. Leur chant m'apaise et lorsque je suis triste, c'est un baume. J'espère qu'elles la bercent aussi.

Puis, sans transition, Emeline le regarda droit dans les yeux et demanda :

– Et... Seiji ? Est-ce qu'il s'occupait d'elle, malgré tout ?

– Seiji est devenu un autre. Il ne s'implique pas en tant que père. Vous savez, il n'est plus celui que vous avez connu, ni même celui dont vous vous êtes séparée. Il est taciturne. Comme quoi, ajouta-t-il avec une pointe de mesquinerie, être l'aîné ne fait pas tout. Je crois qu'il a fini par se rendre compte, mais trop tard, qu'il s'était fait manipuler par notre mère. On a tous été ballottés. Anna aussi. Sa grand-mère la modèle à sa guise. Elle en a fait la petite fille parfaite, qui correspond en tous points à ses attentes. Le hasard l'a dotée d'un faciès japonais, elle parle correctement la langue et elle est docile.

Emeline aurait voulu crier. Elle serra fort les poings pour contenir son indignation.

– Vous savez, Emeline, poursuivit-il, dans cette famille, j'ai passé mon temps à chercher une reconnaissance qui n'est jamais venue. À mendier de l'affection que j'attendais en vain. Je n'étais que le second. Seiji était le premier. Mais je me suis rendu compte que même mon frère n'a pas eu l'amour dont il avait besoin. Je le comprends aujourd'hui. Quand j'ai constaté qu'il se détachait d'Anna, qu'il se réfugiait dans l'alcool, c'est devenu évident. Il n'arrivait pas à transmettre ce qu'il n'avait pas reçu lui-même. Ma mère est incapable de donner, elle ne sait pas aimer.

C'était aussi simple et brutal que ça.

– Je vous remercie de tout ce que vous avez fait pour ma fille.

– J'ai fait de mon mieux, mais j'étais souvent tiraillé. Si je lui avais avoué que sa maman était tout près, elle aurait perdu ses repères ; elle est trop petite pour comprendre les manigances des grands. J'avais peur de lui enlever son innocence. Et pourtant, dans ma conscience, je me reprochais de lui cacher la vérité...

– Moi aussi, j'ai tellement de choses à me reprocher.

« On a tous nos zones d'ombre », faillit-elle ajouter, puis elle se ravisa. Jiro n'avait pas de zone d'ombre. Jusqu'à sa rencontre avec Sarah et les récents bouleversements, sa vie était lisse telle la glace d'une patinoire, réglée comme du papier à musique. Mais il était seul. Peut-être était-ce là la clé. Pour éviter les écueils, il fallait être seul, ne pas se lancer, refuser de vivre. Refuser d'être. Emeline n'avait pas voulu de ça. Elle avait accepté d'être imparfaite, d'aimer, de se tromper et de tomber.

Mais aussi parfois, de surfer sur la mesquinerie humaine.

42

CETTE fois, il n'était pas question de sentiments. L'heure était au pragmatisme. Le trio s'était retrouvé pour régler les derniers détails avant le grand départ. Sur le pied de guerre, ils avaient une mine sérieuse et Emeline, pour se rassurer, avait sorti un calepin dans lequel elle consignait méthodiquement des notes.

Sarah, en initiatrice du projet, avait pris les rênes.

– Bon, Jiro, tu dois acheter des billets de train et laisser traîner une réservation d'hôtel à Karuizawa, pour ne pas éveiller les soupçons. Je te conseille aussi de préparer un petit programme pour plus de crédibilité. Bien entendu, pas un mot à Anna. Tu lui expliqueras le changement de destination une fois que vous aurez quitté la maison. Tu auras le temps pour ça.

Jiro acquiesçait et Emeline n'en perdait pas une miette.

– Pour votre installation, j'ai contacté ta sœur, Emeline.

– Quoi ?

– Oui, j'ai finalement pensé que ce serait mieux que mes parents, qui sont des inconnus pour vous. C'est elle qui vous accueillera, au début. Il va falloir du temps pour que tu crées un lien avec Anna, qui va être perturbée par le changement. On ne peut pas la séparer de Jiro pour l'instant. Moi, je vous rejoindrai plus tard, une fois mon projet professionnel réglé, et là, nous nous installerons ensemble, toi et moi, poursuivit-elle en se tournant vers Jiro.

Le jeune homme lui rendit son regard, tout amoureux. Sa nouvelle vie avait beau approcher, il n'arrivait pas encore à y croire complètement. Emeline, quant à elle, avait du mal à maîtriser son anxiété.

– Mais... si on se fait prendre, on risque...

Les mots ne passaient pas la bouche d'Emeline.

– Je serai prudent, Emeline. J'ai bien conscience du danger. Je n'ai ni envie de démêlés judiciaires, ni de croupir jusqu'à sept ans derrière des barreaux à effectuer des travaux mineurs, en ressassant ce que j'aurai manqué. Je risque bien plus gros que vous deux. Mais nous avons un levier. N'oublions quand même pas que...

Jiro se rendit compte qu'il aurait dû se taire.

– Que quoi ? s'enquit Emeline.

– Seiji a aussi des choses à se reprocher.

– Comme quoi ? insista-t-elle.

Sarah, qui avait compris qu'il faisait allusion à l'épisode de violence dont il avait été témoin, chercha à protéger son amie.

– On a des cartes en main. Tu dois nous faire confiance, ajouta-t-elle, sûre d'elle.

Emeline voulait y croire. Il fallait que ça réussisse. Absolument. Elle pourrait bientôt voir sa fille de près, l'apprivoiser, la rassurer et la serrer dans ses bras. Le jeu en valait largement la chandelle.

* *
*

Jiro annonça à sa famille qu'il allait emmener Anna pour un court séjour à Karuizawa, station de montagne huppée à une heure de la capitale, très prisée des Tokyoïtes pour de brèves évasions. L'endroit étant réputé pour la beauté de sa nature, il avait donc argumenté qu'être loin de l'agitation citadine serait bénéfique pour la fillette. Sans compter qu'elle adorait passer du temps avec son oncle. D'ailleurs, ses yeux s'étaient mis à briller.

– Il y a des ours dans les montagnes ?

– Oui, il y en a là-bas. Et aussi beaucoup de fleurs. On pourra faire des bouquets.

Il était cependant bien conscient qu'un seul faux pas pourrait sonner le glas de leur projet. Mais dans l'indifférence qui s'était installée durablement au sein de la famille, personne ne s'intéressa réellement à ses propos.

– Oui, ça lui fera du bien, répéta machinalement madame Okada, et la conversation s'était arrêtée là.

* *
*

La date approchait, et sans les papiers d'Anna, il était impossible de quitter le Japon. C'était la pierre angulaire du projet face à laquelle Jiro éprouvait de la panique. Il fallait trouver une occasion où tous seraient hors de la maison. Jiro venait d'accompagner Anna à l'autocar pour une excursion. C'étaient les vacances scolaires et l'enfant participait à une activité estivale d'une association de quartier. Son père partait toujours de très bonne heure pour la confiserie, et sa mère s'y était rendue, elle aussi, exceptionnellement tôt. Il ne restait plus que Seiji, mais à son retour, ce dernier s'était également éclipsé, maintenant qu'il fréquentait le pachinko dès le matin. Jiro monta à l'étage et se faufila dans la chambre de Seiji, où étaient rangés divers documents administratifs. Il fouilla avec fébrilité dans la pile et mit la main sur le passeport d'Anna. Il allait se retirer de la pièce lorsqu'il entendit la porte d'entrée. Son cœur s'arrêta. Il glissa précipitamment le document dans la poche de son pantalon et ne bougea plus. Il perçut le cliquetis de clés qui s'entrechoquaient dans la boîte où elles étaient rangées. Et tout à coup, il vit sur la table de nuit de Seiji son porte-monnaie. C'était ce qu'il cherchait en bas, il était revenu en arrière pour le prendre. Jiro n'avait aucune issue. S'il sortait de la chambre, Seiji l'entendrait. Le bruit des pas dans l'escalier se rapprocha, et Seiji ouvrit la porte. Il sursauta à la vue de Jiro, puis son visage se durcit. Il allait falloir trouver une parade.

– Qu'est-ce que tu fabriques dans cette chambre ? gronda-t-il.

Jiro risquait de tout perdre. Tout ce qui était en voie de prendre forme ne tenait plus qu'à un fil. À cet instant, la peur agit tel un moteur et les mots vinrent à sa rescousse, comme déposés sur ses lèvres.

– Je cherchais une petite veste pour Anna. Il fait un peu frais le soir à la montagne.

– Quelle prévenance ! Une petite veste, une escapade à Karuizawa. Monsieur a des talents d'organisateur. On voit bien que tu n'as rien à faire de ton temps, le railla-t-il.

Toujours mû par l'angoisse d'être démasqué avant le départ, Jiro sentit une force qui le poussa à neutraliser son frère.

– On ne peut pas dire que tu sois beaucoup plus occupé que moi ! rétorqua-t-il. Entre le pachinko et l'alcool qui te rend agressif...

– De quoi te mêles-tu ?

Animé d'une puissance qui était allée crescendo, Jiro, pour la première fois de sa vie, attrapa son frère par le col.

– Écoute-moi bien ! Tu lèves encore la main sur Anna, et je porte plainte.

Seiji s'immobilisa. Le visage de son frère était tout près, et des éclairs noirs le menaçaient. Il ignorait que Jiro avait été témoin de la scène.

– Une seule fois, et je te dénonce, c'est bien compris ? Tu seras la honte de la famille. Nos parents ne s'en remettront pas. Votre réputation sera finie. Quant au magasin, tu peux l'oublier...

Jiro lâcha enfin Seiji, qui était devenu blême. Il n'avait jamais vu son frère ainsi. Étonné lui-même de son aplomb, mais constatant que l'intimidation avait fait son effet, Jiro tourna les talons et regagna sa propre chambre. Il avait crié du plus profond de ses tripes, comptant sur sa menace pour que Seiji se tienne tranquille et ne cherche pas plus loin. Le subterfuge marcha : ce dernier, abasourdi par la colère de son frère et craintif quant à sa réputation, se fit discret jusqu'au départ.

43

JIRO n'avait pas préparé de bagages trop volumineux, pour ne pas se trahir. Une valise d'enfant pour la petite, une autre un peu plus grande pour lui, et un sac de voyage, prétexte à caser l'éléphant vert d'Anna et quelques jouets pour la divertir. Tout au fond de ce dernier, des billets Tokyo-Paris aller-retour pour prétendre à un séjour touristique. Anna chantonnait, heureuse de s'échapper avec son oncle. Jiro mit la peluche dans le sac, tandis qu'Anna s'occupa de sa valise. Elle était fière de tirer son propre bagage. C'était le début de l'après-midi, et Jiro s'était aligné sur l'horaire du train pour Karuizawa afin de ne pas éveiller les soupçons. Rien n'avait été laissé au hasard.

Madame Okada était seule dans la maison. Seiji, comme toujours, s'était éclipsé assez tôt. Désœuvré, il traînait au pachinko et buvait dès le matin, sans rentrer à midi pour manger. Le grand-père était à la confiserie, et Anna ne demanda pas à passer lui dire au revoir, pas plus que l'absence de son père, à laquelle elle s'était habituée, ne l'affecta. Sa grand-mère, elle, lui adressa un petit signe rapide, dénué de tendresse. Elle semblait avoir mieux à faire et retourna bien vite à sa cuisine. Jiro franchit le seuil sans aucune émotion ni nostalgie. Le seul sentiment qui l'habitait était la peur d'être arrêté, qui lui trouait l'estomac.

Jiro, Anna, Emeline et Noé prendraient le vol du lendemain à neuf heures. En raison de l'horaire si matinal, Jiro avait loué une chambre près de l'aéroport. Lorsqu'ils furent arrivés à proximité, la petite fut intriguée et l'interrogea.

– T'es sûr qu'on va pouvoir cueillir des fleurs ? Ça ressemble pas à la montagne !

Jiro se pencha vers son oreille pour lui murmurer :

– C'est un secret ! Je te le dirai quand on sera descendus du train.

La fillette se mit à trépigner, impatiente d'en savoir plus.

Jiro l'emmena manger une glace avant de rejoindre l'hôtel. Une fois qu'ils furent installés, il lui expliqua :

– J'ai décidé de te faire une surprise... On ne va pas aller à Karuizawa, mais on va faire un très, très grand voyage.

Anna écarquilla les yeux.

– Nous partons pour un autre pays, la France.

– Et on pourra faire des bouquets de fleurs là-bas ?

– Oui, et découvrir plein de choses.

– Et grand-mère, elle va pas être fâchée si on part si loin ?

– Non, ne t'inquiète pas pour ça. Mais je vais te dire un secret. Un secret très important.

Elle se pencha en avant, attentive.

– On va prendre l'avion.

– L'avion ? répéta Anna, interloquée.

– Oui, mais avant de monter dans l'avion, on va passer devant des messieurs en uniforme, et on va leur montrer nos passeports. Ce sont des carnets avec notre photo dedans. Mais tu dois te souvenir d'une chose : ils pensent que les petites filles doivent voyager avec leur papa, pas leur oncle. Alors, écoute-moi bien, Anna, tu ne dois pas leur dire que je suis ton oncle. Il faudra que tu restes silencieuse, d'accord ? Autrement, on devra rentrer à la maison et on ne pourra pas cueillir des fleurs.

Anna affichait un air sérieux.

– Oui, j'ai bien compris. J'ai pas envie de rentrer à la maison.

44

L'AÉROPORT de Narita grouillait de voyageurs pressés de s'envoler vers de lointains horizons.

Anna était tranquillement assise à côté de Jiro. Elle était vêtue d'un short rose pâle imprimé de cerises et d'un t-shirt mauve. Ses cheveux s'entrecroisaient en une longue tresse, et avec son gracieux et joli minois, elle attirait l'attention. Jiro lui avait acheté un petit jeu, qu'elle retournait dans tous les sens pour essayer de faire rentrer des billes dans les trous. Par moments, elle relevait la tête pour observer ce qui se passait autour d'elle. Une famille était assise en face d'eux ; le garçonnet fixait Anna, tandis que la maman berçait son bébé pour le calmer alors qu'il poussait de grands cris. Dans le brouhaha ambiant, Jiro, lui, n'arrivait pas à dompter sa nervosité. Il essuyait sur son pantalon ses mains transpirantes qui tremblaient, et jetait incessamment des coups d'œil anxieux de tous côtés, l'estomac noué par la peur de se faire attraper. De temps à autre, il guettait en direction de Sarah qui se trouvait debout en retrait, Emeline à ses côtés, cherchant dans leurs yeux un fragile réconfort. Mais elles aussi étaient terrorisées à l'idée que leur plan puisse échouer. Elles surveillaient les membres du personnel, à l'affût d'un signe qu'ils auraient été dénoncés. Or tout semblait normal. L'heure approchait, et Emeline et Sarah se tombèrent dans les bras, la tête enfouie sur l'épaule l'une de l'autre. Elles restèrent longtemps ainsi, incapables de se quitter. Puis finalement, Sarah colla un gros bisou sur la joue de Noé, et Emeline se détacha de son amie.

– Merci, murmura-t-elle. Et à bientôt. On t'attend.

Elle s'éclipsa sans pouvoir se retourner. Plus loin derrière dans la file, Jiro, un sac de voyage sur l'épaule d'où dépassait la tête de l'éléphant vert tilleul, serrait fort la main d'Anna, qui, de l'autre, tirait sa petite valise Hello Kitty. Il passa le contrôle sans encombre, Anna bien sage à ses côtés ; elle n'avait osé piper mot.

Avant de disparaître, il jeta furtivement un regard à son avenir : le sourire de Sarah l'inonda de promesses.

Emeline avait suivi le flux qui rejoignait l'appareil ; elle s'avança sur la passerelle d'embarquement, puis s'installa dans son siège avec Noé.

Un jour, ses enfants lui demanderaient pourquoi ils n'avaient pas de père. Et elle ne saurait que leur répondre. Elle les assurerait de son amour, les prendrait dans ses bras pour étouffer sa honte. Elle plaiderait coupable, priant pour qu'ils lui pardonnent ses faiblesses.

Elle leur dirait que les grands aussi font des bêtises. De grosses bêtises parfois. Elle leur expliquerait surtout que la plus risquée d'entre elles, cependant, est de laisser le contrôle de sa vie aux autres.

Mais à cet instant, seul un sourire béat flottait sur le visage d'Emeline. À ses côtés, Noé s'était pelotonné contre elle, le pouce dans la bouche et son ourson en peluche contre son cœur. Quelques rangs plus en avant, à côté de Jiro, Emeline apercevait les cheveux d'Anna attachés en tresse. La trompe de l'éléphant vert tilleul retombait sur son petit bras. L'avion s'avança sur la piste pour prendre de la vitesse et Anna serra son éléphant plus fort. Noé se redressa dans son siège pour essayer de voir à travers le hublot.

L'avion perça le ciel pour survoler des myriades de toits aux tuiles bleues. Le voyage ne faisait que commencer et désormais, plus rien ne pourrait l'arrêter. Ils avaient gagné...

Prononciation et conventions

Note 1

En japonais :
« ai » se prononce « aï » comme dans « bail » (kaiseki)
« am » se prononce « am' » (kampai)
« an » se prononce « an' » comme dans âne (san)
« e » se prononce « é » (geta)
« ei » se prononce « eï » comme dans « veille » (Seiji, Keio)
« em' » se prononce « èm'» (tempura)
« en » se prononce « èn' » (zen, bento)
« in » se prononce « in' « (pachinko)
« on » se prononce « on' » (O-bon)
« u » se prononce « ou » (yukata)
« ch » se prononce « tch » (chan)
« ge » se prononce « gué » (geta)
« gi » se prononce « gui » (Ginza)
« j » se prononce « dj » (Seiji, Jiro)
« s » se prononce « ss » (suki, qui se prononce « ski »)
« sh » se prononce « ch » (Shinkansen)
« wa » se prononce « oua » comme dans « wapiti » (wagashi)

Note 2

Au Japon, on appelle les personnes par leur nom de famille, dans un contexte professionnel ou social. L'usage du prénom est généralement réservé à la famille et aux amis. C'est pourquoi le chef d'Akio Tanaka ne l'appelle jamais par son prénom.

Note 3

Dans la langue japonaise, il n'existe pas de vouvoiement et de tutoiement à proprement parler. Il existe cependant différents niveaux de langage, qui reflètent le degré de formalité (neutre, poli, humble, respectueux). Un même verbe s'utilise donc avec quatre variantes en fonction du contexte.

Glossaire

Bento : repas composé de divers mets préparés d'avance, que l'on place dans une boîte à plusieurs compartiments et consommé en déplacement, tel un pique-nique.

Butsudan : petit autel bouddhique familial.

Chan : précédé d'un prénom, suffixe affectueux utilisé envers des proches. Version familière du suffixe honorifique « san », correspondant à Monsieur, Madame, Mademoiselle, ou de « sama », plus protocolaire.

Christmas cake : dans les années 1990, il se disait que les femmes étaient tels des gâteaux de Noël. De même que ces derniers périmés après le 25 décembre, les femmes célibataires étaient considérées comme indésirables au-delà de 25 ans.

Convenience store : épicerie de quartier ouverte 24h/24 et 7j/7.

Daifuku : mochi fourré à la pâte de haricot ou autre pâte sucrée, ou encore de fruits.

Elevator girl : jeune femme dont la fonction est d'appuyer sur le bouton de l'ascenseur dans les grands magasins.

Fusuma : porte ou cloison coulissante opaque séparant plusieurs pièces. Cette cloison est constituée d'un cadre en bois tendu de papier ou de toile.

Geta : sandales traditionnelles avec un socque en bois et tenues aux pieds par des lanières.

Hana : fleur.

Ito Yokado : chaîne de grands magasins.

Izakaya (bar) : bar type restaurant à tapas, où l'on sert notamment des boissons alcoolisées, et une large gamme de petits plats, japonais ou occidentaux.

Kaiseki : repas gastronomique raffiné composé de divers petits mets, en accord avec la saison, qui valorise à la fois le goût, la texture, les couleurs et l'esthétique des plats.

Karaoké box : petite pièce privée généralement louée pour s'amuser entre amis, ne pouvant contenir qu'un nombre restreint de personnes, équipée d'un canapé, d'une table basse, d'un écran et d'un micro. Un serveur passe dans chaque salon pour servir des boissons.

Kotatsu : table basse composée d'un support muni d'une lampe chauffante et recouvert d'une épaisse couverture sur laquelle repose le plateau de table. Le kotatsu était autrefois le mode de chauffage principal, autour duquel la famille se réunissait, assise sur de grands coussins posés sur les tatamis.

Love hotel : hôtel où on loue des chambres à l'heure, généralement décorées de façon rocambolesque et à thème, et parfois équipées d'artifices divers.

Magasin « 109 » : célèbre centre commercial de Shibuya.

Mama-san : littéralement « maman », suivi du préfixe honorifique. Dans les années quatre-vingt-dix, nom parfois donné aux tenancières d'un bar, qui outrepassent leur rôle en étant une oreille attentive pour les clients.

Minami-guchi : sortie sud.

Miso : pâte faite de haricots de soja bouillis et fermentés avec adjonction de sel, de blé ou de riz.

Mochi : gâteau à base de pâte de riz cuit à la vapeur et pilonné.

No (théâtre) : spectacle chanté et dansé par des acteurs tous masculins, même pour les rôles féminins, masqués et vêtus de somptueux costumes. Les textes du théâtre no sont écrits dans une langue difficile à comprendre.

Ni-o : couple de statues gardiennes à l'entrée d'un temple.

Oba-chan : grand-maman.

Obi : ceinture en tissu pour maintenir le kimono ou le yukata (kimono d'été) en place.

O-bon : « fête des âmes », aussi appelée urabon, ou bon. Se déroulant pendant trois jours, elle célèbre les âmes des défunts qui reviennent sur terre. Des danses, bon-odori (« danse d'O-bon ») sont organisées dans les villages ; les musiciens sont juchés sur une estrade autour de laquelle les villageois dansent la même chorégraphie en se déplaçant en cercle. À l'origine d'un caractère religieux, elles sont devenues au fil du temps une réjouissance populaire ponctuant l'été.

Obuse : petite ville de la préfecture de Nagano.

Omikuji : prédiction divine écrite sur une petite bande de papier, que l'on tire au sort dans les sanctuaires shintos et les temples bouddhistes.

Pachinko : sorte de croisement entre un flipper et une machine à sous.

Purikura : combinaison de l'anglais « print club », petite photo autocollante d'environ 1 x 2 cm prise dans une sorte de photomaton apparu en 1995, à laquelle on peut rajouter des ornements (couleurs, figurines, motifs).

Rainbow Bridge : pont au-dessus de la baie de Tokyo, reliant le quartier de Shiba'ura et l'île artificielle d'Odaiba.

Salarymen : employés d'entreprises.

Sencha : sorte de thé vert.

Shinkansen : train à grande vitesse, qui relie les principales villes du Japon.

Shoji : porte ou fenêtre coulissante en treillis tendu de papier translucide.

Suki desu /Ai shite iru : « Suki desu » signifie qu'on aime bien quelque chose, que l'on aime bien quelqu'un, ou encore qu'on est amoureux de quelqu'un. « Suki desu » est généralement préféré à « Ai shite iru » (Je t'aime), même pour des relations romantiques ou maritales. « Ai shite iru » est très rarement utilisé, même dans les couples ou les familles.

Sukiyaki : plat composé de tranches de viande très fines, de légumes et champignons additionnés de sauce de soja et cuits dans un plat en fonte.

Takoyaki : boulette de pâte fourrée de poulpe.

Tempura : beignets de poisson, fruits de mer ou légumes.

Wagashi : pâtisserie traditionnelle japonaise, par opposition aux yogashi, les pâtisseries occidentales.

Wasabi : sorte de raifort.

Yakisoba : nouilles sautées avec une sauce, agrémentées d'ingrédients divers (viande, poisson ou légumes).

Yukata : kimono de coton léger porté en été.

Zenkoji (temple) : célèbre temple bouddhique de la ville de Nagano, fondé au VIIe siècle. L'un des plus grands temples du Japon.

Autres

17 janvier 1995 : séisme de Kobe, qui fit plus de 6000 morts.

20 mars 1995 : attaque au gaz sarin dans le métro de Tokyo, perpétré par la secte Aum Shinrikyo, qui fit 12 morts et plus de 6000 blessés à divers degrés.

Personnages

En japonais, on écrit le nom de famille avant le prénom. C'est ce qui a été appliqué à la liste des personnages.

La langue japonaise comprend des idéogrammes, les kanji, environ 50 000, dont 2000 dits « de base » qui permettent notamment de lire les journaux ou des textes courants.

Aux idéogrammes s'ajoutent deux syllabaires de 46 signes chacun pour la transcription phonétique.

Le premier, les hiragana, s'utilise pour la prononciation et les mots pour lesquels il n'existe pas d'idéogramme, tels que les particules grammaticales et la terminaison des verbes, par exemple.

Le second syllabaire, les katakana, s'utilise principalement pour la transcription de mots d'origine étrangère.

Enfin, les romaji sont la transcription phonétique en alphabet latin.

Ci-dessous, on trouve donc des idéogrammes pour Seiji Okada (littéralement, Okada Seiji), et des kanji et katakana pour Emeline Okada (littéralement, Okada Emeline).

Emeline 岡田エムリン : étudiante française à Tokyo
Seiji Okada 岡田誠司 : époux d'Emeline
Anna Okada 岡田アンナ : fille d'Emeline et de Seiji
Jiro Okada 岡田次郎 : frère cadet de Seiji
Madame Okada 岡田 : mère de Seiji
Monsieur Okada 岡田 : père de Seiji

Akio Tanaka 田中昭男 : relation d'Emeline
Megumi Tanaka 田中恵み : épouse d'Akio
Kaori Tanaka 田中香 : fille d'Akio et Megumi
Mariko 真理子 : amie de Kaori
Sarah サラ : amie d'Emeline

Léa レア : sœur d'Emeline
Noé ノエ : fils d'Emeline

Philippe フィリップ : directeur de l'École de Paris
Jean-Pierre ジャン・ピエール : instructeur à l'École de Paris

Remerciements

Je remercie mon éditrice, Sophie Rossier, pour sa confiance, son enthousiasme et ses précieux conseils.

Mes remerciements vont également à Sylviane Deriaz, pour le partage de ses impressions à la première lecture, à Iuna Allioux et Aline Lehmann, pour leur regard aiguisé et leur soutien.

Paru récemment :